Holly Goldberg Sloan

Short

Holly Goldberg Sloan

SHORT

Aus dem Englischen
von Katharina von Savigny

Carl Hanser Verlag

Die Originalausgabe erschien 2017
unter dem Titel *Short* bei Dial Books for Young Readers
(an Imprint of Penguin Random House LLC) in New York.

1. Auflage 2018

ISBN 978-3-446-26047-4

Umschlag: Stefanie Schelleis, München
nach einem Entwurf von Theresa Evangelista
© 2017 and design by Theresa Evangelista
Satz: Satz für Satz, Wangen im Allgäu
Druck und Bindung: GGP Media GmbH, Pößneck
Printed in Germany

MIX
Papier aus verantwortungsvollen Quellen
FSC® C014496

Für Harold Arlen, E. Y. Harburg
und Frank L. Baum

&

Für alle, die Teil des Carnegie Theaters
an der Universität von Oregon waren

Eins

Ich schaue ziemlich oft nach oben.

Meine Eltern sind nicht klein. Meine Mum ist sogar eher groß. Aber Grandma Däumling (ja, wir nennen sie wirklich so) ist winzig. Ich bin nicht besonders gut in Bio, aber manchmal überspringen die Gene eine oder zwei Generationen und bringen die ganze Sache ziemlich durcheinander. Vielleicht, damit man eine bessere Beziehung zur älteren Generation aufbauen kann.

Eines Abends, ich war in der dritten Klasse, merkte ich, dass ich Halsschmerzen bekam. Ich ging runter, um nach einem Halsbonbon zu fragen, oder wenigstens ein Glas warmes Salzwasser zum Gurgeln zu bekommen. Wenn vom Nachtisch ein Erdnussbutter-Cookie übrig war, würde der vielleicht auch helfen. Meine Eltern saßen noch im Wohnzimmer, und ich hörte, wie mein Vater gerade sagte: »Gott sei Dank ist Julia ein Mädchen. Stell dir vor, sie wäre ein Junge und derart zu kurz geraten!«

Ich blieb wie angewurzelt stehen. Sie redeten über mich.

Ich war sicher, Mum würde jetzt sagen: »Also hör mal, Glen, *so* kurz geraten ist sie nun auch wieder nicht!« Aber das tat sie nicht. Sie sagte: »Ja, oder? Meine Mutter ist schuld. Däumling hat ihr das angetan.« Und dann lachten sie beide.

Man hatte mir etwas angetan.

Wie ein Verbrechen.

Jemand war schuldig.

Ich weiß, dass sie mich total lieb haben, aber ich bin zu kurz geraten und sie nicht. Bis zu diesem Augenblick hatte ich nicht gewusst, dass meine Körpergröße ein Problem für sie war. Ihre Worte lagen wie Blei auf meinen Schultern, dabei hatte ich nicht mal einen Bademantel an. Es war ein Gefühl wie Sand in nassen Schuhen oder so ein Wuschelknoten im Haar, der sich nicht rauskämmen lässt, weil Kaugummi drin klebt. Außerdem war ihre Bemerkung teilweise sexistisch, und das ist auch nicht okay.

Ich bin wieder nach oben in mein Zimmer gegangen und hab nicht mehr nach einer Lutschtablette gefragt. Ich schlüpfte unter die Bettdecke zu meinem Hund Ramon. Er schlief mit dem Kopf auf meinem Kissen. Als wir ihn bekommen haben, durfte er noch nicht aufs Bett. Aber bei Hunden gelten Regeln nicht so wie bei Menschen. Ich flüsterte Ramon ins Ohr: »Ich werde das Wort ›kurz‹ nie wieder in den Mund nehmen.«

Ich ahnte nicht, wie schwer das werden würde.

Tatsache ist: In der Schule bin ich auf Gruppenbildern immer in der ersten Reihe. Keiner aus der Klasse – auch meine besten Freundinnen nicht – wählt mich in seine Mannschaft, wenn wir Basketball spielen. Ich kann gut passen, bin aber zu leicht zu blocken.

Bei Familienausflügen sitze ich in der dritten Reihe, auf dem Platz ganz hinten. Ich kann mich leichter zwischen die Koffer quetschen, und außerdem macht es mir nichts aus, gegen die Fahrtrichtung zu sitzen.

Ich brauche einen Tritt, um an die Wassergläser in der Küche zu kommen, und ich bin noch nicht zu groß, um durch die Hundeklappe ins Haus zu kriechen, wenn wir uns zufällig ausgesperrt haben. Und das passiert öfter, als man denkt.

Grandma Däumling nennt mich den Familienterrier. Sie behauptet, Terrier sind vielleicht klein, aber zäh. Ich bin mir nicht sicher, ob das jetzt gut oder schlecht ist. Ich kannte nämlich nur einen einzigen Terrier wirklich, Riptide hieß er, und der war bissig.

Bis vor sieben Wochen hatten wir Ramon.

Der war kein Terrier.

Er war schwarz-weiß gepunktet und nicht reinrassig. Eine »Promenadenmischung«. Das Wort mag ich aber nicht. Es hat einen negativen Beigeschmack, das heißt, man kann sich etwas Schlechtes dabei denken. Manche Leute hielten ihn für eine Pitbullmischung, weil er einen ähnlichen Körperbau und einen großen Kopf hatte. Ich mag ihn aber nicht so einordnen.

Er stammte aus dem Tierheim, und wir hatten ihn an einem Parkplatz übernommen, neben einem Wochenmarkt, wo das Tierheim regelmäßig einen Stand hat. Er war der absolut beste Hund auf der ganzen Welt. Wir hatten ihn über fünf Jahre, und dann, vor anderthalb Monaten, ist er auf Papas Sessel rauf (ich weiß gar nicht, wieso der Sessel so heißt, auf den setzen wir uns nämlich alle, sogar der Hund, wenn es keiner sieht). Jedenfalls war Ramon auf dem Sessel, also auf dem einzigen Platz, auf dem er nicht sitzen sollte.

Das Sofa ist okay, weil da eine Decke drauf liegt, und die kann man waschen. Papas Sessel aber ist ein Ledersessel.

Ich kam also rein und sagte: »Ramon, runter da!«

Er verstand viele Wörter, z. B. »Leckerli!« und »Sitz!« und »Lauf!« und »Eichhörnchen!« und »Platz!«, aber an dem Tag reagierte er, als hätte er noch nie irgendeinen Laut gehört. Er schaute ganz starr geradeaus, und dann knickte irgendwie sein ganzer Körper ein. So als hätte er einen elektrischen Schlag bekommen.

Hinterher haben wir erfahren, dass er herzkrank war. Was auf dem Sessel passierte, war die Folge davon.

An dem Abend ist Ramon gestorben, beim Tierarzt, eingewickelt in meine grüne Lieblingsdecke.

Wie alt er war, wissen wir nicht, weil wir ihn ja adoptiert hatten. Wir wissen bloß, dass wir ihn mit jeder Faser unseres Herzens liebten.

Ich warte immer noch darauf, dass er gleich um die Ecke kommt. Ich gehe ins Wohnzimmer und denke, da sitzt er jetzt auf dem Sofa.

Oder in der Küche, wo er am liebsten auf dem blauen Teppich direkt vor dem Kühlschrank lag. Er wusste genau, wo er im Weg war. Na ja, in Wahrheit hatte er einfach nur ein Gespür für die besten Plätze.

Grandma liebt Nachrufe, also im Grunde Nachrichten über Tote. Wenn sie bei uns zu Besuch ist, liest sie mir welche vor. Ich wünschte, es gäbe so was auch für Haustiere. Dann könnte man so interessante Sachen lesen wie:

HIESIGE KATZE BEI AUTOUNFALL
UMS LEBEN GEKOMMEN

oder:

SIE WAR DIE SCHÖNSTE HÜNDIN IHRER ZEIT

oder vielleicht:

HAMSTER WAR VORREITER
EINER NEUEN BEWEGUNGSTHEORIE

vielleicht sogar:

BEKANNTER GOLDFISCHCHEF
STIRBT UNTER MYSTERIÖSEN UMSTÄNDEN

Diese Überschrift hat mir Grandma mal vorgelesen, als ich noch jünger war, und ich habe sie nie mehr vergessen. Nur ging es nicht um einen Goldfisch, sondern um einen Militärchef in Südamerika. An seinen Namen kann ich mich nicht mehr erinnern. Historische Fakten sind nicht meine Stärke.

Von einer Sache bin ich inzwischen überzeugt: Das Leben ist einfach ein großer und langer Kampf um Beifall.

Selbst wenn die Leute sterben, hoffen sie, dass jemand ihre Verdienste auflistet.

Auch Haustiere brauchen Lob. Okay, Katzen vielleicht nicht. Aber unser Hund war überglücklich, wenn ich sagte: »Gut gemacht, Ramon!«

Sein Nachruf hätte gelautet:

BESTER HUND DER WELT
HINTERLÄSST GEBROCHENE HERZEN
UND EIN LEERES HAUS

Seit dem Abend seines Herzinfarkts im Ledersessel versuche ich über den Verlust von Ramon hinwegzukommen. Meine Eltern sagen: *Die Zeit heilt alle Wunden.* Doch das stimmt einfach nicht, weil es alle möglichen Sachen gibt, die die Zeit nicht heilt. Wenn man sich zum Beispiel das Rückgrat bricht, kann die Zeit das nicht heilen. Dann kann man nie wieder gehen.

Deswegen glaube ich, mit dem Spruch meinen sie, dass eines Tages der Schmerz nicht mehr so schmerzt.

Vielleicht sollte man sagen: *Die Zeit schafft es irgendwie, dass die Wunden weniger wehtun.*

Das wäre genauer.

Mein Schuljahr ist vor zehn Tagen zu Ende gegangen. Ich weiß nicht, warum das Schuljahr und das normale Jahr nicht am gleichen Tag enden und beginnen. Es kommt mir irgendwie völlig falsch vor, dass das neue Jahr am ersten Januar beginnt. Wenn ich bestimmen könnte – was noch nie passiert ist –, dann würde ich Neujahr auf den 15. Juni legen und zum Feiern allen Kindern zwei Monate schulfrei geben.

Jetzt, wo das Schuljahr vorbei ist, schaffe ich es hoffentlich, meinen Schmerz über Ramons Tod loszuwerden, weil mich das sonst vielleicht in meiner Entwicklung hemmt.

Aber ich werde Ramon nicht vergessen.

Niemals.

Ich hab um sein Halsband gebeten, und irgendwie hatte ich den Eindruck, meine Eltern waren nicht sonderlich glücklich, als ich es um meine Nachttischlampe legte. Wenn man genau hinschaut, entdeckt man noch Haare auf der Innenseite. Es riecht auch nach ihm.

Es ist kein toller Geruch, aber es ist seiner, und das ist das Wichtigste. Das Metallschildchen mit seinem Namen habe ich am Fußende meines Bettes angebracht, sodass ich jeden Morgen beim Aufwachen RAMON vor mir sehen kann. Mir ist es wichtig, dass ich den Tag damit beginne, an ihn zu denken.

Ehrlich gesagt glaube ich, dass *er* jeden Tag damit begann, an seinen Futternapf zu denken. Er hat wahnsinnig gern gefressen.

Ich war diejenige, die ihn gefüttert hat.

Ich behaupte nicht, dass er mich deswegen am liebsten hatte. Aber wahrscheinlich war das mit ein Grund dafür.

Außer dem Halsband habe ich auch noch eine geschnitzte Holzfigur, die mein Onkel Jake für mich gemacht hat. Sie sieht genauso aus wie Ramon.

Onkel Jake war früher ein ganz normaler Versicherungsvertreter in Arizona, wo er mit Tante Megan lebt. Eines Tages hatten sie einen Verkehrsunfall. Onkel Jake wurde am Rücken verletzt und musste lange liegen. Tante Megan hatte Angst, er würde im Bett verrückt werden, weil er so ein unruhiger Typ ist. Deswegen kaufte sie ihm in einem Bastelladen ein Set für Holzschnitzarbeiten.

Das erste Stück, das er geschnitzt hat, hieß »Der alte Seebär«. In seinem Schnitzkasten lag schon ein handtellergroßer Holzblock in der passenden Form. Man nimmt einfach das beiliegende Schnitzmesser und arbeitet drauflos, weil sie einem mit einer Schablone zeigen, wo man ansetzen muss. Das ist kein Schummeln. So lernt man.

Nach dem Seebären hat Onkel Jake alle möglichen Sachen gemacht, die wahrscheinlich komplizierter waren, und am Ende hat er sich auf das Schnitzen von Vögeln verlegt. Es gibt Leute, die so was tun und dann an Wettbewerben teilnehmen, und Onkel Jake gehörte bald dazu. Inzwischen ist er ein Weltmeister in Holzarbeiten, Spezialität Wasservögel.

Seine Begabung liegt offensichtlich darin, sehr sorgfältig ein scharfes Messer zu führen.

All das passierte vor meiner Geburt. Inzwischen verdient Onkel Jake sein Geld damit, dass er Skulpturen schnitzt, statt Versicherungen zu verkaufen.

Vor zweieinhalb Jahren hat er mir Ramon aus Holz geschnitzt. Ich hab die Figur schon damals gemocht, aber jetzt hab ich sie richtig lieb gewonnen.

Zwei

Wenn ich ein Ziel für diesen Sommer hätte, dann wäre es, mir keine Gedanken über meine Körpergröße zu machen und neue Wege zu finden, glücklich zu sein, jetzt, wo Ramon tot ist.

Ich bin aber nicht so der zielgerichtete Typ. Normalerweise überlasse ich das Planen meinen beiden besten Freundinnen.

Kaylee und Piper kenne ich schon länger als mein halbes Leben. An den Wochenenden in der Schulzeit nehmen wir zu dritt den Bus in die Innenstadt zur Bücherei und suchen nach Lesestoff. Ich lese nicht jedes Buch zu Ende wie Kaylee. Sie ist ein Bücherwurm, was eine ziemlich blöde Bezeichnung ist für jemanden, der sehr gern liest (denn wer findet schon gern Würmer in Büchern?). Oft gehen wir auch zusammen Eis kaufen. Im Laden bei uns um die Ecke sind unsere Lieblingssorten ziemlich billig. Als wir letzten Sommer mal wieder dort waren, haben wir nicht jeder eine Kugel Eis gekauft, sondern alle drei zusammen eine Wasserschildkröte. Die gab es nämlich im Angebot, in einer Wasserschale an der Kasse.

Wir wollten die Schildkröte teilen, also, jeder sollte sich zehn Tage pro Monat um sie kümmern.

Unsere Eltern fanden die Idee dann nicht so toll, und wir mussten Petula zurückbringen. Der Laden wollte uns das Geld nicht zurückgeben. Das war unfair.

Wir behaupten immer, dass Petula uns fehlt. Das stimmt aber gar nicht, weil wir sie nur zwei Stunden lang hatten.

Und Kaylees Mama, die selbstständige Krankenpflegerin ist, meint, wir hätten uns damals Salmonellen holen können.

Piper musste dieses Jahr ins Sommercamp. Sie ist vor zwei Tagen losgefahren. Ihre Mama ist da als Kind auch hingefahren, und das soll jetzt wohl eine Tradition werden. Piper schien sich nicht wahnsinnig darauf zu freuen. Ich habe ihr gesagt, ich würde ihr jeden Tag schreiben, aber bisher habe ich das noch nicht getan. Das Camp ist »medienfrei«, ich kann ihr also nur einen richtigen Brief schreiben.

Kaylee ist nicht im Sommercamp, aber sie ist seit letzter Woche mit ihrer Familie unterwegs, um Baseballstadien anzuschauen. Ehrlich. Sie fährt in einem Auto durch die Gegend und guckt sich Sportplätze an. Sie ist nicht besonders sportlich, deswegen vermute ich mal, es ist für sie kein Vergnügen.

Seit die beiden weg sind, habe ich ziemlich viel Zeit damit verbracht, nichts zu tun, aber das macht mir überhaupt nichts aus. Ich sitze jetzt nicht rum und blase Trübsal oder so. Ich vermisse Ramon, aber das ist innerlich, also dürfte es niemand bemerken.

Oder vielleicht doch. Gestern hat mir Mum nämlich mitgeteilt, ich soll für irgend so ein Musical an der Uni zum Vorsingen gehen.

Ich hab ihr gesagt, dass ich das nicht will.

Worauf sie sagte, dass mein jüngerer Bruder Randy vorsingen möchte, und ich sollte es mir noch mal in Ruhe überlegen. (Das bedeutet, sie wird dafür sorgen, dass ich hingehe.)

Mein älterer Bruder Tim darf im Sommer machen, was er will, weil er schon fünfzehn wird. Ich bin mir sicher, dass es für mich nicht das Richtige ist, in einem Musical mitzumachen, und dass mein Bruder ohne mich zum Vorsingen gehen sollte. Allerdings ist es mein Job, auf Randy aufzupassen, wenn Mama arbeitet, und ich werde dafür bezahlt. Wahrscheinlich will sie also Geld sparen, indem sie uns beide in ein gemeinsames Ferienprogramm steckt.

Jedenfalls, kaum hab ich angefangen, es mir noch mal zu überlegen, da stehe ich schon in einer langen Schlange von Kindern und warte, dass ich zum Vorsingen auf die Bühne in einem sehr dunklen

Theater auf dem Universitätscampus gerufen werde. Dabei höre ich, wie zwei Erwachsene gerade sagen: »Ein paar von den Schauspielern sind *Profis*.«

»Wirklich?«

»Das hat die Frau im Büro erzählt. Die werden bezahlt. Einer kommt sogar von der Ostküste.«

»Jemand, den man kennt?«

»Das werden wir wohl erfahren, wenn sie die große Ankündigung machen.«

»Der Regisseur kommt aus Florida. Er soll schon am Broadway gearbeitet haben.«

Ich bin froh, dass meine Mutter nicht mit diesen Frauen redet. Sie beantwortet Nachrichten auf ihrem Handy, während wir in der Schlange stehen. Randy hat ein Gummiband im Mund. Mum weiß das nicht. Er ist viel zu alt, irgendetwas anderes als Kaugummi im Mund zu haben, aber er macht gern solche Sachen, und ich werde ihn nicht verpetzen. Vielleicht ist er ja nervös, während er hier aufs Vorsingen wartet? Ich jedenfalls schon.

Hoffentlich nimmt er das Gummiband aus dem Mund, wenn er singt. Er könnte nämlich daran ersticken. Dann würde es Mum bestimmt leidtun, dass sie die Sache hier vorgeschlagen hat.

Randy hat eine schöne Stimme, und er singt ständig. Er braucht ein Lied nur zweimal im Radio zu hören, und schon hat er es im Ohr. Also auf angenehme Art. (Wieder ein blödes Wort für eine tolle Fähigkeit meines Bruders.)

Ich bin nicht musikalisch.

Vor über zwei Jahren haben meine Eltern Leuten, die nach Utah gezogen sind, ein Klavier abgekauft. Mum und Dad haben es dann uns Geschwistern zu Weihnachten geschenkt. Ich musste so tun, als würde ich mich wahnsinnig freuen, weil es ja so ein Riesengeschenk war. In Wirklichkeit hasste ich das Ding von dem Moment an, als es nach oben in die Diele gleich neben meinem Zimmer geschafft wurde. Das Klavier starrte mich an. Es war wie ein Singvogel, den man in einen Käfig gesperrt hat. Es wartete darauf, freigelassen zu werden. Aber mir fehlte das Talent.

Fast ein Jahr lang musste ich einmal in der Woche nach der Schule zum Klavierunterricht bei dieser alten Dame im Skyline Drive gehen. Die Tortur dauerte immer fünfundvierzig Minuten. Ich habe die Tonleitern gelernt, weil man damit wahrscheinlich im ersten Unterrichtsjahr beginnt, aber danach ging es nicht mehr weiter.

Mrs. Sookram hatte andere Schüler, und die meisten waren so ungefähr in meinem Alter. Es war mein Glück, dass wir in verschiedene Schulen gingen.

Ich wollte unbedingt vermeiden, dass mich das Mädchen, das nach mir kam, spielen hörte. Dann hätte sie gewusst, wie schlecht ich war und dass ich keine Fortschritte machte.

Das lag zum Teil daran, dass ich nicht übte. Meine Finger fühlten sich auf den Tasten einfach nicht richtig an. Vielleicht sind sie nicht lang genug, denn sie glitten nicht dahin, suchten sich nicht ihren eigenen Weg, und so hätte es eigentlich sein müssen.

Es war ein schrecklicher Kampf, ganz anders als bei meinem großen Bruder Tim, wenn er Musik macht. Er spielt Gitarre und wünscht sich ständig alles mögliche Zubehör, Verstärker, Schultergurte usw. Er übt stundenlang in seinem Zimmer bei geschlossener Tür, und man kann ihn draußen im Hof hören, was für die Nachbarn ziemlich anstrengend ist, weil er immer wieder denselben Song spielt.

Kinder sind eben verschieden, nur ist er der Älteste und gab meinen Eltern wohl deshalb »Anlass zu übertriebenen Hoffnungen«. Ich hab mal gehört, wie mein Vater das zu meiner Mutter sagte.

Tims Plektren liegen überall im Haus rum, wie die Köttel von einem Tier.

In dem einen Jahr Klavierunterricht bei Mrs. Sookram habe ich schon etwas gelernt. Ich habe herausgefunden, wie man mit Erwachsenen Konversation machen und sie ablenken kann. Der entscheidende Trick dabei ist, dass man eine erste große Frage stellt und dann lauter kleine Fragen nachschiebt, die zeigen, dass man zuhört.

Meine große Frage war immer die nach Mrs. Sookrams Leben als Kind. Wo sie aufgewachsen wäre, wann sie gemerkt hätte, dass ihr Musik das Liebste war. Wenn ich sie erst mal zum Reden gebracht hatte, dann redete sie immerzu – und die ganze Klavierstunde lang – über ihr Leben damals in Idaho. Ich erfuhr alles über ihre Kindheit, Stück für Stück, Woche für Woche. Ich weiß besser über die Vergangenheit dieser Frau Bescheid als über die meiner Eltern. Im Wesentlichen ging es darum, dass sie auf einer Kartoffelfarm aufwuchs und so verrückt nach Musik war, dass sie nach der Schule vier Meilen zu Fuß marschierte, um eine Dame in einer Hotellobby Harfe spielen zu hören.

Ich denke, zum Verlieben ist die Harfe bestimmt das traurigste Instrument, weil man sie nicht mit sich herumschleppen kann, und wenn man in das Haus anderer Leute geht, kann man auch nicht erwarten, dass sie eine haben, so wie beim Klavier. Die zeigen dann bestimmt nicht in eine Zimmerecke und sagen: »Ja, klar haben wir eine Harfe. Warum spielst du uns nicht was vor?«

Am Ende kam ich zu der Überzeugung, dass Mrs. Sookram lieber über Musik redete, als sich anzuhören, wie ich die falschen Tasten erwischte – die Stunden waren dann vorhersehbarer.

Doch eines Tages sagte sie: »Julia, heute Nachmittag rufe ich deine Mutter an. Ich habe einfach ein ungutes Gefühl, wenn ich Geld von ihr verlange.«

Ich wusste nicht recht, was ich antworten sollte, und sagte schließlich: »Das macht ihr nichts aus.«

Mrs. Sookram sah mich traurig an. »Liebes«, sagte sie, »ich glaube, das Klavier ist nicht dein Instrument.«

Ich nickte so, dass es zur Hälfte Ja und zur Hälfte Nein bedeutete. Und dann hörte ich sie sagen: »Ich werde dich vermissen, Julia.«

Mrs. Sookram nahm meine Hand. Sie war wärmer als meine. Mir wurde klar, dass sie die Wahrheit sagte, weil ihre Augen ganz wässrig aussahen und ihr die Nase lief. Ich war ziemlich sicher, dass sie weinte. Oder aber eine schlimme Allergie hatte.

Ich hätte antworten sollen, dass ich sie auch vermissen würde. Ich wollte das auch sagen, aber eine so dicke Lüge wäre unmöglich gewesen. Also legte ich die Arme um ihre Hüfte und drückte sie ganz fest. Sie war eine beleibte Frau, sodass ich ziemlich viel zum Drücken hatte.

Minuten später, als ich die Auffahrt runterging, fühlte ich mich federleicht. Es war so ein Gefühl, das man vielleicht bekommt, wenn man seine Gefängnisstrafe abgesessen hat oder gerade aus einem Ganzkörpergips befreit wurde. Erst als ich an der frischen Luft war, wurde mir klar, wie wenig ich das Klavier mochte und wie viel ich über den Kartoffelanbau erfahren hatte.

Seitdem habe ich so gut wie gar nicht mehr über Musik nachgedacht, und da stehe ich nun und warte mit zig anderen Kindern darauf, »Somewhere Over the Rainbow« bei einer Riesen-Hörprobe vorzusingen, zu der die halbe Stadt erschienen ist.

Ich hatte wenig Zeit, mir meine Klamotten für diese Folterveranstaltung auszusuchen, und entschied mich für meine Ledersandalen, die Jeansshorts und eine weiße Bluse, die als »Trachtenbluse« bezeichnet wird. Es ist meine Lieblingsbluse, aus dünner Baumwolle, mit Puffärmeln und einem runden Kragen.

Ich habe die Bezeichnung »Trachtenbluse« nicht erfunden, ich finde, es klingt altmodisch. Aber die Leute nennen es so. Wir haben zwar ein paar Farmer außerhalb der Stadt, aber ich glaube kaum, dass sie festliche Blusen tragen, während sie mit riesigen Maschinen übers Feld fahren und Unkraut vernichten.

Na ja, jedenfalls habe ich Sachen an, die zu meinen Lieblingsklamotten zählen, und das ist wichtig, denn ich hab gelernt, dass es gut ist, sich in seiner Kleidung wohlzufühlen, wenn man in eine Situation kommt, die neu ist und Angst macht.

Was man unbedingt vermeiden sollte, wenn man nervös ist: Wolle tragen.

Mein Bruder hat ein gestreiftes Hemd und braune Shorts mit Gummizug an, die ich für sehr unmodisch halte. Und er hat das Gummiband im Mund.

Na ja, jeder kann man machen, was er will – außer natürlich, wenn es um die ganz wichtigen Sachen geht. Da machen wir, was Mum will, weshalb ich jetzt hier stehe.

Nach einer Ewigkeit bin ich dran.

Die meisten Kinder vor mir haben »Somewhere Over the Rainbow« gesungen. Ich hab aber gesehen, dass ein Mädchen den Klavierspieler fragte, ob sie »Amazing Grace« vortragen könne, und das war kein Problem für ihn. Ich konnte dann kaum zuhören, weil mich ihr Lied an Ramon erinnerte, sodass ich mir beide Ohren zuhielt. Ich habe lange Haare und konnte deswegen so tun, als ob ich nur meinen Kopf aufstützte.

In dem Moment, als ich auf die Bühne zum Klavier hinübergehe, kommt mir plötzlich eine Idee, und ich frage: »Kann ich ›This Land Is Your Land‹ singen?«

Der Mann am Klavier nickt und zwinkert mir dann zu. Das ist irgendwie nett, weil ich mir jetzt denke, er weiß etwas, was ich nicht weiß – zum Beispiel, wieso ich hier vor zweihundert fremden Leuten stehe, um vorzusingen.

Ich beginne mit meinem Lied und schaue an der Frau, die uns mit der Videokamera aufnimmt, vorbei, geradewegs ins Publikum.

Ich will hier nicht stehen, aber Grandma Däumling sagt, ich bin ein Terrier, und die können laut bellen. Also singe ich aus voller Kehle und achte darauf, meine Hände nicht zu Fäusten zu ballen. Ich habe ein paar von den anderen Kindern vorher beobachtet, und die sahen aus, als ob sie gleich zuschlagen wollten.

Als ich fertig bin, schaue ich mich nach dem Klavierspieler um und sage: »Vielen Dank.« Er zwinkert mir wieder zu. Ich muss lachen. Und dann mache ich eine kleine Verbeugung in seine Richtung. Keine Ahnung, warum.

Meine Mum weiß wohl, dass heute ein schwerer Tag für mich war, weil wir gleich nach dem Vorsingen zum Bäcker fahren, wo Randy und ich einen Schokomuffin bekommen. Wir essen ihn noch im Auto, obwohl es schon in einer halben Stunde Abendessen gibt.

Auf der Fahrt meint Mum dann: »Deine Verbeugung war eine gute Idee, Julia. Sehr passend fürs Theater. Die Zuschauer mochten das.« Ich sage nichts dazu, weil ich nicht versucht hatte, mich fürs Theater passend zu verhalten – ich weiß nicht einmal, was das heißen soll. Aber ich bin froh, dass sie zufrieden mit mir war.

Singen kann ich nicht besonders, das weiß ich. Als Randy sang, klang seine Stimme wie Honig. Es war so eine Art Süße drin. Meine Stimme ist laut, aber nicht wie Zucker. Sie hat keinen Schmelz.

Randy hat das, was Mrs. Vancil (das ist meine Lieblingslehrerin an der Schule) »echtes Potenzial« nennen würde.

Es liegt nicht an meiner Körpergröße, aber mein Gesangspotenzial ist einfach nicht sonderlich groß.

Drei

Ich habe vier Tage lang nicht an das Vorsingen gedacht.

Vorbei ist vorbei.

Ich liege draußen auf der Wiese, schaue in den Himmel und denke an Ramon. Dabei schließe ich die Augen und stelle mir vor, er wäre bei mir. Alle Hunde schlafen gern, und Ramon liebte sein Nickerchen. Er konnte sogar im Sitzen einschlafen. Ich habe nicht vor einzudösen, aber dann passiert es einfach. Leider war ich nicht eingecremt, und als ich aufwache, brennt mein Gesicht. Hoffentlich merkt meine Mum nichts. Sonnencreme wird bei ihr ganz groß geschrieben.

Ich gehe zurück ins Haus. Mum ist in der Küche. Sie möchte ein Auge auf uns haben und arbeitet deswegen im Sommer öfter von zu Hause aus. Als ich die Tür aufmache, sagt sie nichts. Sie lächelt sogar. Der Sonnenbrand ist also vielleicht gar nicht so schlimm.

Dann brüllt mein Bruder: »Julia, wir sind Zwerge!« Er sitzt auf einem Hocker vor der Anrichte. In diesem Moment geht mir auf, dass er auf mich gewartet hat.

Eine Sekunde lang denke ich, er will mir sagen, dass ich sehr klein geraten bin, was ich natürlich schon weiß. Aber dann ergänzt meine Mutter: »Wir haben einen Anruf bekommen. Man hat euch beide als Munchkins für das Stück ausgewählt!« (Das sind die Zwerge im *Zauberer von Oz.*)

Ich starre sie an und bin ziemlich entsetzt.

Sie strahlen wie Honigkuchenpferde, würde Grandma Däumling jetzt sagen. Und das soll heißen: »begeistert grinsen«. Genau das tun sie nämlich. Sie finden, wir haben das große Los gezogen.

Ich lächle verkrampft zurück.

Was wird nun aus meinem Sommer? Wie soll ich jetzt an Ramon denken, wann immer mir danach zumute ist? Und Kaylee und Piper Briefe schreiben? Ich habe zwar noch keinen geschrieben, aber immerhin habe ich schon mit einer Zeichnung angefangen, und wenn sie mir einigermaßen gelingt, wollte ich sie ihnen schicken. Meine beiden besten Freundinnen zählen darauf, dass ich hier zu Hause die Stellung halte und sie auf dem Laufenden bleiben. Ich bin der Leim, der uns zusammenhält. Und - ich bin ein Terrier. Ich kann kein Munchkin sein.

Stundenlang denke ich darüber nach, was ich tun könnte. Am nächsten Tag - das soll unser erster Probentag werden - tue ich so, als würde ich auf der Treppe stolpern, und lege einen perfekten Sturz hin. Anschließend behaupte ich, ich hätte mir den Fuß verstaucht. Mum schaut sich den Fuß nicht mal an (in Wirklichkeit ist das Einzige, was mir vom Sturz wehtut, der rechte Ellbogen). Ich hinke trotzdem durch die Gegend.

Es funktioniert nicht, sie will mir nicht mal ein Kühl-Pack geben. Ich höre also auf zu hinken und ziehe meine Trachtenbluse und meine Shorts an. Als ich meine Ledersandalen holen will, sagt Mama, dass Randy und ich Turnschuhe anziehen müssen.

Turnschuhe? Die passen nicht zur Trachtenbluse, aber wir haben nicht die Zeit, dass ich mir ein neues Outfit aussuchen könnte.

Als Mum beim Theater vorfährt, kommen etliche andere Kinder an. Ich kenne Gott sei Dank keines.

Was, wenn zum Beispiel Stephen Boyd auch ein Munchkin wäre?

Er saß neben mir in Mrs. Vancils Klasse, und er ist besser in Mathe als alle anderen (außer Elaenee Allen). Im Basketball ist er auch super. Und in Rechtschreibung. Das ganze letzte Schuljahr habe ich immer, wenn es nichts anderes zu tun gab, zu Stephen Boyd rübergeguckt, und ich glaube nicht, dass ich mich richtig konzentrieren könnte, wenn er auch im Stück mitspielen würde. Er lenkt mich ab, mit seinen glänzenden schwarzen Locken.

Die meisten anderen Munchkins sind mit ihren Eltern hier, die jetzt ihre Autos parken. Mum ist der Meinung, Randy und ich kämen allein zurecht, und setzt uns deswegen an der Einfahrt ab. Außerdem muss sie zur Arbeit. Ich komm damit klar, vor allem, als gleich darauf eine Frau mit einem Klemmbrett den anderen Eltern mitteilt, sie könnten nicht zum Zuschauen dableiben. Wir haben »nicht-öffentliche Proben«.

Die Eltern wirken daraufhin richtig traurig.

Ich hab keine Ahnung, warum sie zuschauen möchten, wie wir zu Zwergen werden (was ganze vier Wochen in Anspruch nehmen soll).

Die Frau mit dem Klemmbrett befiehlt den Erwachsenen mehr oder weniger, zur Kasse am Haupteingang vorzugehen. Im August haben wir zweiundzwanzig Aufführungen, und offenbar ist sie sicher, dass sie Tickets für jede einzelne davon kaufen werden und auch noch jede Menge Freunde mitbringen wollen.

Mir geht dabei nur eine Sache durch den Kopf: Mit vier Wochen Proben und drei Wochen Vorstellungen ist der Sommer praktisch gelaufen.

Puff!

Vorbei.

Ich bin kurz davor, in Tränen auszubrechen, kämpfe aber erfolgreich dagegen an (nur meine Augen glänzen besonders stark).

Sobald all die enttäuschten Eltern gegangen sind, werden wir durch die Vorhalle ins Theater gebracht. Wir sind eine große Gruppe. Die Klemmbrett-Frau fängt an zu zählen, und als sie bei fünfunddreißig ist, hör ich nicht weiter hin.

Drinnen ist es ziemlich dunkel, aber ich stehe vorn und sehe, dass drei Kinder schon auf der Bühne sind, von der eine offene Tür nach draußen führt.

Eins der Kinder steht im Türrahmen, und ich bin schockiert: Das Kind raucht!

Ich kann's nicht fassen.

Wer lässt da ein Kind rauchen?

Kein Wunder, dass die Eltern gehen sollten!

Das muss ich unbedingt und sofort meiner Mum und meinem Dad erzählen. Mum kann Rauchen überhaupt nicht ausstehen, und das wird alles ändern.

Dann dreht sich das rauchende Kind um, kommt wieder herein, und ich kann das Gesicht sehen:

Das ist gar kein Kind – es hat einen Bart!

Es ist ein winziger Erwachsener. Er ist der perfekte Munchkin. Wir anderen sind alle nur große Schummler, denn als wir näher kommen, sehe ich, dass die drei Menschen auf der Bühne genau richtig aussehen.

Sie sind exakt so wie im Film.

Jetzt wird mir klar, dass es in unserer Stadt nicht genug winzige Erwachsene gibt, die Munchkins spielen könnten. Deswegen brauchen sie uns Kinder, um die Rollen zu übernehmen. Das ist der Grund.

Ich kann nichts dagegen tun. Ich starre sie an.

Das ist unhöflich, aber es geht nicht anders. Außerdem ist es hier drinnen ziemlich düster, sodass es ihnen vielleicht nicht so auffällt.

Es sind zwei Männer und eine Frau. Einer der beiden Männer ist schwarz, und er ist der Raucher. Er hat einen Vollbart. Der andere Mann hat orangefarbene Haare. Er ist der superperfekte Kobold und nicht bloß, weil er ein grünes Hemd trägt. Er hat orangefarbene Bartstoppeln, und seine Nasenspitze ist gerötet. Vielleicht hat er eine Erkältung. Die Frau ist nur ein bisschen größer als die beiden. Sie hat die Haare zu einem langen Zopf nach hinten gebunden und trägt große silberne Kreolen und eine türkisfarbene Halskette mit passenden Armbändern. Obwohl Sommer ist, hat sie Lederstiefel mit Absätzen an. Na ja, ich mache ja zum ersten Mal bei einer semiprofessionellen Theateraufführung mit, vielleicht funktionieren für die Profis auch Lederstiefel auf der Bühne. Jedenfalls finde ich ihren Look richtig gut.

Ich werde sie noch kennenlernen, und dann kriege ich raus, wo sie die Lederstiefel mit Absätzen herhat. Ihre Füße sind richtig klein, so wie bei mir, und möglicherweise sind die Stiefel eine Sonderanfertigung von irgendwo.

Bald darauf geht das Licht an. Ich stehe zusammen mit meinem Bruder in der restlichen Gruppe, als die kleine Frau auf uns zukommt, die Hand ausstreckt und zu mir sagt: »Ich bin Olive. Schön, dich kennenzulernen.«

Jedes einzelne Kind wird von ihr auf diese Weise begrüßt, und das bricht das Eis. Daraufhin erwachen auch die beiden Männer zum Leben.

Der Raucher heißt Quincy. Der Kobold ist Larry.

Quincy erzählt, dass er professioneller Schauspieler ist. Die meisten Jobs hatte er im Zirkus, aber er arbeitet auch als Clown bei Rodeos, um die Pferde abzulenken, wenn sie bocken. Alles, was Quincy sagt, ist spannend. Er hat Elefanten abgerichtet, kann Einrad fahren und einen beeindruckenden Rückwärtssalto machen.

Nachdem uns Quincy einige akrobatische Kunststücke gezeigt hat, kommt auch Larry in Fahrt. Er kann mit verschiedenen Stimmen sprechen, die verrücktesten Dialekte nachmachen und Tierlaute perfekt imitieren.

Wir amüsieren uns gerade prächtig, als hinten eine Tür aufgeht und ein Mann hereinkommt. Er hat einen großen Hefter dabei. Er geht nicht schnell, aber langsam geht er auch nicht. Er geht, als sei er wichtig.

Wir hören ein »Bitte, setzt euch«.

Die Klemmbrett-Frau flitzt aus dem Hintergrund auf die Bühne und sagt: »Shawn Barr ist hier.«

Das wussten wir schon, nur seinen Namen kannten wir nicht.

Shawn Barr hat einen »Jumpsuit« an, das heißt, das Oberteil hängt mit dem Unterteil zusammen. Automechaniker tragen so was. Dann heißt es Blaumann. Shawn Barrs Jumpsuit ist nicht blau, und er sitzt ziemlich eng. Er ist orange wie eine aufgeschnittene Melone, und dazu gehört ein falscher Gürtel mit einer goldenen Schnalle.

Shawn Barr trägt kein Theaterkostüm. Das ist sein normales Outfit. Das erkenne ich daran, dass sein Portemonnaie in der hinteren Hosentasche steckt, die abgewetzt aussieht. Also trägt er den Jumpsuit ziemlich oft. Ich versuche, mir meinen Vater in melonenfarbener Kluft vorzustellen, und flippe bei dem Gedanken fast aus. Aber irgendwie wirkt diese Kleidung an Shawn Barr nicht unpassend oder komisch, was vielleicht daran liegt, dass er selbst sie passend findet.

Er ist kein großer Mann, eher kurz geraten, aber das würde ich natürlich nie laut sagen, weil ich das Wort ja nicht in den Mund nehme. Er könnte keinen Munchkin spielen, aber so viel größer als wir wirkt er auch wieder nicht – bis er den Mund aufmacht.

Einige Kinder klingen wie ein Schwarm aufgeregter Bienen. Ich bin mucksmäuschenstill. Shawn Barr klatscht einmal in die Hände und sagt dann: »Darsteller – wenn ich rede, brauche ich absolute Ruhe.«

Das Summen hört schlagartig auf.

»Meine Name ist Shawn Barr. Möglicherweise haben viele von euch schon von mir gehört.«

Ich riskiere einen Seitenblick zu den anderen Kindern. Sie sehen nicht so aus, als hätten sie schon von ihm gehört.

»Ich habe als Regisseur am Broadway in New York gewirkt, und meine Produktionen sind am Londoner West End aufgeführt worden.«

Als ich einen zweiten Seitenblick riskiere, sehe ich, dass Olive, Larry und Quincy nicken.

Ich habe sie zwar gerade erst kennengelernt, aber ich mag sie jetzt schon sehr, und deswegen nicke ich auch.

Und Randy macht es mir nach. Einen kleinen Bruder zu haben ist, als hätte man einen treuen Angestellten. Er hält ganz klar zu mir – das ist sein Job.

Ich frage mich, wie alt Shawn Barr ist, und merke, dass es schwer zu schätzen ist. Er hat graue Haare, aber sie sind sehr voll. Er bewegt sich nicht wie ein alter Mann. Er hat alle möglichen Falten im Gesicht, aber er braucht keinen Stock, keine Gehhilfe. Bestimmt ist er älter als meine Eltern. Und die sind alt, nämlich zweiundvierzig und vierundvierzig.

Möglicherweise ist er superalt.

Fünfundfünfzig vielleicht?

Ich hab keine Ahnung.

Die ältesten Menschen, die ich kenne – so wie Grandma Däumling, die am Nationalfeiertag, am 4. Juli, neunundsechzig wird –, sind Verwandte von mir, und deshalb weiß ich natürlich, wie alt sie sind. Ich nehme mir vor, Shawn Barrs Alter später herauszufinden. Wahrscheinlich ist es gut, mehr über ihn zu wissen, wenn er so berühmt ist. Das macht er uns absolut klar, als er sagt: »Ich habe mit vielen Theatergrößen gearbeitet. Und sie haben, abgesehen von wenigen Ausnahmen – wenigen Anomalien – alle eins gemeinsam: Sie wissen, was Engagement bedeutet.«

Ich habe das Wort »Anomalie« schon mal gehört, aber ich weiß nicht mehr, was es heißt. »Engagement« dagegen, das weiß ich, bedeutet, dass man sich sehen lässt; letztes Jahr habe ich nämlich den Antrag zur Aufnahme bei den Pfadfinderinnen gestellt, nur leider sagte die Gruppenführerin meiner Mutter, nachdem ich zu viele Treffen geschwänzt hatte, ich hätte zu wenig Engagement gezeigt.

Die Vorstellung von mir als Pfadfinderin gefiel mir gut, aber Pfadfinderin zu *sein* gefiel mir dann nicht so sehr.

Shawn Barr redet immer noch: »Unser Engagement gilt dem Stück und der übrigen Truppe. Wir werden sehr, sehr hart arbeiten. Ich bin darauf angewiesen, dass ihr euer Bestes gebt. Wir werden lernen, auf höchstem Niveau zu singen und zu tanzen. Wir werden ein Team sein mit einem Ziel: eine tolle Show zu machen!«

Ich höre ihm zu und werde ein bisschen aufgeregt.

Shawn Barr hat eine bestimmte Art, beim Reden die Arme zu bewegen. Seine Stimme ist tief, energiegeladen und irgendwie »emotional«. Alles, was er sagt, ist auf eine lässige Art furchtlos. Über dieses Wort habe ich bisher nie nachgedacht.

Aber es stimmt. Der Mann ist furchtlos.

Dann verändert sich seine Stimme, und ich bekomme etwas zu hören, was mir den Magen zusammenzieht. »Ich war beim Vorsingen nicht dabei, weil ich erst gestern hier angekommen bin. Ich musste noch eine Show in Pigeon Forge abschließen. Ich bin sicher, dass ihr alle der Rolle von Munchkins gewachsen seid. Allerdings habe ich meine Auswahl aufgrund der Aufzeichnungen getroffen. Ich will damit nicht sagen, dass ihr euch die Rolle erst verdienen müsst. Ich behalte mir aber das Recht vor, jemanden nach Hause zu schicken, der meiner Meinung nach für seine Aufgabe nicht geeignet ist.«

Wieder schaue ich verstohlen zu den anderen. Die meisten tun ziemlich gleichgültig, ich kann aber erkennen, dass ein paar von den Munchkins nervös sind.

Olive, Quincy und Larry haben offensichtlich keine Angst, aber die sind ja auch fest gebucht.

Gott sei Dank spricht Shawn nicht mehr weiter darüber, uns feuern zu müssen, falls wir »unserer Aufgabe nicht gewachsen« sind. Und ich spüre in dem Moment, dass ein Teil von mir – ein ziemlich großer Teil in meinem Inneren – wohl unbedingt hierbleiben will, weil es sich jetzt gerade schrecklich anfühlt, eventuell *nicht* mit dabei sein zu dürfen.

Wenn ich mir überlege, dass ich vor nur drei Stunden einen Sturz gefakt habe, um mir angeblich den Fuß zu verstauchen!

Allerdings war das, bevor ich Shawn Barr kannte und bevor ich wusste, dass es Olive und Quincy und Larry überhaupt auf dieser Welt gab.

Shawn hat weitergesprochen, und ich habe einen Moment nicht hingehört. Er hat, glaube ich, ein paar Verse von Shakespeare zitiert, die für mich überhaupt keinen Sinn ergaben. Jetzt ist er fertig; er räuspert sich nämlich, hebt die Hände hoch in die Luft und sagt: »Darsteller – ich brauche euer hellstes Licht! Ihr werdet alle strahlen! Ihr seid alle meine Stars!«

Ich blicke auf, und Olive sieht aus, als ob sie weint.

Vielleicht ist sie ja ein großer Shakespeare-Fan. Ich weiß, dass er vor mehreren Hundert Jahren gestorben ist, aber immer noch Menschen traurig machen kann. Jedenfalls die, die seine Worte verstehen.

Dann stelle ich fest, dass sie unter Tränen lächelt. Also weint sie vielleicht, weil sie so glücklich ist. Quincy legt den Arm um sie, und Larry nimmt sie bei der Hand. Sie sind bestimmt alte Freunde.

Hinten auf der Bühne lehnt ein Spiegel. Ich schaue hinüber und kann mich darin sehen. Mein kleiner Bruder steht direkt neben mir, und mir wird klar, dass er, ohne dass ich es überhaupt bemerkt hätte, inzwischen größer ist als ich. Selbst im Sitzen ist sein Kopf höher als meiner.

Das ist ein Schock. Ich bin damit zurechtgekommen, dass wir gleich groß waren, aber jetzt ist er an mir vorbeigezogen, und keiner aus der Familie hat ein Wort darüber verloren. Ich blinzle ungefähr zehnmal hintereinander, weil es furchtbar wäre, hier drin zu heulen.

Ich konzentriere mich auf Shawn Barr. Er beugt sich nach vorn. Es ist, als stünde er im Gegenwind am Bug eines Schiffs. Er steht schräg. Er senkt die Stimme, als wollte er ein Geheimnis verraten, sagt dann aber bloß: »Gibt es irgendwelche Fragen?«

Ich habe eine Million Fragen, werde aber bestimmt keine einzige stellen, sodass ich es kaum glauben kann, als ein Junge den Finger hebt. Er hat blonde Locken und schwarze Schuhe mit Metallbeschlägen unter der Sohle, was ich sehen kann, weil er mit übergeschlagenen Beinen dasitzt. Er fragt: »Wo ist Pigeon Forge?«

Ich vermute mal, Shawn Barr hat so eine Frage nicht erwartet. Er runzelt die Stirn und rümpft die Nase, als ob ein übler Geruch in der Luft liegen würde. Er schaut den blonden Jungen an und sagt: »Pigeon Forge ist ein Kurort in Tennessee. Sie machen dort ausgezeichnetes Dinnertheater.«

Olive und Larry und Quincy nicken, also tue ich es ihnen nach.

Daraufhin bemerke ich, dass alle Munchkins nicken, als wären sie schon in Tennessee gewesen und in Kurorten und in Dinnertheatern.

Es steht fest: Dies wird der Sommer, in dem kleine Menschen den Ton angeben. Wenig später schauen wir alle auf Shawn Barrs wirbelnde Hände, als wir »Follow the Yellow Brick Road« singen.

Vier

Mein Dad macht die meisten Fotos in unserer Familie, und er stellt die Familienalben zusammen.

Das heißt, er ist derjenige, der entscheidet, welche Erinnerungen uns wichtig sind. Wir besitzen sieben blaue Alben mit Spiralbindung, die im Flurschrank in dem Fach über den Handtüchern aufbewahrt werden. Es gehört zu meinen Lieblingsbeschäftigungen, diese Alben herunterzuholen und mir unser Leben anzuschauen. Das mache ich sogar, wenn es nicht regnet.

Meine Mum könnte vermutlich auch ein Album zusammenstellen, tut sie aber nicht. Und ich könnte eins anlegen oder auch meine Brüder; wir würden aber zusätzliche Bilder brauchen. Außerdem sind wir Kinder und haben keine Zeit für so was.

Ich weiß, dass unsere Alben nicht so aussehen würden wie die von Dad.

Aber wer die Arbeit macht, darf die Geschichte schreiben.

Ich hätte mal mit Mrs. Vancil über diese Idee sprechen sollen. Zum Schuljahresende haben wir nämlich die amerikanische Revolution durchgenommen, und ich denke immer noch über die Sachen nach, über die wir nichts erfahren haben. Ich frage mich zum Beispiel, was die Kinder damals von den Menschen gehalten haben, die sich mit Kanonen und Gewehren bekämpften.

Je länger ich darüber nachdenke, desto deutlicher wird mir, dass ich immer nur einen Teil aller Geschichten erfahre. Ich kenne unsere Familienalben auswendig, ich weiß, welche Seiten die besten sind und welche ich überblättern kann. Papa klebt unsere Zeugnisse ein und auch Postkarten. Ich wünschte, er würde beides weglassen. Ich kenne viele von den Leuten nicht, die Urlaubsgrüße schicken, und ich finde nicht, dass meine Schulnoten ins Album geklebt werden müssen, wo sie jeder sehen kann.

Ich komm ganz gut zurecht in der Schule, aber ich muss nicht unbedingt an die Zeugnisbemerkung erinnert werden, dass ich mich mehr anstrengen könnte, statt aus dem Fenster zu schauen. Was meine Lehrerin nie erfahren hat: Da draußen baute ein Kolibri sein Nest – so groß wie eine Aprikose –, und das konnte ich in den Zweigen sehen. Ich beobachtete seine Fortschritte, konnte aber niemandem davon erzählen, weil die anderen Kinder dann draußen nachgesehen hätten. Und wenn Typen wie Noah Hough erfahren hätten, was der Kolibri da machte, dann wäre in null Komma nichts das ganze Werk des winzigen Vogels zerstört gewesen und das Junge im Nest tot.

Ich war also eigentlich ein Naturschützer, als ich ständig aus dem Fenster schaute.

Nur, man kriegt natürlich keine gute Note, wenn man wegen so was jede Woche ein bisschen Rechtschreibung verpasst.

Außer den Zeugnissen klebt Papa auch Zeitungsartikel ein. Das ist allerdings erst einmal passiert. Aber natürlich hoffen wir alle, dass es nicht das letzte Mal war, denn wenn man es in die Zeitung schafft, heißt das, man hat etwas ganz Besonderes getan.

In unserer Stadt gibt es jedes Jahr im Oktober einen Umzug: die Haustierparade. Sie beginnt am Rathaus und endet im Stadtpark beim Fluss. Die Zeitung sponsert das Ganze, was natürlich schlau ist, weil sie viele Bilder machen und jeder nachher sehen will, ob er in die Zeitung gekommen ist. Das heizt den Verkauf sicher ganz schön an.

Wir nehmen jedes Jahr an der Parade teil. Mein Dad wirkt nie besonders begeistert, aber Mum lebt bei der ganzen Sache so richtig auf; sie arbeitet zwar im Gartenzubehör, aber sie liebt Verkleidungen. Vor zwei Jahren war ein Foto von mir und Ramon und meinen Brüdern auf der Titelseite! Ich hatte ein Ziegenkostüm, mein kleiner Bruder ebenso. Das Beste daran war aber, dass wir Ramon auch als Ziege verkleidet hatten. Wir hatten ihm eine von Randys Unterhosen über den Kopf gezogen. Mama hatte eine Öffnung für sein Gesicht ausgeschnitten und obendrauf Hörner genäht. Von der Unterwäsche war Ramon nicht so angetan, aber er ist gern dabei, wenn was los ist, und vermutlich hat er sich deswegen alles gefallen lassen. Um den Hals tragen wir alle Glocken.

Mein großer Bruder, Tim, tritt als Ziegenhirte auf. Er hat einen weißen Bart, der von einem alten Nikolauskostüm stammte, das Mum auf einem Flohmarkt erstanden hatte, und in der Hand hält er einen Stock. Uns Ziegen hat man Leinen am Kragen befestigt, und es sieht so aus, als ob Tim uns zieht. In Wahrheit muss er nur Ramon ziehen.

Das Ganze war Mums Idee. Und es hat sich gelohnt, weil wir das größte Foto in der Zeitung bekamen. Sie war richtig happy.

In letzter Zeit, wenn ich das sechste Album aus dem Schrank hole, überschlage ich die Seiten mit der Haustierparade. Früher waren das mal meine Lieblingsseiten, aber jetzt ist es nur eine traurige Erinnerung daran, wer in unserer Familie fehlt. Ich wünschte, wir hätten noch die Unterhose mit den Hörnern von Ramons Kostüm, aber er hat sie eine Woche nach der Parade völlig zerkaut. Ich nehme an, er wollte sie auf keinen Fall noch mal tragen.

Wir besitzen ein paar Kostüme, die etwas wert sind. Einmal hat Mum ein Clownskostüm auf der Wohltätigkeitsveranstaltung in der Elften Straße entdeckt. Es hatte exakt ihre Größe, und natürlich konnte sie nicht daran vorbeigehen. Eine Zeit lang hat sie versucht, an den Wochenenden einen Job als Clown zu finden. Eine richtige Ausbildung hatte sie natürlich nicht. Im Baumarkt, wo sie arbeitet, ist sie zuständig für den Warenbestand in der Gartenabteilung. Sie hat ein Auge für besondere Dinge.

Zu Hause hat meine Mum dann manchmal das Kostüm angezogen, zu dem eine orangefarbene Perücke gehörte. Ihr Gesicht malte sie weiß an, mit blauen Dreiecken unter den Augen und so dick Lippenstift, dass ihr Mund aussah wie ein Hotdog. Ich kam zum Beispiel von Piper zurück, und dann war da Mum in der Küche und studierte ihre Inventurlisten. Dabei hatte sie ihre riesigen Clownspantoffeln an. Nachmittags trinkt sie gern Tee, und mit ihrem roten Riesenmund beschmierte sie immer den Tassenrand. Das Zeug geht im Geschirrspüler nicht ab.

Mum setzte sogar Anzeigen in die Zeitung, in denen sie ihre Dienste als Clown anbot, und sie bekam auch ein paar Jobs. Sie verteilte Faltblätter mit Sonderangeboten für die Reinigung in der Elm Street. Ein andermal verschenkte sie Luftballons vor der Autowaschanlage, und einmal bekam sie Geld dafür, dass sie im Schaufenster der Eisdiele in der Coburg Road tanzte.

Es machte nicht so viel Spaß, wie sie gedacht hatte. Und außerdem klagte sie über Fußschmerzen wegen der Clownspantoffeln.

Meine Mutter gibt nicht so schnell auf, doch nach ein paar Monaten mit Clown-Wochenenden war sie damit durch. Das Wichtigste ist: Wir haben ein paar tolle Fotos von ihr als Clown.

Vielleicht hat sie es deswegen gemacht.

Auf den Fotos sieht sie glücklich aus. Ich frage mich, ob Mum, als sie jünger war, vielleicht Schauspielerin werden wollte und nicht jemand, der prüft, ob in der Gartenabteilung eines Baumarkts noch genügend Säcke mit Flusskieseln vorhanden sind.

Es kann sein, dass sie mich und Randy zum Vorsingen geschickt hat, weil sie selbst für einen Munchkin zu groß ist. Ich könnte sie ja fragen, aber ich will sie nicht traurig machen. Falls sie selbst von so was geträumt hat, ist das jetzt vielleicht eine geschickte Art, sich den Traum durch uns zu erfüllen. Oder sie sucht bloß einen Gratis-Babysitter für den Nachmittag. Beides ergibt Sinn, was zeigt, dass man bei solchen Entscheidungen auch unterschiedliche Motive haben kann, wie mein Dad sagt.

In allen Alben gibt es viele Bilder von Ramon. Papa tat immer so, als wäre Ramon ständig im Weg, aber wenn man sich die Seiten im Album anschaut, merkt man schon, dass er ihn liebhatte, sonst könnte man sich die vielen Fotos, die er von ihm gemacht hat, gar nicht erklären.

Bald wird es im neuesten Album Fotos von meinem Bruder Randy und mir als Munchkins geben.

Ich bin mir auch sicher, dass eine Kritik in unserer Zeitung erscheinen wird, weil der Theaterkritiker zu allen Vorstellungen an der Uni geht.

Wahrscheinlich machen sie auch ein Programmheft für die Show, mit meinem und Randys Namen drin. Ich denke allerdings hauptsächlich an meinen. Bestimmt ist die Namensliste alphabetisch, und Julia Marks kommt dann vor Randy Marks. Das ist schon mal gut.

Ganz plötzlich kriege ich Angst, dass Dad vielleicht nicht versteht, wie wichtig es ist, im *Zauberer von Oz* ein Munchkin zu sein. Ihm könnten einige wesentliche Einzelheiten der nächsten sieben Wochen gar nicht auffallen.

Und da wird mir klar: Die Geschichte dieses Sommers muss ich selbst in die Hand nehmen.

Warum ich niemandem erzählen will, dass ich das mache, weiß ich nicht so recht. Ich vermute mal, weil es keinen was angeht. Da Mum in ihrem Beruf für das Warenlager zuständig ist, haben wir alle möglichen Schreibutensilien. Ich hole mir ein Ringbuch aus dem großen Karton, den sie in der Garage stehen hat. Ich nehme so eins, wie Dad es benutzt, nur ist meins rot. Ich will ihn ja nicht nachmachen.

Jetzt stellt sich allerdings die Frage, ob ich dieses Album anlege, um mich an Dinge zu erinnern oder um Informationen an jemanden in der Zukunft weiterzugeben, der vielleicht später mal etwas über eine Person namens Julia Marks erfahren möchte.

Allen amerikanischen Präsidenten wird eine Bibliothek zur Verfügung gestellt, in der sie ihre Unterlagen aufheben können, sobald sie ihren Job getan haben. Sie nennen es Bibliothek, weil sich Museum komisch anhören würde, solange die Präsidenten noch leben. Ich bin in zwei dieser Bibliotheken gewesen, und da sieht es nicht danach aus, als ob die Präsidenten tausend Bücher schreiben würden. Oder auch nur tausend Bücher sammeln.

Also, so eine Art von Bibliothek ist das nicht.

Da kommen Unterlagen hin. Keine Unterlagen wie die für Referate in der Schule (zum Beispiel für meinen Vortrag über den Hahnenkamm, aus dem man ein Medikament gegen Arthritis herstellen kann), sondern Unterlagen, in denen dann steht, wann unser Präsident mit dem rumänischen Präsidenten Kaffee getrunken hat. Ich versteh nicht wirklich, warum es so wichtig ist, solches Zeug aufzubewahren, aber das zu ordnen gibt vielen Menschen Arbeit, das darf man nicht vergessen.

Jedenfalls weiß ich nach diesen Überlegungen, dass mein Album eins für mich sein soll, und zwar für die Zeit, wenn ich so lange gelebt habe, dass die Vergangenheit ganz weit weg und verschwommen ist.

Das Wichtigste, was in mein Album gehören würde, wäre Ramons Halsband. Es ist zu groß, aber ich könnte zumindest den Anhänger reintun.

Allerdings noch nicht jetzt gleich, denn ich bin noch nicht so weit. Die erste Seite lasse ich also frei und schreibe einfach oben hin: RAMON. Dann kommt mir aber doch eine gute Idee: Ich hole Mamas Pinzette und zupfe ein paar Haare von Ramons Halsband. Dann klebe ich sie mit Tesa ins Album.

Besonders appetitlich sieht es nicht aus. Ist mir egal. Diese Haare enthalten DNA, und vielleicht kann man eines Tages einen neuen Ramon daraus machen. Ein großer Traum, zugegeben, aber wer hat schon die Energie für viele kleine?

Ich blättere um zur nächsten Seite.

Im Moment kann ich mir unmöglich vorstellen, jemals auch nur für eine Sekunde zu vergessen, dass ich in der Clara-Barton-Grundschule war. Dabei würde ich liebend gern ein paar von diesen Erinnerungen aus meinem Kopf verbannen. Ich weiß noch ganz genau, wie ich in der Vorschule meine Jacke genommen habe, um Johnny Larson damit zu schlagen. Er hatte ein Zwanzig-Cent-Stück von meinem Tisch genommen und wollte es nicht wieder hergeben. Das war ganz klar Diebstahl. Also griff ich mir die Jacke, als wir rausgingen, und in der Tür versuchte ich, sie ihm um die Ohren zu hauen. Ich dachte nicht daran, dass sie einen Metall-Reißverschluss hatte, und es war ein unglücklicher Zufall, dass genau der ihn oben an der Stirn traf. Am Haaransatz fängt die Kopfhaut an, und dieser Teil des menschlichen Körpers blutet leicht.

Na ja, jedenfalls bei Johnny Larson.

So kam es, dass ich eben noch mit meiner weichen Jacke nach ihm geschlagen hatte, um meine zwanzig Cent zurückzubekommen, und im nächsten Augenblick war Johnny am Heulen und blutüberströmt. Als er den Kopf schüttelte, spritzte ein bisschen Blut herum und ein paar Tropfen landeten auf dem weißen Fell von Miss Tilly. Das ist unser Klassenkaninchen.

Tatsache: Die roten Flecken auf Miss Tillys weißem Fell wirkten auf die meisten Kinder schlimmer als Johnny Larsons blutende Stirn.

Ich wurde zum Rektor Buoncristiani geschickt. Ich weiß nicht, ob das vor mir irgendein anderes fünfjähriges Mädchen an unserer Schule erlebt hat.

Ich versuchte zu erklären, dass Johnny Larson meine zwanzig Cent genommen hatte und nicht zurückgeben wollte, aber diesen Teil meiner Geschichte hörte offenbar kein Mensch. Es war nur ständig die Rede von »aggressivem Verhalten«.

Ich muss es noch einmal wiederholen: Ich hab ihn mit einer Jacke gehauen. Sie war blau und aus Nylon, und ich habe nicht eine Sekunde an den Reißverschluss gedacht. Wenn ich ihn mit einem Stein geschlagen hätte, könnte ich vielleicht verstehen, warum alle so verrückt spielten.

Wenn ich mir jetzt überlege, welche Dinge mein Leben geprägt haben, dann wird mir klar, die Johnny Larson Story gehört in mein Album.

Ich hole mir eine Zange aus dem Werkzeugkasten in der Garage, und dann gehe ich zu meinem Kleiderschrank. Die Jacke liegt hinten drin.

So wenig bin ich also gewachsen. Die blaue Jacke ist *immer noch* da. Jahre später. Sie ist ein bisschen eng, und eigentlich trage ich sie nie mehr; ehrlich gesagt weckt ihr bloßer Anblick sehr unangenehme Gefühle.

Jedenfalls setze ich die Zange an. Es ist schwerer, als es aussieht, einen Teil des Reißverschlusses rauszureißen. Zweimal bin ich drauf und dran aufzugeben, aber dann habe ich eine Idee. Ich suche mir eine Schere und schneide einfach einen Teil aus dem Jackenstoff heraus.

Das macht mich sehr glücklich, denn jetzt habe ich ein Stück vom unteren Teil der blauen Jacke. So ist die Erinnerung angenehmer.

Allerdings wird mir klar, dass ich die Jacke damit ruiniert habe, und das ist auch nicht so toll. Irgendein anderes Kind hätte sie als Waffe gebrauchen können, um aus Versehen ein anderes an der Stirn zu verletzen.

Oder um sich an kalten Tagen warm zu halten.

Ich rolle die kaputte Jacke zusammen, lege sie in eine Papiertüte, geh zur Straße raus und stopfe alles zusammen in Mrs. Murrays Mülleimer.

Meine Mama sagt, Mrs. Murray ist steinalt, was sich falsch anhört, aber netter klingt, als zu sagen, Mrs. Murray ist scheintot.

Ich hab nämlich mal gehört, wie Mr. Wertheimer das sagte. Der ist auch ein Nachbar.

Mrs. Murray ist 102 Jahre alt und lebt immer noch in ihrem eigenen Haus. Mr. Wertheimer würde es gern kaufen. Er hat zwei Häuser weiter etwas gemietet, und ich glaube, er wartet schon seit Ewigkeiten darauf, umziehen zu können.

Eine Frau, die Pippi heißt, wohnt als Pflegerin mit im Haus bei Mrs. Murray, aber jetzt ist sie krank, und am Ende wird Mrs. Murray sie vielleicht überleben. Das wäre natürlich nicht so toll, wenn man als Pflegerin angestellt wird und dann eher stirbt als der Mensch, den man pflegen sollte. Man hätte keine Chance, den Leuten zu beweisen, dass man seine Sache gut gemacht hat.

Für den Augenblick ist nur wichtig, dass Mrs. Murray meist im Rollstuhl sitzt und nicht in ihrem Müll nachschaut, ob jemand eine zerschnittene Jacke voller böser Erinnerungen in ihre Tonne geworfen hat.

Nachdem ich den Stofffetzen eingeklebt habe, bin ich bereit für das nächste Stück im Album.

Und als Nächstes, glaube ich, gehört zu meiner Geschichte die mit den Zähnen. Die meisten Kinder verlieren ihren ersten Zahn mit fünf oder sechs Jahren.

Ich nicht. Ich habe meinen ersten Zahn verloren, als ich sieben war. Das gilt als ziemlich spät. Ich sollte eigentlich nicht in den Sachen meiner Eltern rumschnüffeln, aber das, was damals in meinem Mund war, habe ich in Mamas Schmuckkasten gefunden. Es war *mein* Zahn, also hab ich ihn mir zurückgeholt. Sie hat nie gemerkt, dass er abhandengekommen ist, was beweist, dass ich stärker an ihm hing als sie.

Weil der Zahn so spät ausgefallen ist, habe ich mich eine Zeit lang gefragt, ob ich die große Ausnahme sein würde, der Mensch, der mit Milchzähnen erwachsen wird. Kommt das überhaupt vor?

Es stellte sich dann heraus, dass doch ein vollständiger Satz von Erwachsenenzähnen irgendwo in meinem Kopf auf seinen Einsatz wartete.

Dieses Jahr haben sie bei uns in der Klasse einen Film gezeigt – aber einmal nur für die Jungs und einmal für die Mädchen. Er hieß »Was mit unserem Körper passiert«. Wir wissen jetzt ganz genau über eine Menge weiterer Überraschungen Bescheid, die auf uns zukommen, nur bei mir wahrscheinlich viel später, falls es so läuft wie bei meinen Zähnen.

Eine ganze Weile starre ich meinen ersten Zahn an. Ich habe nicht das Gefühl, dass mich irgendwas mit diesem seltsamen winzigen Ding verbindet. Er sieht aus wie eine missglückte Perle, bloß nicht rund. Trotzdem klebe ich ihn mit Tesa ins Album, weil er einen Teil meiner Geschichte erzählt.

Wenn ich die Seite zu lang anschaue, werde ich traurig.

Der Zahn ist tot.

Eines Tages bin ich auch tot.

Wie Ramon.

Und er kommt nicht zurück.

Auch wenn ich mir das noch so sehr wünsche.

Über das Sterben kann ich nicht nachdenken, ohne dass mir ganz flau im Magen wird. Ich weiß schon, das ist der Kreislauf des Lebens, aber es ist auch ein schreckliches Gewicht, das man da mit sich herumschleppen muss, besonders, wenn man jung ist. Wenn ich mal superalt bin und meine Knie nicht mehr richtig funktionieren, ergibt das alles hoffentlich mehr Sinn. Doch selbst wenn jemand richtig religiös ist und glaubt, dass alles einem festen Plan folgt, dann liegt in jedem Alter noch eine Menge Unbekanntes vor einem.

Fünf

Am ersten Probentag für den *Zauberer von Oz* bekamen wir einen Wochenplan. Wir werden immer von Montag bis Freitag ab zwei Uhr proben und samstags ab zehn Uhr morgens. Sonntags haben wir frei.

So als hätten wir eine echte Arbeit!

Aber ohne Bezahlung.

So ist es eigentlich eine Art unbezahltes Praktikum.

Ich habe mal gehört, wie Echo Freeman (Echo ist wirklich ihr Vorname) sagte, Praktika wären wichtig, um einen Studienplatz zu bekommen. Sie ist zwei Jahre älter als ich, und ich habe keinen Schimmer, was sie damit meinte. Eigentlich hätte ich sie gern gefragt, aber sie heißt ja Echo, und ich weiß, sie wiederholt sich nicht gern.

Ich nehme mir einen von den Probenplänen, die an der Pinnwand hinten an der Terrassentür hängen, und den klebe ich in mein Album. Wir haben nämlich zwei Exemplare, weil Randy ja auch mitspielt. Der Plan hat jetzt also seinen Platz gleich hinter meinem Zahn.

Am ersten Übungstag bekamen wir auch Blätter mit den Versen der Lieder, die wir singen werden. »Verse« klingt gut, irgendwie fröhlich.

Shawn Barr sagt, er wird uns auch beibringen, wie man sich bewegt. Natürlich wissen wir alle, wie man von einem Platz zu einem anderen geht, aber das hat er nicht gemeint.

Er sagte: »Auf der Bühne ist Bewegung ganz entscheidend. Eine Aufführung gewinnt erst in der Krümmung eines kleinen Fingers oder der Haltung eurer Schultern ihre Gestalt.«

Bevor Shawn diese wichtige Aussage machte, hatte ich noch nicht einmal darüber nachgedacht, wie ich meine Finger oder Schultern richtig halten müsste. Und dann sagte Shawn noch den Satz: »Euer Körper ist euer Instrument.«

Eigentlich hatte ich noch nie viel übrig für Musikinstrumente, aber ich finde diesen Satz trotzdem gut. Als ich in der Pause auf die Toilette musste, hab ich ihn einer Frau erzählt, die sich gerade die Hände wusch, und von ihr erfahren, dass es sich um ein bekanntes Zitat handelt.

Shawn Barr hat sich das also nicht selbst ausgedacht – na und? Er ist der erste Mensch, der das zu mir gesagt hat, und darum geht es. Ich glaube, was uns zusammenhält (mit »uns« meine ich die vierzig Munchkins), das sind unsere Körper. Wir sind alle klein. Olive und Quincy und Larry werden immer so bleiben. Wir Übrigen sind Kinder, sodass anzunehmen ist, wir werden noch wachsen.

Shawn Barr behauptet, mit der Art, wie wir uns bewegen, sagen wir der Welt, wer wir sind. Wir mögen klein sein, doch wir werden uns nicht klein bewegen. Ganz sicher bin ich mir nicht, was er damit meint, aber wir haben noch eine Menge Proben vor uns. Wir können es also herausfinden.

Dass wir »kurz geraten« wären, hat er bisher noch nie gesagt. Er erklärte uns, dass viele Komiker einen unverwechselbaren Gang hätten. Dann machte er uns vor, wie jemand namens Charlie Chaplin sich bewegte. Das war echt stark.

Jetzt, wo Shawn Barr uns beigebracht hat, wie wichtig das ist, werde ich mir genau anschauen, wie die Leute sich bewegen. Bei jedem Einzelnen in meiner Umgebung werde ich auf diese sogenannte Körpersprache achten, vor allem bei Mum und Dad.

Bei meiner Mutter habe ich den Eindruck, sie bewegt sich so, als ob sie alles im Blick haben möchte. Selbst dann, wenn sie so gut wie gar nichts tut. Und das kommt nicht daher, dass sie im Baumarkt für

Gartenzubehör zuständig ist und deswegen immer den Überblick behalten muss. Sie schaut auch auf einem Parkplatz ständig nach allen Seiten.

Wenn ich darüber nachdenke, dann bewegt sich Dad viel kontrollierter als Mum. Er marschiert sozusagen von einem Ort zum anderen und sieht dabei starr geradeaus. Wenn er geht, hört man im Fußgelenk so ein leises Klicken. Keinen richtigen Knacks, aber nah dran. An seinem Gang merkt man, dass er kein großer Träumer ist.

Dad ist im Krankenhaus für die Versicherungen zuständig. Es ist eine wichtige Arbeit, aber ich würde sie nicht machen wollen. Das Wort »Versicherungsschutz« benutzt er ganz oft. Er kann nichts dafür, aber er redet auch ständig über Risiken. Er muss massenhaft Versicherungsansprüche regeln und weiß daher, was gefährlich ist – nämlich so ungefähr alles.

Die Körpersprache von meinem großen Bruder verrät, dass er Hummeln im Hintern hat. Immer muss Tim mit irgendwas oder irgendwie herumzappeln. Sogar seine Augenbrauen gehen manchmal ohne Grund rauf und runter. Im Sitzen hibbelt er mit den Füßen, dass es fast aussieht wie ein krampfhaftes Zucken. Seine Hände sind auch ständig in Bewegung. Während er fernsieht oder ein Chili-Cheese-Sandwich isst, hat er normalerweise einen Stift in der Hand und zeichnet. Die Menschen, die er zeichnet, haben meist Elefantenohren und Augen mit Sternen in der Mitte. Ich habe Grandma Däumling mal sagen hören, Tim wäre ein origineller Denker. Tja, er ist ihr erster Enkel. Bei ihm hält sie Zappelei wohl für eine besondere Begabung.

Randy ist noch ein kleines Kind. Deswegen glaube ich nicht, dass seine Art, sich zu bewegen, viel bedeutet, egal, was Shawn Barr uns erzählt.

Randy ist mal von der Garage gesprungen, als Marla Weiss bei uns vorbeikam. Als er ihr gegenüber behauptete, er könnte fliegen, nannte sie ihn einen Lügner, worauf Randy schrie: »Ich bin kein Lügner!« Ich war hinten im Garten mit meinen eigenen Sachen beschäftigt, aber ich hörte das Ganze. Gerade weil er so rumschrie, war es natürlich glasklar, dass er log, aber er holte sich eine Leiter und stieg auf das Garagendach.

Ich schaute überhaupt nur auf, weil Ramon anfing zu bellen. Er war sozusagen unser Alarmknopf, aber ziemlich oft bedeutete sein Alarm bloß, dass ein Eichhörnchen über unseren Rasen hüpfte.

Bevor ich irgendwas tun konnte, sprang Randy vom Rand des Daches in die Luft. Er flatterte zwar mit den Armen, aber das brachte gar nichts. Er stürzte senkrecht nach unten, landete krachend auf dem Boden und stieß einen gellenden Schrei aus, der einem richtig Angst einjagte.

Direkt nach seiner Landung im Dreck sah er zu Marla hinüber und sagte, während ihm die Tränen aus den Augen schossen: »Siehst du? Ich hab ja gesagt, ich kann fliegen.«

Ramon bellte jetzt wie verrückt.

Das alles passierte am Wochenende, meine Eltern waren also zu Hause. Dad legte Randy eine Kühlkompresse aufs Bein, und Mum stellte ihm eine Schale mit Eiscreme hin. Marla und ich bekamen auch ein Eis, weil es unfair gewesen wäre, ihm beim Essen zusehen zu müssen. Danach durfte er ganz lange das Vormittagsprogramm im Fernsehen anschauen, was schlecht für einen ist, wenn man nicht krank ist, sagen Mum und Dad.

Als Randy am Montag immer noch auf einem Bein herumhoppelte und ganz quengelig war, brachte Mum ihn zum Arzt. Er hatte sich den Knöchel gebrochen. Kaum hatten meine Eltern das erfahren, musste ich ein Donnerwetter über mich ergehen lassen, weil ich ihn nicht daran gehindert hätte, auf die Leiter zu steigen; dabei konnte ich ihn noch nie von irgendetwas abhalten.

Randys Bewegungen haben meiner Meinung nach etwas von Spaghetti. Er schlenkert in alle möglichen Richtungen und kümmert sich nicht darum, ob ihm jemand zusieht. Vielleicht geht in seinem Gehirn irgendetwas Magisches vor, so wie bei Grandma Däumling, sagt Mum, wenn sie die Baseball-Reportagen von den Los Angeles Dodgers unbedingt im Radio anhören muss.

Sie können sonst nämlich nicht gewinnen.

Grandma sagt, das belaste sie richtig.

Ich glaube, ich bewege mich immer so, dass ich hoffentlich keine Spuren hinterlasse.

Sechs

Wir haben unsere zweite Probe, und Shawn Barr wirkt extrem nervös.

Seine Körpersprache verrät mir, dass er loslegen will.

Den orangefarbenen Jumpsuit hat er heute nicht an. Er trägt eine schwarze Stretchhose und ein weißes Hemd mit Kragen. Sieht interessant aus. Ich werde ihn ganz genau beobachten, weil man durch Nachmachen am besten lernt. Am Beispiel lernen, nennt man das. Man braucht nichts zu recherchieren, man muss nur genau hinsehen.

Sobald das letzte Kind erschienen ist, sagt Shawn Barr, dass wir uns setzen sollen, und dann dimmt die Klemmbrett-Frau das Licht. Wir schauen auf die rückwärtige Wand der Bühne, die weiß ist und wie eine Leinwand wirkt, und schon beginnt der Film *Der Zauberer von Oz* mit der Szene, als das Haus vom Himmel auf Oz herabfällt.

Schade, dass kein Ton kommt, denn ich liebe den Film. Ich vergesse sofort, dass wir in der Probe sind, und wünschte, ich hätte meinen Pullover als Kissen dabei, um es mir richtig gemütlich zu machen.

Shawn Barr erklärt: »Wir schauen das ohne Ton an, weil ich möchte, dass ihr ganz genau auf die Bewegungen der Schauspieler achtet.« Ich glaube, ich könnte gleichzeitig sehen und hören, aber er wird schon wissen, was er tut.

Nachdem wir alle Szenen des Films mit den Munchkins angesehen haben, sagt Shawn Barr: »Ich hoffe, das hat euch alle inspiriert.«

»Und ob!«, platzt es aus mir heraus. »Wir könnten auch noch mehr ansehen, wenn das hilft.«

Ein paar von den Kindern schauen mich ziemlich giftig an, aber Quincy und Larry lachen. Ich wollte keinen Witz machen.

Dann höre ich Shawn Barr sagen: »Wir werden nicht jeden Schritt im Film imitieren. Wir wollen etwas Eigenes schaffen. Und uns von dem Zauber, den der Film ausstrahlt, motivieren lassen.«

Das klingt gut.

»Darsteller, jetzt möchte ich, dass jeder von euch sich einen Probenpartner aussucht. Das ist derjenige, mit dem ihr für die Choreografie zusammenarbeitet.«

Es ist wie auf einem Schulausflug. Wir sind viele Munchkins, und es könnte einer verloren gehen, ohne dass es irgendjemand bemerkt. Sammy Sugarman ist mal in der Toilette vergessen worden, als wir vor zwei Jahren mit unserer Klasse Dryer's Eis-Fabrik besichtigt haben. So was passiert, wenn man nicht gegenseitig auf sich aufpasst. Sammy hat aber hinterher erzählt, dass sie eine zweite Eiswaffel bekommen hat, während sie im Büro darauf wartete, dass jemand unsere Schule anrief. Deswegen wäre ich gern mit ihr zusammen vergessen worden.

Shawn Barr sagt: »Nur Mut. Sucht euch einen Partner.«

Vielleicht sollte ich meinen kleinen Bruder aussuchen. Wir wohnen in demselben Haus. Wir fahren in demselben Auto zur Probe. Wir haben massig Zeit, alles gemeinsam zu besprechen.

Aber das ist mir egal. Diese Probenpartner-Sache ist eine Chance, jemand anderen kennenzulernen.

Zum Glück sehe ich, dass Randy denkt wie ich, denn er geht auf eine Gruppe von Jungen zu, die beim Klavier sitzen.

Ich marschiere direkt zu Olive rüber.

Nur bin ich nicht die einzige Person, die sie zur Partnerin haben will. Larry und Quincy geben sich auch beide die Ehre. Als ich bei Olive ankomme, sind sie mitten in einer Art Auseinandersetzung.

Ich tippe Olive auf die Schulter und bitte sie, meine Partnerin zu sein. Ich sage: »Ich bin Julia Marks. Ich bin übrigens zwei Jahre älter, als die meisten Leute meinen, weil ich ... *nicht sehr groß* geraten bin. Das k-Wort nehme ich nicht in den Mund. Ich will nur, dass Sie das wissen, weil ich nämlich interessanter bin, als ich aussehe.«

Larry und Quincy hören auf zu streiten, nur ist das jetzt zu spät.

Olive sagt lächelnd: »Julia, das wäre fantastisch.« Und sie legt mir den Arm um die Schulter.

Wir sind gleich groß.

Ich sage: »Perfekt.«

Larry und Quincy sehen mich irgendwie seltsam an. Aber Olive ignoriert sie. Die beiden Männer müssen sich nun wohl oder übel zusammentun.

Sie scheinen nicht gerade glücklich darüber zu sein.

Ein paar Minuten später hat jeder seinen Partner gefunden, und Shawn Barr erwartet, dass wir aufhören zu reden. Er klatscht ein einziges Mal in die Hände. Das ist laut, und wir sind jetzt leise.

Shawn Barr sagt: »Wir beginnen mit Spiegel-Übungen.«

Ich schaue mich um, sehe aber keine Spiegel. Gestern lehnte da einer an der Wand, doch der ist nicht mehr da.

Er fährt fort: »Das heißt nicht, dass ihr vor einem Spiegel steht. Es bedeutet, dass sich die Probenpartner jeweils gegenüberstehen und abwechselnd den Bewegungen des anderen folgen.«

Ich verstehe nicht, was er meint, aber dann legt die Assistentin ihr Klemmbrett beiseite und geht zu Shawn Barr hinüber. Sie ist größer als er und wirkt nervös. Shawn Barr hebt langsam die Arme hoch. Die Frau macht es ihm nach. Dann senkt er die Arme wieder, und sie macht dasselbe.

Jetzt verstehe ich. Wir sind Schatten.

Ich finde, das erklärt die Sache besser, und ich habe recht, denn jetzt sagt er: »Man nennt das auch Schattenarbeit. Später werden wir uns darauf konzentrieren, unsere inneren Schatten zu entdecken. Aber das ist schwieriger.«

Keine Ahnung, was ein innerer Schatten ist, aber im Moment bin ich froh, dass ich Olivia für die äußeren Sachen habe. Wir verteilen uns paarweise auf der Bühne und stellen uns jeweils voreinander auf. Jeder übernimmt einmal die Führung, und der andere folgt seinen Bewegungen.

Ich will ja nicht angeben, aber ich glaube wirklich, Olive und ich machen das besser als irgendein anderes von den neunzehn Paaren.

Und wir sind so gut, weil Olive auf die Kleinigkeiten achtet und außerdem keine Angst davor hat, auch schwierigere Dinge zu probieren. Sie zeigt Bewegungen mit den Fingern an, also mache ich das auch. Und sie gibt mir auch mit den Augen zu verstehen, was als Nächstes kommt. Dadurch wirkt unsere Spiegelarbeit eindrucksvoller.

Olive hebt erst das eine, dann das andere Bein und bewegt gleichzeitig die Arme. Das ist ganz schön kompliziert, sodass ich an nichts anderes denken kann als an das, was gerade vor mir passiert. Es ist, als ob wir durch die Luft schwimmen. Ein paar von den Jungen schwingen nur die Arme auf und ab. Das kommt überhaupt nicht an das heran, was wir tun.

Nachdem ziemlich viel Zeit mit diesen Übungen vergangen ist, klatscht Shawn Barr in die Hände, und wir halten alle inne.

»Jetzt spiegelt ihr mich«, sagt er.

Am Ende war das alles vielleicht bloß ein Trick, denn jetzt beginnen wir direkt, die ersten Schritte von dem Tanz zu lernen, den wir im Stück aufführen werden.

Das Gute daran ist: Es fällt uns viel leichter, seinen Bewegungen zu folgen, weil wir uns vorher richtig konzentriert und unseren Körper bei der Schattenarbeit als Instrument benutzt haben.

Dann geht Shawn Barr zum Klavier, das seitlich auf der Bühne steht. Er setzt sich und beginnt mit dem ersten Lied, das wir lernen werden.

Die Klemmbrett-Frau (jetzt ohne Klemmbrett) steht vor uns und macht die Schritte, die Shawn Barr uns gerade beigebracht hat. Sie ist wohl ziemlich nervös, denn sie nachzuahmen ist nicht mehr so leicht.

Außerdem lenkt mich jetzt die Musik ab.

Ich wünschte, Mrs. Sookram könnte ihn hören. Ich fand ja, dass sie gut war, aber Shawn Barr kann ein Klavier zum Singen bringen. Noch nie habe ich jemanden gehört, der so spielen kann, außer im Fernsehen.

Wahnsinn, wie die Zeit vergeht! Es fühlt sich an, als wären wir gerade erst gekommen, da sagt Shawn Barr, dass die zwei Stunden vorbei sind und wir uns morgen wiedersehen.

Ich merke, dass ich völlig erschöpft bin, er hingegen sieht ganz energiegeladen aus.

Das ist seltsam, denn wir sind doch die jungen Leute und er der alte Mann. Schon während ich zur Tür gehe, kann ich den morgigen Probentag kaum erwarten.

Shawn Barr gibt uns eine letzte Anweisung mit auf den Weg: »Bis ich euch wiedersehe, schaut euch die Welt an und stellt den Ton ab. Konzentriert euch nur auf einen eurer Sinne und entdeckt neue Sichtweisen.«

Das ist eine interessante Idee, aber ich denke, dass ich vorerst mal den Ton anlasse, wenn ich meine Lieblingssendungen im Fernsehen anmache.

Sieben

Die ganze Woche verbringen wir damit, die Verse und Tanzschritte zu lernen.

Ich kann jetzt alle Lieder singen, ohne aufs Blatt zu schauen (jede Rolle – sogar die mit den Texten von Dorothy und den Hexen, die wir noch nicht kennengelernt haben).

Wenn wir proben, übernimmt Shawn Barr die Rollen der anderen Personen.

Es ist verblüffend, wie seine Stimme klingt, wenn er Dorothys Part singt. Er hört sich ganz genauso an wie Judy Garland, die Dorothy im Film spielt. Ich fürchte ja, wenn ich jetzt das Mädchen kennenlerne, das tatsächlich die Rolle übernimmt, wird sie mir nicht so gefallen. Weil ich mich total an Shawn Barr gewöhnt haben werde.

Wir Munchkins haben eine ganze Woche vor den übrigen Schauspielern mit den Proben begonnen, weil wir (hauptsächlich) Kinder sind, und außerdem hatten die Bühnenarbeiter dadurch Zeit, das Bühnenbild und die Beleuchtung aufzubauen.

Es gibt viel technischen Kram zu beachten, wenn man ein Stück aufführt. Das wusste ich vorher nicht, und ich begreife auch jetzt noch nicht alles. Aber es passiert dauernd etwas um mich herum.

So viel kann ich jetzt schon sagen: Eine Wand ist keine Wand. Die »vierte Wand« – also die Seite auf der Bühne, die zum Publikum gewendet ist – kann man »aufmachen«, wenn man zum Beispiel das Publikum anspricht. Ansonsten tut man einfach nur so, als wäre da eine. Die anderen Wände sind Leinwände, die man auf einen Holzrahmen spannt. Sie werden anschließend bemalt. Das nennt man dann Kulisse.

Die Kulissen lassen sich ganz leicht auf der Bühne bewegen. Manche haben unten Räder, andere kann man nach oben wegziehen, weil sie an Seilen hängen. So ein Haus hätte ich gern. Dann könnte man das Wohnzimmer herumschieben, es kleiner oder größer machen oder sogar eine Wand entfernen, um es nach draußen zu öffnen – alles in null Komma nichts, wenn es wie im Theater wäre.

Auf der Bühne kriegt man immer gesagt: »Schau dich um!«

Damit ist aber nicht gemeint, dass sich jemand von hinten anschleicht.

Man soll vielmehr schauen, was hinter einem vorgeht, weil sich die Wände bewegen können oder, wie im *Zauberer von Oz*, auch mal ein Teil von einem Haus vom Himmel fällt. Das ist dann natürlich kein echtes Haus, eher irgendwas aus dünnem Holz und angemalten Schaumstoffplatten. Aber man möchte es trotzdem nicht auf den Kopf kriegen.

»Schau dich um!« bedeutet aber auch, dass man auf alles um sich herum achten soll. Shawn Barr hat erklärt, dass Künstler Beobachter sind. Ich glaube nicht, dass ich irgendeine Art von Künstler bin, aber ich möchte schon gern wissen, was um mich herum passiert. Ich höre auch hin, wenn Leute privat miteinander reden, was laut unserem Regisseur also nicht heißt, dass ich eine Schnüfflerin bin; ich bin eine aufmerksame Beobachterin. Früher dachte ich immer, Beobachter wären Leute mit Ferngläsern.

Ich mag Teleskope lieber als Ferngläser.

Es ist wunderschön, nachts Sterne anzuschauen, vor allem, wenn man mit dem Hund draußen ist.

Meine Lieblingsbeschäftigung in dieser Probenwoche ist, Shawn Barr zu beobachten, wie er zwischen dem Klavier und seinem Platz auf der Bühne hin- und herrennt.

Mit Kreide bringt er für uns Markierungen auf dem Bühnenboden an.

Manche davon macht er spontan, aber er hat auch das Drehbuch in seinem Hefter, und ich habe gemerkt, dass die Seiten darin wie Karten aussehen, mit lauter Pfeilen, die in viele verschiedene Richtungen zeigen.

Hoffentlich fällt eines Tages mal irgendwas aus dem Hefter (und er bemerkt es nicht, und es ist ihm auch nicht wichtig), dann hätte ich ein großartiges Erinnerungsstück für mein Album.

Zu verschiedenen Zeitpunkten während unserer Songs müssen wir uns an diese Markierungen begeben. Die Klemmbrett-Frau – sie heißt Charisse und ist die Regieassistentin, aber für mich ist sie einfach die Klemmbrett-Frau, auch nachdem ich ihren Namen kenne – klebt später buntes Tape auf die Kreidepunkte. Diese Markierungen macht man, damit wir uns unseren jeweiligen Standort merken.

Mir gefällt das, weil mein Name Julia Marks ist.

Julia merkt's. Klingt doch ganz ähnlich, oder?

Wenn ich jetzt eine Visitenkarte haben müsste, sollte da drauf stehen:

JULIA MARKS
Ramons beste Freundin
Darstellerin in einer semiprofessionellen
Universitäts-Theaterproduktion
Viel älter, als sie aussieht
»Marks merkt's«

Ich bin nicht sicher, ob man ein Motto auf Visitenkarten druckt. Ich glaube, auf den Visitenkarten meiner Eltern stehen nur ihre Namen, aber sie arbeiten schließlich für große Unternehmen. Ich bin bloß ich.

Auf meine Visitenkarte müsste auch ein witziges Logo. Vielleicht ein tanzender Hund oder singende Schuhe.

Eine Visitenkarte wäre auch eine tolle Ergänzung für mein Album. Vielleicht kann ich mir eine zum nächsten Geburtstag wünschen. Ich weiß zwar nicht, wer eine Visitenkarte von mir wollen würde, aber wenn ich sie hätte, wäre ich gut vorbereitet - und in der Schule sagen sie ständig, ich müsste an meiner Vorbereitung arbeiten.

Heute ist Samstag, und damit ist unsere erste volle Probenwoche zu Ende.

Shawn Barr steigt auf eine Leiter, damit er uns besser beobachten und trotzdem alle Rollen singen kann. Klavier spielt er da oben allerdings nicht. Er klatscht zum Rhythmus der Musik. Bevor er anfängt, ruft er uns zu: »Laut singen, Darsteller! Denkt jetzt nicht an die Melodie, sondern schmettert das Lied hinaus!«

Anscheinend haben wir viel zu leise gesungen, denn ein paar Minuten später ruft er wieder von seiner Leiter: »Ich kann euch nicht hören!«

Diesmal klingt es, als ob er es ernst meint.

Ob wir wollen oder nicht, wir müssen superlaut singen. Und das tun wir auch. Oder wir versuchen es wenigstens.

Ich brülle praktisch und kann niemanden sonst hören, nicht einmal Olive. Sie wirbelt herum, und alle drehen sich, weil wir ja tanzen *und* singen sollen. Quincy und Larry sind schneller als alle anderen Paare, und Quincy sieht aus, als ob er Larry den Arm ausreißen würde.

Shawn Barr klatscht weiter zum Rhythmus und beobachtet uns, und dann passiert etwas ganz Schlimmes.

Wahrscheinlich vergisst Shawn Barr für einen Moment, dass er auf einer Leiter steht, denn er macht einen Schritt nach vorn - aber da ist bloß Luft, und dann sehen wir ihn fallen. Wir hören auf zu tanzen und aus voller Kehle zu singen und rennen zu ihm hinüber. Er liegt auf dem Boden und windet sich wie ein Regenwurm, den man aus dem Matsch auf einen trockenen Gehsteig gelegt hat. Er stößt schreckliche Flüche aus. Olive flüstert, ich soll mir die Ohren zuhalten.

Mach ich aber nicht.

Dann geht Randy zu Shawn Barr hin, und ich höre, wie er sagt: »Ich bin mal vom Dach gefallen und hab mir den Knöchel gebrochen. Vielleicht ist das jetzt bei dir auch so.«

Ich korrigiere ihn lieber nicht, indem ich sage: »Du bist vom Dach *gesprungen*, nicht gefallen.«

Meine Eltern haben mir immer wieder erklärt, dass es ungezogen sein kann, andere Menschen beim Reden zu verbessern, und dass es in den meisten Situationen auch nichts bringt.

Ich habe das Gefühl, das ist jetzt eine dieser Situationen.

Larry läuft ins Büro, um einen Arzt zu rufen. Die Klemmbrett-Frau folgt ihm. Olive und Quincy rufen uns zusammen, und Olive sagt, wir sollen draußen vor dem Eingang warten.

Wir räumen das Theater, als gäbe es Feueralarm.

Niemand drängelt oder schiebt.

Wir gehen mit unseren Partnern.

Keiner sagt ein Wort. Ich stelle mich an meinen Platz neben Olive. Wir gehen als Letzte und überzeugen uns, dass niemand zurückbleibt.

Ich will Shawn Barr nicht allein lassen, aber Quincy leistet ihm Gesellschaft und Olive wird bei den Kindern bleiben, damit sie keinen Unfug machen. Bald danach fährt ein Krankenwagen vor, und zwei Sanitäter steigen aus und gehen ins Theatergebäude (in meinen Augen bewegen sie sich ziemlich langsam). Beide tragen etwas, das aussieht wie orangefarbenes Angelzeug, aber das ist natürlich Unsinn.

Nach ein paar Minuten kehren sie zurück, um eine Trage zu holen, und gehen dann wieder rein.

Als sie erneut erscheinen, liegt Shawn Barr angeschnallt auf der Trage. Um seine Brust und seine Beine hat er so was wie Sicherheitsgurte. Er kann einen Arm bewegen, und als er an uns vorbeigetragen wird, hält er den Daumen hoch, um zu zeigen, dass es ihm so weit gut geht.

Bis Montag werden wir nicht wissen, wie schlimm er verletzt ist.

Am liebsten würde ich mit ihm im Krankenwagen ins Krankenhaus fahren, aber ich weiß, dass ich das nicht dürfte. Deswegen spare ich mir die Frage.

Nachdem der Wagen abgefahren ist, entdecke ich die Verpackung von den Gummihandschuhen, die einer der beiden Sanitäter angezogen hat, um sich um Shawn Barr zu kümmern. Auf dem weißen Papierbeutel ist eine Hand abgebildet mit der Aufschrift: STERILE EINMALHANDSCHUHE. Und klein gedruckt steht darunter: *Hohe Kundenzufriedenheit weltweit*. Das finde ich interessant, denn derjenige, der genau das gern wüsste, bekommt das mit der *weltweiten Zufriedenheit* wohl nie zu lesen – was auch immer das bedeutet.

Also, der Satz ist eigentlich sinnlose Angeberei.

Ich weiß sofort, dass dieses Fundstück in mein Album gehört.

Ich falte die Packung zusammen und stecke sie in die Hosentasche.

Offensichtlich ist die Probe für heute beendet.

Die Klemmbrett-Frau wird bei uns bleiben. Olive, Quincy und Larry verabschieden sich und gehen. Sie sind erwachsen und müssen nicht warten, bis ein Erwachsener sie abholt. Ich bin neugierig, wie sie Auto fahren, weil ich mich frage, ob ich das Gaspedal im Auto meiner Mum erreichen könnte, und Olive ist so groß wie ich.

Hat sie einen speziellen Fahrersitz?

Oder gibt es andere besondere Vorrichtungen, um das Auto zu fahren?

Und wie funktioniert das dann?

Aber solange ich sie noch sehen kann, gehen die drei Erwachsenen den Bürgersteig entlang und steigen nicht in ein Auto ein. Wir Kinder bleiben auf den sonnigen Plätzen der Steinmauer am Theater zurück und denken über Shawn Barr nach.

Hätten wir doch laut genug gesungen, dann wäre der Unfall vielleicht gar nicht passiert!

Ich will gar nicht erst damit anfangen, jemandem die Schuld zu geben, deswegen werde ich weder mir noch den übrigen Munchkins den Vorwurf machen, dass unsere Stimmen nicht weit genug getragen haben.

Wenn ich überhaupt nach Schuldigen suchen würde, was ich nicht tue, dann würde ich sagen: Leitern sind eine gefährliche Sache, wenn man sich aufregt.

Acht

The show must go on. Diesen Spruch benutzen die Leute bei allen möglichen Gelegenheiten, wenn sie sagen wollen: Es muss irgendwie weitergehen. Doch in unserem Fall ist das mehr als eine Redensart. Unsere »Show«, *Der Zauberer von Oz*, geht weiter nach Plan, obwohl Shawn Barr eine Coccyx-Fraktur hat – das heißt, er hat sich das Steißbein gebrochen.

Es gehört sich nicht zu sagen, Shawn Barrs Arsch ist am Arsch, was Jeremiah Jensen ein paar Kindern erzählt hat.

Jeremiah ist der größte Munchkin und glaubt deshalb, er ist unser Chef. Ist er aber nicht.

Olive und Quincy und Larry schon, weil sie erwachsen sind.

Jedenfalls hat Shawn Barr noch Glück gehabt, dass er sich bloß das Steißbein gebrochen hat. Es hätte ja viel schlimmer kommen können. Er hätte sich am Kopf verletzen können und dann zum Beispiel vergessen, dass Senf ein Gewürz ist.

Während wir am Montagnachmittag auf die restlichen Munchkins warten, erzählt Quincy: »So ein Sturz kann sehr gefährlich sein. Es gab mal einen Mann namens Vincent Smith. Der arbeitete in einer Süßwarenfabrik in New Jersey und ist ausgerutscht und in einem großen Fass voller Schokolade gelandet. Da erwischte ihn ein Rührpaddel aus Holz am Kopf und schlug ihn k. o. Die Schokolade war 50 Grad heiß, und bevor ihn die anderen Arbeiter aus dem Fass ziehen konnten, war er schon tot von der Hitze. Und vielleicht auch, weil er in der geschmolzenen Schokolade keine Luft gekriegt hat.«

Keiner sagt was, aber Olive dreht sich zu Quincy um und wirft ihm einen bösen Blick zu.

Daraufhin murmelt er bloß noch: »Das stimmt aber. Kannst du ja nachschauen, wenn du's nicht glaubst.«

Die Geschichte von Vincent Smith erinnert mich an Schokoladenfondue. Das essen wir einmal im Jahr, weil ein Teil der Familie meiner Mum aus der Schweiz kommt. Der Teil war der Großvater ihres Vaters, aber ich kann mir seinen Namen nicht merken, weil ich diesen Schweizer Ururgroßvater nie kennengelernt habe.

Jedenfalls, das Fondue, das er mochte, war Käsefondue, aber in unserer Familie machen wir Schokoladenfondue.

Das Wort »Fondue« ist französisch und heißt »geschmolzen«. Hat Dad uns mal erklärt. Und er hat auch gesagt, dass man beim Fondue-Essen nicht »doppeltunken« soll, dass man also den Spieß mit demselben Stück Obst oder Brot nicht zweimal hintereinander eintauchen darf.

Das ist nicht hygienisch.

Ich hasse das Wort »hygienisch«.

Es klingt einfach unangenehm.

Wenn wir Fondue essen, tunkt Tim trotzdem doppelt und schert sich nicht drum, was man ihm sagt. Ich finde Fondue an sich gut, aber wenn wir es dann essen, habe ich immer das Gefühl, man muss hart arbeiten und kriegt fast nichts dafür.

In Zukunft muss ich bei Fondue immer an einen Mann namens Vincent Smith denken, der keinen guten Gleichgewichtssinn und kein Glück hatte.

Vielen Dank, Quincy!

Shawn Barr will nicht, dass wir eine von unseren Proben auslassen, auch wenn er Schmerzmittel nehmen muss und ein paar Tage fehlen wird.

Deswegen übernimmt nun die Klemmbrett-Frau.

Weil sie als Regieassistentin jetzt Shawn Barrs Stelle einnimmt, nenne ich sie bei ihrem Namen.

Charisse Hosie ist superglücklich über ihren neuen (aber vorübergehenden) Job. Sie ist im Hauptstudium und diese Theaterarbeit braucht sie für ihren Abschluss. Charisse erinnert mich an einen australischen Schäferhund. In unserer Nachbarschaft gibt es so einen, unten am Berg. Er heißt Gravy und will den ganzen Tag lang Dinge zusammentreiben oder einem Ball nachjagen.

Charisse hat (wie Gravy, der Hund) so einen übereifrigen Blick.

Als alle da sind, liest sie uns eine Mitteilung von Shawn Barr vor. Als sie fertig ist, melde ich mich und frage: »Könnte ich vielleicht Shawn Barrs Mitteilung haben?«

Ich bitte darum, weil sie ein wunderbares Erinnerungsstück für mein Album wäre.

Charisse verzieht das Gesicht und sagt: »Es wäre unpassend, dir private Notizen von ihm zu geben.«

Ich finde, das ist unfair, weil es nicht privat war. Sie hat es uns ja gerade vorgelesen.

Was ist der Unterschied, ob ich es höre oder das Blatt Papier bekomme?

Unsere neue Regisseurin lässt während der Pause ihr Klemmbrett auf dem Klavier liegen, und ich sehe, wie Larry hingeht und sich die Mitteilung anschaut. Vielleicht wollte er sie auch haben?

Die Proben mit Charisse sind ganz anders als mit Shawn. Wir machen keine Spiegelarbeit und üben auch nicht mit den Markierungen. Sie lässt uns im Zuschauerraum sitzen und bleibt selbst auf der Bühne. Wahrscheinlich, weil sie uns so sehen kann, ohne auf eine Leiter zu steigen. Aber wir können uns nicht rühren und vielleicht geht's ihr genau darum. Außerdem kann sie wohl nicht so Klavier spielen wie Shawn Barr, und die übrigen Rollen singt sie ebenfalls nicht. Wenn Dorothy dran ist oder die Böse Hexe, dann summt sie bloß.

Wir müssen immer und immer und immer wieder die Songs üben.

Es dauert nicht lange, und wir singen alle, als ob wir auf einer Stange Sellerie rumkauen.

Es ist wie beim Fondue: harte Arbeit, und man kriegt fast nichts dafür.

Schließlich überfällt Charisse uns mit einer Idee: Wir sollen versuchen, mit einer näselnden Stimme zu singen, die sich nicht nach uns anhört. Wahrscheinlich meint sie, es wäre gut, wenn wir als Munchkins nicht wie Kinder klingen.

Olive, Larry und Quincy, sagt sie, können weiter so singen wie bisher. Ob das jetzt irgendwie ihre Gefühle verletzt? Ich hoffe nicht.

Bis zum Probenende versuchen wir, durch die Nase zu singen. Ich habe wirklich keine Ahnung, was sie will, aber ich tue mein Bestes.

Endlich ist es Zeit zu gehen, und wir sind alle sehr müde, obwohl wir die meiste Zeit gesessen haben.

Mir geht auf, dass Sitzen wirklich ermüdend sein kann.

Meine Mutter hat eine Freundin, Nancy, und die hat mal gesagt, Sitzen ist das neue Rauchen.

Als ich sie das sagen hörte, hielt ich es für Quatsch, aber jetzt verstehe ich, was sie meinte. Beides kann schlecht für den Körper sein.

Als wir das Theater verlassen und zum Parkplatz gehen, kommt Larry auf mich zu und sagt: »Hier, Julia, ich hab dir die Notiz besorgt.«

Er gibt mir den Zettel.

Wahrscheinlich hat er ihn einfach vom Klemmbrett genommen.

Jetzt habe ich Angst, Charisse könnte glauben, ich war's, und mich für eine Diebin halten. Aber für heute ist sie schon weg, weil es viel anstrengender ist, Regisseurin zu sein als Regieassistentin.

Ich will nicht, dass Larry denkt, ich freu mich nicht darüber, dass er mir das Blatt besorgt hat. Also sage ich: »Danke, Larry. Das musste doch nicht sein!«

Das ist von mir ganz wörtlich gemeint, aber es ist auch so eine Höflichkeitsfloskel, und Larry scheint ganz zufrieden zu sein.

Ich merke, wie er versucht, Olives Aufmerksamkeit auf uns zu ziehen. Aber sie schaut woandershin.

Shawn Barr hat die Mitteilung auf ein weißes Blatt Papier getippt. Sie lautet:

Liebe Darsssteller,

ich denke an euch, wenn ich hier auf meinen Kissssen liege.
Ich habe grosse Sssschmerzen, nehme aber Medikamente, die mir helfen, dasss durchzussssstehen.
Die Sssshow musssss weitergehen. Dasss isssst Teil einer großen Tradition im Theater. Sssselbst in sssehr sssschwierigen Momenten wie in diesssem lassssen wir unsss nicht aufhalten.
Charissssse issst von mir informiert, wie die Proben laufen sssollen. Ich komme ssssehr bald zurück.
Bisss dann sssingt eure Texte mit Gefühl. Follow, follow, follow the Yellow Brick Road.

Euer Regisssseur,
Sssshawn Barr.

Die Mitteilung beunruhigt mich.

Kein Wunder, dass Charisse sie mir nicht zeigen wollte.

Vielleicht hat Shawn Barr sich am Kopf (und nicht nur am Steiß) verletzt, und jetzt leidet er an einer Gehirnerschütterung, von der jeder weiß, wie schlimm sie sein kann und warum sich Sportler erst mal hinsetzen müssen, wenn sie eins auf den Schädel bekommen haben.

Eine andere Erklärung wäre, dass Shawn Barr sehr starke Medikamente nimmt. Auf YouTube gibt es viele Videos von Leuten, die nicht mehr wiederzuerkennen sind, nachdem sie Schmerztabletten genommen haben. Vielleicht ist es ja gemein, über so was zu lachen, aber die Videos sind schon lustig.

Es könnte auch sein, dass unser Regisseur eine abgenutzte Tastatur hat und der Buchstabe S hakt.

Das kommt vor.

Ich habe letztes Jahr mit Ketchup auf Mums Computer gekleckert, und danach hatte sie große Probleme mit der Tastatur.

Vielleicht ist es auch so, dass Shawn Barr sich Sorgen wegen Charisse macht und die S'e so rauskommen, weil sie in ihrem Namen zwei davon hat. Aber diese letzte Erklärung klingt so, als könnte sie von Grandma Däumling stammen.

Manchmal zählt Grandma nämlich eins und eins zusammen und schießt dann weit über das Ziel hinaus.

Zu Hause bin ich ganz glücklich, dass ich den von SSSSShawn Barr unterschriebenen Brief habe. Er wandert sofort in mein Album. Ich blättere zurück zu den ersten vier Seiten von diesem *Buch über mein Leben* (oder BümL, wie ich es ab jetzt gern nennen möchte) und habe auf einmal den Eindruck, ich konzentriere mich zu sehr auf die negativen Dinge.

Ich lege ein Inhaltsverzeichnis an.

Ramon ist tot *(die erste Seite mit seinen Haaren)*
Das Pech mit dem Reißverschluss *(Man kann ein Kind mit etwas Weichem hauen, und dann kommt etwas Schlimmes dabei raus)*
Der erste Zahn, der ewig nicht rausfiel *(weswegen ich aussah wie ein kleines Kind)*
Der Sanitäter-Handschuh nach Shawn Barrs Sturz *(und warum Leitern in Musicals gefährlich sind)*

Wenn jemand in ferner Zukunft sich diesen Bericht anschaut (zum Beispiel, falls ich berühmt geworden bin oder unsere Stadt nach einem Vulkanausbruch unter sechs Metern Lava verschüttet und 1500 Jahre später ausgegraben wird und alles noch tipptopp erhalten ist), dann möchte ich nicht, dass man denkt, ich hätte mich mehr auf die negativen Sachen konzentriert als auf die positiven.

Ramons Tod hat mich traurig gemacht, aber ich will, dass die Leute mich für einen glücklichen Menschen halten.

Das musste ich jetzt sagen.

Ich brauche eine heitere Seite, eine, die aufmuntert.

Neun

Mein Dad räumt die Wäsche weg, und meine Mum ist im Supermarkt.

Ich habe abends immer Ramon ausgeführt, also ist es bestimmt okay, wenn ich jetzt rausgehe, solange ich in der Nähe bleibe. Ich hole mir einen Korb aus dem Flurschrank, eine Schere aus der Kramschublade in der Küche und gehe dann rüber zu Mrs. Changs Haus.

Sie hat viele Blumen in ihrem Vorgarten.

Ich kenne sie nicht, weil niemand sie kennt, aber dadurch lasse ich mich nicht abschrecken. Sie ist erst vor einem Jahr eingezogen. Ich glaube, ein paar Leute haben versucht, mit ihr in Kontakt zu kommen, aber sie ist wohl gern für sich. Die anderen Nachbarn haben langweilige Vorgärten, nur Mrs. Chang hat in dem einen Jahr schon hübsche Sachen gepflanzt.

Ich gehe den kurzen Weg zu ihrer Haustür. Die Leute vor ihr hatten einen kleinen Rasen. Den hat sie umgegraben, und jetzt ist alles voller Blumen. Ich könnte mir einfach eine Handvoll pflücken, aber so was macht man nicht, ohne um Erlaubnis zu fragen. Außerdem gehöre ich zu den Menschen, die immer erwischt werden. Ich klingle also lieber und hoffe, dass sie nicht zu Hause ist.

Keine drei Sekunden später geht die Tür auf, und Mrs. Chang steht da. Ich sage ganz schnell: »Dürfte ich vielleicht ein paar von ihren violetten Stiefmütterchen pflücken? Für ein Projekt – Blumen pressen.«

Ich nehme mal an, Mrs. Chang weiß nicht, dass jetzt keine Schule ist. Sie ist alt. Wenn sie Kinder hat, dann sind die schon längst erwachsen, deswegen kennt sie den Ferienkalender bestimmt nicht auswendig. Aber eigentlich lüge ich sie auch nicht wirklich an, denn ich habe ja tatsächlich vor, Blumen für mein Album zu pressen - das ist mein Projekt.

Es dauert ein bisschen - während sie an ihre Blumen denkt, vermute ich -, aber sie sagt schließlich Ja. Dann geht sie ins Haus und kommt ein paar Minuten später mit einem Eis am Stiel wieder heraus. Sie gibt es mir.

»Danke«, sage ich.

Sie sagt: »Ich hab dich mit deinem Hund gesehen.«

Ich sollte ihr erzählen, dass Ramon gestorben ist, aber so etwas Persönliches mag ich mit ihr nicht besprechen. Deswegen nicke ich bloß. »Wie heißt du?«, fragt sie dann.

Ob das Eis wohl vergiftet ist? Jeder weiß, dass man von Leuten, die man gerade erst kennengelernt hat, nichts zu essen annimmt.

Dazu ist es aber zu spät, weil ich schon zweimal abgebissen habe.

Ich antworte ihr mit vollem Mund, was unhöflich ist: »Julia.«

Mrs. Chang nickt so, als ob sie sagen wollte, dass ja alle Kinder Julia heißen. Dann beugt sie sich interessiert vor. »Wie geht's dir denn so?« Da fragt sie allerdings nach ziemlich viel, und ich weiß nicht, ob sie eine richtige Antwort erwartet oder bloß nett sein will.

Sie schaut mich aber ganz schön intensiv an.

Als ich das Eis herunterschlucken will, bleibt mir ein ziemlich großer kalter Klumpen im Hals stecken. Ich muss ihn schmelzen lassen, ehe ich antworten kann: »Ich spiele dieses Jahr in einer Aufführung am Universitätstheater mit. Im *Zauberer von Oz*.«

Ich bin völlig perplex, wie begeistert Mrs. Chang auf diese Information reagiert.

Sie klatscht in die Hände und ruft aus: »Das ist ja fantastisch!« Und sie sieht so aus, als ob sie das auch wirklich meint. Sie setzt sich auf die Bank, die vor ihrer Haustür steht, was natürlich heißen soll: Wir werden uns jetzt richtig unterhalten. Das hatte ich mir allerdings anders vorgestellt, als ich den Entschluss fasste, wegen der Blumen zu ihr rüberzugehen.

Na ja, wenn man bei jemandem klingelt und um etwas bittet, muss man wohl irgendwie dafür bezahlen.

Mrs. Chang, stellt sich heraus, war früher mal eine Art Sängerin und Tänzerin. Dabei sieht sie nicht so aus, als ob sie singen und tanzen könnte. Ich bekomme eine sehr lange Geschichte über Leute und Orte erzählt, von denen ich noch nie gehört habe. Und über ein Kreuzfahrtschiff (vermutlich hat sie da gesungen).

Irgendwann höre ich nicht mehr zu, sondern nicke nur. Ich bin bloß noch mit meinem Eis beschäftigt.

Am Ende einer Geschichte über ihre Freunde Gilbert und Sullivan fragt sie mich: »Was machen sie mit den Kostümen?«

Ich kapiere gar nicht, dass sie von meinem Stück spricht, bis sie fortfährt: »Kostüme sind mit das Wichtigste in jeder Produktion. Der *Zauberer von Oz* bietet da viele Möglichkeiten.«

Was weiß ich schon über unsere Outfits? Wir haben gerade unseren Regisseur durch einen Sturz verloren, und jetzt kann er sich nicht rühren – wie der Buchstabe S, der auf einer klebrigen Tastatur festhängt.

»Wir fangen gerade erst an«, sage ich. »Darüber weiß ich nichts.«

Diese Antwort macht Mrs. Chang überglücklich. Sie haut sich mit beiden Fäusten auf die Knie und springt auf. Das kommt so überraschend, dass ich einen Satz nach hinten mache. Dieses Aufspringen hätte man ihr nicht zugetraut.

»Ich kann alles Mögliche nähen«, sagt sie. »Ich würde gern meine Unterstützung anbieten.«

Ich gebe ihr keine Antwort. Ich bin für die Aufführung nicht zuständig und habe, wenn ich das richtig sehe, die schlechteste Stimme von allen Sängern. Eine Tänzerin bin ich auch nicht gerade, und höchstwahrscheinlich habe ich die Rolle nur gekriegt, weil ich nicht großgewachsen bin und etwas von einem Terrier an mir habe. Ich könnte eine von denen sein, die es nicht von den Proben bis zur Premiere schaffen.

Inzwischen habe ich nämlich angefangen, mir deswegen Sorgen zu machen.

Ich habe auch schon Randy gefragt, ob er sich Sorgen macht, aber da hat er bloß gelacht. Natürlich macht er sich keine. Es ist ihm egal, was die Leute denken, weswegen er auch manchmal Socken trägt, die nicht zusammenpassen.

Ich sage: »Sie können mir Ihre Telefonnummer geben, und meine Mum soll Sie anrufen. Ich glaube, darüber sollten Sie besser mit ihr reden.«

Mrs. Chang sagt: »Mach ich!«

Das kommt mir ein bisschen seltsam vor, weil sie doch gar nichts macht. Außer sie meint damit, dass sie mir ihre Nummer gibt und auf den Anruf meiner Mum wartet.

Ihr »Mach ich!« klingt jedenfalls so begeistert, dass ich lächle.

Mrs. Chang läuft ins Haus, und wenn ich sage »läuft«, dann meine ich das wörtlich. Sie kommt mit einem Zettel in der Hand zurück, auf dem ihre Telefonnummer steht, und gibt ihn mir.

Weil ich nicht länger bleiben will, sage ich: »Ich muss jetzt gehen, weil Grandma Däumling kommt.«

Eine Lüge, aber manchmal kommt meine Grandma wirklich überraschend. Es könnte also noch wahr werden.

Außerdem klingt es bestimmt gut, wenn man sich von einem alten Menschen verabschiedet, um zu einem anderen alten Menschen zu gehen.

Erst als ich zu Hause bin, merke ich, dass ich keine Blumen zum Pressen mitgenommen habe.

Das Eis hat mich abgelenkt, und jetzt habe ich bloß noch einen zehn Zentimeter langen Stiel in der Hand.

Es ist das erste Mal, dass ich dieses Ding aus Holz in einem Eis anschaue, und mir geht auf, dass es Teil eines Baums war, den man vielleicht nur gefällt hat, damit ein undankbares Kind etwas Süßes essen konnte (und nicht einmal zum Nachtisch).

Shawn Barr hat uns gesagt, wir dürften nicht achtlos durch die Welt gehen.

Das ist nicht so leicht, wie es sich anhört.

Ich werde den Holzstiel in mein Album kleben, weil ich das Gefühl habe, diesen Nachmittag bei Mrs. Chang vergesse ich nicht so schnell, und das heißt, er war vielleicht wichtig.

Wenigstens an das Eis werde ich mich bestimmt erinnern. Es war richtig gut, nicht einfach nur süß, sondern es schmeckte auch nach was.

Statt meiner Mum die Nummer von Mrs. Chang zu geben, klebe ich sie gleich neben den Eisstiel. Das macht mehr her, weil Mrs. Chang eine sehr schöne Handschrift hat und die Telefonnummer außerdem auf einem besonderen rosa Papier notiert ist.

Mum wird gar nichts merken, wenn ich ihr nichts sage, und ich lüge ja nicht oder bringe jemanden in Schwierigkeiten.

Okay, vielleicht ist es schon eine Art Lüge, weil ich Mrs. Chang versprochen habe, meiner Mutter die Nummer zu geben. Ich finde es nicht sooo schlimm. Vielleicht bedeutet das aber auch, ich werde mal ein Verbrecher? Wenn das so käme, dann wäre diese Seite mit dem Eisstiel und der Telefonnummer ein erstes Indiz für die Polizei.

Eine ganze Weile später, als es schon dunkel wird, klingelt jemand an der Haustür.

Mein Dad macht auf, und vor der Tür steht Mrs. Chang.

Sie trägt ein grünes bodenlanges Kleid. Sie bringt keine Blumen, was nett gewesen wäre, weil ich sie dann als Pressblumen in mein

Album kleben könnte. Sie hat Fotos dabei, und ich kann hören, wie sie sagt, dass es Bilder von Munchkins sind. Die hat sie wohl im Internet oder sonst irgendwo gefunden und ausgedruckt.

Vom Flur aus kann ich alles beobachten. Es ist manchmal nämlich auch ganz gut, dass ich nicht so groß bin. Ich bin so weit unten, dass ich nicht gleich ins Blickfeld gerate, vor allen Dingen wenn ich, wie jetzt, gleich in die Knie gegangen bin.

Meine Mum kommt auch an die Tür, und im Handumdrehen sind alle drei zusammen im Wohnzimmer verschwunden.

Weil ich meinen Eltern die Nummer nicht gegeben habe, halte ich mich lieber versteckt. Ich habe ja nicht mal gesagt, dass ich heute im Vorgarten der alten Dame war. Außerdem habe ich eben nach dem Essen noch mal Eis bekommen, und meine Mum kann ziemlich streng werden, wenn man zweimal Nachtisch isst.

Ich kann mich nicht erinnern, dass meine Eltern jemals mit Mrs. Chang geredet hätten. Sie ist schließlich so viel älter als sie, und die Leute suchen sich ihre Freunde meist in der eigenen Altersgruppe. Dazu kommt, dass Mrs. Chang ziemlich zurückgezogen lebt (außer man klingelt bei ihr, um Blumen zu bekommen). Meine Eltern verlassen das Haus fast immer im Auto und haben wahrscheinlich deswegen die alte Dame nie gesehen, wenn sie im Knien Unkraut jätet.

Ich bleibe im Flur und horche. Offenbar möchte Mrs. Chang ein Munchkin-Kostüm nähen und will, dass ich es bei den Proben trage, damit jeder sehen kann, dass sie eine tolle Kostümschneiderin für die Produktion wäre.

Was für eine schreckliche Vorstellung!

Ich erwarte, dass meine Mum ihr sagt, wie unmöglich und auch peinlich das wäre. Stattdessen bekomme ich zu hören: »Was für ein großzügiges Angebot!«

Großzügig? Wer sagt denn so was?

Unsere Aufführung ist eine Produktion der Universität, und wir haben Leute wie Shawn Barr, der extra den weiten Weg von Pigeon Forge auf sich genommen hat. Die Schauspielerin, die Dorothys Rolle spielt, reist gerade an und wird für ihren Auftritt bezahlt! Da kann man doch nicht zulassen, dass irgendwelche alten Nachbarinnen in bodenlangen grünen Kleidern daherkommen, zu nähen anfangen und die Kinder zwingen, in selbst gebastelten Kostümen aufzutreten. Wir werden gerade zu Profis ausgebildet!

Ich verschwinde im Badezimmer und schließe die Tür hinter mir ab.

Es dauert nicht lange, bis meine Mum an der Tür ist und sagt: »Julia, komm raus und sag Mrs. Chang guten Tag.«

»Das geht gerade nicht«, sage ich, »ich bin hier beschäftigt.«

Ich bleibe eine gefühlte Ewigkeit auf dem Steinfußboden sitzen.

Als ich schließlich rausgehe, ist Mrs. Chang schon weg. Aber weg sind auch meine weiße Lieblingshose und mein rotes Hemd mit der Knopfleiste und die neuen braunen Schuhe! Meine Mum hat diese wertvollen und wichtigen Kleidungsstücke einer unbekannten alten Dame aus der Nachbarschaft mitgegeben.

Es gibt ein Wort für das, was ich jetzt habe: »Wutausbruch«, und das heißt wahrscheinlich so, weil die Wut rauskommt wie Feuer und Lava bei einem Vulkanausbruch.

Mum und ich stehen in meinem Zimmer. Die Wäscheschubladen sind offen. Es geht los. Ich brülle.

»Du hast meine weiße Hose hergegeben!?«

»Julia, ich habe nichts hergegeben. Mrs. Chang hat die Sachen mitgenommen, um Maß zu nehmen.«

»Du kennst sie doch gar nicht! Ich werde diese Hose nie wiedersehen!«

»Mach dich nicht lächerlich, Julia. Das ist eine freundliche ältere Dame. Sie brennt darauf, dir ein Kostüm zu nähen.«

»Darum hat sie niemand gebeten! Es gibt dafür im Theater einen

Fachbereich und Leute, deren Aufgabe es ist, Munchkin-Kostüme zu nähen!«

Ich bin ganz überrascht, wie energisch meine Stimme klingt – wie die von Shawn Barr. Eigentlich erstaunlich, denn er hat doch bis zu seinem Unfall bloß eine Woche mit uns gearbeitet. Anscheinend kann ich gut Leute imitieren!

»Mrs. Chang ist eine nette Dame, sie tut etwas Nettes, und deine Reaktion ist nicht nur unverständlich, sondern auch herzlos.«

Meine Mutter wendet sich von mir ab und geht. An ihrem Gesichtsausdruck sehe ich, dass die Diskussion für sie beendet ist. Einen Augenblick später geht sie die Treppe nach unten und in ihr Arbeitszimmer.

Ich gehe nicht hinterher. Randy steckt den Kopf zur Tür herein und flüstert: »Warum soll denn Mrs. Chang kein Kostüm für dich machen?«

Ich gebe ihm keine Antwort.

Warum kann nicht mein Bruder Mrs. Changs Munchkin-Modell sein?

Er hat, bis er fünf war, jeden Tag einen Poncho getragen. Irgendwann brachte ihn die Kindergärtnerin dazu, ihn auszuziehen. Vor einem Vierteljahr hat er auf dem Flohmarkt einen Zylinder gekauft, den er aufsetzt, wenn er Zauberkunststücke übt. Bisher kann er aber nicht mal ein einziges Kunststück überzeugend vorführen. Aber als Munchkin ist er in jeder Hinsicht besser als ich.

Soll er doch ein Amateur-Kostüm anziehen und damit aussehen wie für Halloween verkleidet.

Zehn

Am nächsten Morgen wache ich spät auf und gehe in die Küche, wo ich Dads übrig gebliebenen Kaffee trinke.

Eltern finden es schlimm, wenn ihre Kinder Kaffee trinken, also habe ich vor gut einem Jahr angefangen, heimlich welchen zu trinken. Inzwischen mag ich ihn wahnsinnig gern, obwohl er am Anfang bloß nach Medizin schmeckte und wahrscheinlich meine Zähne verfärbt.

Aber es stimmt nicht, dass Kaffee das Größenwachstum hemmt. Ich hab's nachgeschaut – es gibt keinen Beweis dafür. Piper behauptet, Erwachsene bekommen von Kaffee Mundgeruch, und das riecht wie Katzenklo. Weil ich nicht nach Katzenklo stinken will, tue ich viel Milch in die Tasse.

Ich sitze mit meinem kalten Milchkaffee am Fenster und denke über die Tanzschritte nach, die Shawn Barr uns beigebracht hat.

Mum musste zur Arbeit, und Tim soll auf uns aufpassen. Ihm ist egal, was wir machen, solange wir ihn nicht in Schwierigkeiten bringen.

Wenn Ramon noch da wäre, würde ich jetzt mit ihm rausgehen. Das hätte ihn glücklich gemacht: Für ihn war es das Höchste, raus in die Welt zu gehen und an jedem Baum, jedem Busch und jeder Laterne zu schnüffeln, während er gleichzeitig daran arbeitete, sämtliche Eichhörnchen auf unserem Planeten in den Hörnchenhimmel zu befördern.

Ich werde einfach rausgehen und mir vorstellen, ich hätte ihn dabei. Ich könnte seine Leine mitnehmen, aber für die Leute sähe es vielleicht komisch aus, wenn ich nur eine Lederleine hinter mir herzöge. Weil ich kein Aufsehen erregen will, rolle ich stattdessen Ramons Halsband zusammen und stecke es in die Tasche. Die sieht jetzt ziemlich ausgebeult aus. Wahrscheinlich sollte ich auch das Halsband zu Hause lassen, aber ich möchte, dass es sich anfühlt, als wäre er dabei.

Kaum aus der Tür, fange ich an, die Lieder aus dem *Zauberer von Oz* lautlos vor mich hin zu singen. Jedenfalls glaube ich das mit dem lautlos, aber es scheint nicht zu stimmen. Denn als ich an Mrs. Changs Haus vorbeigehe (ich hätte besser die andere Straßenseite genommen), geht plötzlich die Tür auf, und da steht sie.

»Deine Munchkin-Schuhe sind fertig!«, ruft sie mir zu.

Ich blicke auf meine Füße. Ich habe Turnschuhe an. Ich brauche einen Moment, um mich zu erinnern, dass sie ja der Meinung ist, ich spielte in irgend so einem Schultheaterstück mit, nicht in einer Universitätsproduktion mit Shawn Barr als Regisseur.

Sie hatte genau eine Nacht und nicht einmal einen ganzen Tag Zeit – und jetzt hat sie schon Schuhe für mich?

Mrs. Chang kommt den nicht sehr langen Weg durch den Vorgarten herunter und öffnet mir das Gartentörchen. »Komm nur rein! Schauen wir mal, ob sie dir passen.«

Ich mag nicht mit reingehen. Und außerdem: Wie in aller Welt hat sie die Schuhe hergestellt? Wir leben doch nicht mehr im alten Rom.

Mrs. Chang weiß nicht, dass ich ein Referat über die Entdeckung von Sandalen in der Höhle von Fort Rock gehalten habe, und ich weiß definitiv, dass es sich bloß um »Fußsäcke« aus Bärenfell handelte. Na ja, ich habe meinen Vortrag damals nicht besonders gründlich vorbereitet, ganz genau erinnere ich mich nicht mehr. Vielleicht hat Mrs. Chang ja eine Gussform aus Kunststoff und einen Ofen. Ich kann mir nämlich nicht vorstellen, dass sie auf Bärenjagd geht, um sich Felle zu besorgen.

Heutzutage werden die meisten Schuhe nicht mehr aus Tierleder gemacht. Und ich werde bestimmt keine selbst gemachten Gummischuhe tragen, egal, was meine Eltern über den rücksichtsvollen Umgang mit alten Menschen sagen.

Inzwischen stehe ich schon in Mrs. Changs Haus.

Alles ist ganz anders, als ich es erwartet hätte.

Ich hatte nicht wirklich eine Vorstellung davon, wie es in diesem Haus aussehen würde, aber wenn, dann hätte ich mir ein Haus mit vielen Blumenbildern ausgemalt. In ihrem Garten wachsen so viele, dass es eine Art Besessenheit hätte sein können. Grandma Däumling behauptet, die Dodgers haben ihr schon ebenso viel Kummer wie Freude gemacht, aber das ist normal, wenn man Fan einer Mannschaft ist. Sie hat allerdings mehr Dodger-Mützen und Dodger-Shirts, als es normal ist, weil sie von dem Team so besessen ist.

Mrs. Chang jedoch hat kein einziges gerahmtes Blumenbild. Was sie hat, ist viel cooler. Zunächst einmal hat sie eine Marionettensammlung.

Ich habe Marionetten immer für unglaublich dämlich gehalten – bis jetzt. Nicht eine von Mrs. Changs Marionetten ist ein Mensch. Es sind Tiere. Es gibt eine Katze in einem roten Kostüm und ein Huhn mit Gummistiefeln. Es gibt jede Menge ganz verschiedener Hunde, manche kostümiert, andere mit raffinierter Fellzeichnung und interessanten Gesichtern. Es gibt die verschiedensten Vögel, darunter einen Flamingo mit Glasaugen, die sehr echt aussehen.

Aber die Marionettenwand ist erst der Anfang.

Ich folge Mrs. Chang ins Wohnzimmer, das einen Holzfußboden hat, an dem jede Diele eine andere Farbe hat. An der Decke hängen mehr Lampen, als wir im ganzen Haus haben. Sie hat ein orangefarbenes Sofa und vier mintgrüne Stühle, die um einen Kaffeetisch stehen, der aus Silberbesteck besteht. Er sieht so aus, als ob alles Silberbesteck der Stadt, jedes Messer, jede Gabel, jeder Löffel hier in diesem

Möbelstück gelandet wäre. So ein Tisch könnte einem Krabbelkind echt gefährlich werden, denn schon ein einziger Sturz könnte bedeuten, dass man den Notarzt rufen muss.

Ich kann mich nicht beherrschen, und es platzt aus mir heraus: »Was ist denn hier los?«

Mrs. Chang hebt nur die Schultern.

Aus. Keine Erklärung.

Und ich hatte gedacht, sie wäre bloß eine langweilige alte Dame, die ihre Zeit damit verbringt, Blumen zu züchten.

Ehe ich irgendeine Frage stellen kann, zu den Marionetten, zu den Möbeln oder zu dem lebensgroßen Büffel, der aus lauter Knöpfen besteht und den ich jetzt erst im Nachbarzimmer entdecke, verschwindet Mrs. Chang im Flur.

Sie kommt mit Schuhen in der Hand zurück.

Das sind keine normalen Schuhe.

Das Material dieser Schuhe ist zwar Leder, aber außerdem ein Stoff, der aus farbigen Bändern zu bestehen scheint, leuchtend orange und ein ganz strahlendes Blau. An den Schuhspitzen enden die Bänder in einem vollständigen Kreis.

Noch ehe ich die Schuhe überhaupt anziehe, frage ich: »Die haben Sie selbst gemacht?«

Es ist mir egal, ob sie passen.

Und wenn ich Blasen davon bekomme oder einen Hammerzeh wie Grandma Däumling, die immer sagt, den habe sie sich schon als Jugendliche geholt, als sie bei kaltem Wetter die falschen Schuhe trug.

Ich will diese Schuhe haben und nicht bloß anziehen: Ich will sie knuddeln.

Als ich aufschaue, habe ich Tränen in den Augen und sehe Mrs. Chang ganz verschwommen. Ich sage: »Und die haben Sie für mich gemacht?«

Sie nickt bloß, als ob das keine große Sache wäre. Aber ich merke schon, dass sie sich freut, weil sie sich auf das orangene Plüschsofa setzt und die Falten an ihrem Rock zurechtzupft.

Ich gehe zu ihr hin und frage: »Sind Sie eine berühmte Designerin, oder was?«

Sie lacht, sagt dann aber: »Vor langer Zeit hatte ich mal was mit einem der Beatles. Da war ich noch sehr jung. Bevor ich Ivan kennenlernte.«

Ich weiß, dass die Beatles eine Top-Band waren, die die Leute dazu gebracht hat, eher selten zum Friseur zu gehen. Ihre Songs waren ziemlich gut, weil man sie heute noch anhören kann, ohne sich zu ärgern. Wer in einer gewissen Zeit – das heißt, vor einer Ewigkeit – geboren wurde, schwärmte für einen der Beatles.

Merkwürdig, dass Mrs. Chang mit einem von ihnen etwas hatte.

Ich kann mir nicht vorstellen, dass sie überhaupt mit jemandem etwas hatte. Egal, ihr Liebesleben interessiert mich nicht. Im Moment bin ich ganz verrückt nach diesen Schuhen.

Ich setze mich auf den Boden, ziehe mir die Turnschuhe aus und schlüpfe dann ganz vorsichtig in den linken Schuh. Ich blicke zu Mrs. Chang hoch und versuche nicht zu schreien: »Er passt!«

Mit dem zweiten Schuh habe ich es viel eiliger. Ich ramme meine Zehen rein und springe gleich auf die Füße. Und genau in diesem Augenblick passiert es: Ich fühle mich wie ein Munchkin.

Wie ein richtiger Munchkin.

Ich greife nach Mrs. Changs Hand und ziehe sie vom Sofa hoch. Während ich sie herumwirble, fange ich an zu singen.

Ich muss zugeben, sie ist ziemlich leichtfüßig, und sie dreht sich und hebt bei jeder Drehung sogar den Arm, was sich sehr gut macht.

Wir singen und tanzen, bis ich so außer Atem und schwindlig bin, dass ich heimgehen muss.

Elf

Mum und Dad und Randy finden die Schuhe toll.

Tim zuckt bloß mit den Schultern, aber das liegt daran, dass er, wie meine Eltern sagen, »in einem schwierigen Alter« ist. Ich bin nicht sicher, ob es für ihn schwierig ist oder eher für uns, denn wir müssen schließlich mit ihm leben. Er hat seine Gitarre und sein Zeichnen, und wir sind bloß die Menschen, die mit ihm am Tisch sitzen.

Meine Mutter sagt, ich sammle wertvolle Erfahrungen mit Männern, weil ich zwei Brüder habe. Ich frage lieber nicht, was genau ich da lerne, weil es im Leben wichtig ist, positiv in die Zukunft zu blicken.

Ich kann es kaum erwarten, mit meinen neuen Munchkin-Schuhen zur Probe zu gehen. Das Beste an ihnen ist, dass Mrs. Chang so klug ist: Sie hat bei der Anfertigung Ballettschuhe benutzt. Meine braunen Schuhe hat sie nur hergenommen, um das richtige Maß zu nehmen, und dann hat sie neue Ballettschuhe »als Grundlage für ihre Arbeit« besorgt.

Wenn man etwas Neues macht, meinte sie, ist es wichtig, mit etwas Verlässlichem zu beginnen.

Wahrscheinlich ist das eine Art Geheimrezept; sie hat nämlich geflüstert, als sie das sagte.

Wenn man eine Nudelsoße im Supermarkt kauft und dann Wein und Kräuter dazumischt, ist das ein Beispiel dafür? Das macht Mum nämlich. Ich stelle ihr nicht allzu viele Fragen zu ihren Küchentricks, weil sie mit der Arbeit und drei Kindern genug zu tun hat, und wenn ich zu interessiert am Kochen wirke, muss ich am Ende das Abendessen für die Familie machen.

Das geht meiner Freundin Piper so, weil ihre Mutter am Flughafen eine Stelle mit ungünstigen Arbeitszeiten hat. Mein Dad wärmt höchstens mal Essen in der Küche auf, oder er grillt. Mum sagt, er wirkt immer wie aus einer anderen Zeit, wenn es ums Essenmachen geht. Vielleicht meint sie damit, dass er eigentlich ein Höhlenmensch ist, weil er so gern Fleisch über offenem Feuer zubereitet.

Ich glaube, Randy hätte auch gern ein Paar Munchkin-Schuhe, aber Mrs. Chang hat nichts davon gesagt, dass sie auch für ihn arbeiten will, und im Augenblick habe ich den Eindruck, zwischen ihr und mir besteht eine besondere Beziehung.

Außerdem muss sie ja weiter an meinem Kostüm arbeiten, und am zweiten Morgen nach den Schuhen ruft sie tatsächlich meine Mutter an, damit ich zu ihr gehe, um einen Hut anzuprobieren.

Ich gebe zu, dass ich genau auf so einen Anruf gewartet habe. Ich marschiere rüber, mit den Munchkin-Schuhen in der Hand (für das Pflaster draußen sind sie mir zu schade).

Ich kann mich nicht erinnern, dass ich jemals so aufgeregt war.

Mrs. Chang empfängt mich an der Tür mit einer großen Schachtel im Arm.

Da ist eindeutig mein neuer Munchkin-Hut drin.

Ich gehe ihr in die Küche nach. Die kannte ich noch nicht, und sie ist genauso verrückt wie das übrige Haus. Irgendwas läuft hier mit Pflanzen. Es gibt verschiedene Bündel von Pflanzen, die für mich wie Unkraut aussehen, aber offenbar wichtig sind: Warum sonst sollte sie die mit Schnüren zu Sträußen binden und dann umgekehrt an einem goldenen Band aufhängen, das kreuz und quer an der Decke verläuft?

Ich würde sie ja nach den Pflanzen fragen, aber ich bin viel zu gespannt auf mein Kostüm. Also tue ich so, als ob alle Leute spinnenartige Stängel und Blätter an ihren Decken trocknen.

»Julia, dein Hut soll bequem sein, weil du dich viel damit bewegen musst. Wir probieren ihn mal an, und dann rennst du in der Küche herum, damit ich sehe, ob er stabil genug ist.«

Ich bin schon ganz kribbelig und versuche, nicht herumzuhampeln oder aufgeregt zu kichern.

Dann macht Mrs. Chang die Schachtel auf und holt … eine Topfpflanze raus.

Ich bin vielleicht unhöflich, denn ich kann nicht an mich halten und sage: »Wo ist mein Hut?«

Mrs. Chang lacht.

Ich mag nicht, wenn die Leute mich auslachen. Ich hab nichts dagegen, wenn sie *mit* mir lachen.

Was das jetzt gerade wird, weiß ich nicht; außer dass ich nicht lache.

Und dann nimmt sie die blühende Pflanze aus der Schachtel und ich entdecke, dass am Topfboden ein Gummiband befestigt ist. Sie überreicht mir das Ganze, und ich gucke, wie Grandma Däumling sagen würde, wie eine Schwalbe, wenn's blitzt. (Das sagt sie, wenn jemand geschockt ist.)

Die Pflanze steckt gar nicht in einem Tontopf. Er sieht nur so aus wie einer, ist aber unten offen und wiegt fast nichts. Die Blüten sind aus Seide oder etwas Ähnlichem: Sie wirken echt, sind es aber nicht.

So ganz kann ich mir immer noch keinen Reim darauf machen, bis Mrs. Chang mir das Foto von einem Munchkin in dem Kinofilm *Der Zauberer von Oz* zeigt, und der hat einen Blumentopf auf dem Kopf.

Jetzt geht mir ein Licht auf.

Aber Mrs. Chang hat das irgendwie nicht gut verkauft, finde ich. Wenn sie mir nämlich als Erstes das Bild gezeigt hätte, hätte ich von Anfang an alles verstanden. Na ja, jedenfalls weiß ich jetzt, wie die Sache läuft. Ich setze mir den falschen Blumentopf auf den Kopf, und er fühlt sich an wie ein Hut. Ich renne in der Küche herum, weil sie mir gesagt hat, das gehörte zum Testen. Dann gehe ich zur Wand beim Hinterausgang, wo ein Spiegel hängt, und sehe mich an. »Er ist toll.«

Vermutlich wusste Mrs. Chang schon, dass es klappen würde, denn sie lächelt selbstzufrieden, also nicht etwa überrascht und mit großen Augen.

Als Nächstes schlüpfe ich in meine Munchkin-Schuhe, und Mrs. Chang macht ein Foto von mir. Wir schauen es beide lange an, aber nicht mit den gleichen Gedanken. Mrs. Chang betrachtet wahrscheinlich ihre Arbeit und freut sich darüber, dass sie das alles kann. Ich schaue es an und denke, dass diese Frau eine Traumfabrik ist. Und dass ich unglaubliches Glück habe, sie zu kennen.

Nachdem wir Tee aus kleinen grünen Tassen ohne Henkel getrunken und Sesam-Honig-Riegel gegessen haben, verstaut Mrs. Chang den Hut in der Schachtel und gibt sie mir. Ich lege meine Munchkin-Schuhe noch dazu.

Den ganzen Weg zurück zum Haus renne ich, weil ich den Hut und die Schuhe in Sicherheit bringen will.

Den Hut zeige ich niemandem.

Jetzt habe ich ein Geheimnis, und ich beschließe, dass das bedeutet, ich werde erwachsen. Bei Erwachsenen ist es immer so: Entweder sie erzählen viel zu viel, oder sie behalten zu viel für sich. Bei mir gab es immer Dinge, die ich niemandem erklärt habe.

Der Vormittag geht schließlich vorbei, und Mum kommt von der Arbeit nach Hause, um uns zum »Theater-Üben« zu fahren. Ich wünschte, sie würde wenigstens Probe sagen.

Shawn Barr sagt immer, wir »probieren«.

Mum ist eben kein Theaterprofi und benutzt deswegen die falschen Begriffe.

Meine Mutter und mein Bruder fragen mich nicht mal, warum ich eine Schachtel mitnehme, als wir zur Universität aufbrechen. Über die Freisprechanlage erklärt meine Mum jemandem die Verwendung von verschiedenen Arten von Rindenmulch im Garten. Die Leute glauben, man braucht das Zeug bloß auszukippen und schon wächst kein Unkraut mehr. Da haben sie aber was falsch verstanden. Alle wollen sich's bloß bequem machen, sagt Mum. Sie redet immer noch über Bodenabdeckung, als sie Randy und mich an der Theatereinfahrt absetzt.

Im Auto habe ich die ganze Zeit die Daumen gedrückt, damit ein Wunsch in Erfüllung geht. Natürlich bin ich alt genug zu wissen, dass so etwas nicht funktioniert. Ich hab's aber trotzdem getan, schließlich schadet es ja auch nicht.

Im Theater erwartet mich eine Überraschung: Shawn Barr ist wieder da!

Er liegt auf etwas, das aussieht wie ein Gartentisch mit vielen Kissen drauf. Ich laufe den Gang zu ihm hin und platze heraus: »Jetzt ist mein Wunsch in Erfüllung gegangen!«

Shawn Barr schaut mich etwas stumpfsinnig an.

Ich glaube, er nimmt Schmerzmittel wegen seines Steißbeins, denn als Antwort sagt er nur: »Hast du mir das Pastrami-Sandwich mitgebracht?« Ich schüttle den Kopf. Er wirkt enttäuscht. Vielleicht hält er mich für den Pizzaservice, weil ich eine Schachtel im Arm habe.

Als mir das klar wird, sage ich: »Ich habe einen Teil vom Kostüm mitgebracht. Das hat eine Frau für mich angefertigt, die mit einem der Beatles zusammen war.«

Keine Ahnung, warum ich das auch noch sagen musste, aber Shawn Barr blinzelt nur einmal und fragt: »Mit welchem?«

Darauf weiß ich keine Antwort, und ich kann wohl kaum »Ringo« sagen. Das ist nämlich der einzige Beatle, an den ich mich erinnern kann, weil er so einen interessanten Namen hat, und außerdem kenne ich einen Beagle namens Ringo, der immer in einem Garten in der Moss Street herumstromert.

Ich gebe also keine Antwort, sondern öffne die Schachtel, hole die

Munchkin-Schuhe heraus und schlüpfe hinein. Dann packe ich vorsichtig den Blumentopf aus und setze ihn mir auf den Kopf.

Die anderen Munchkins, die schon angekommen sind, beobachten uns.

Ich höre, wie jemand sagt: »Wo hat sie denn das her?«

Ich beuge mich über Shawn Barr, damit er mich genau ansehen kann.

Ich werde nicht enttäuscht. Shawn Barr richtet sich ein paar Zentimeter von seinem Tisch auf und ruft aus: »GROSSARTIG!«

Ich bin überglücklich, weil mein Wunsch jetzt vollständig in Erfüllung gegangen ist. Der erste Teil galt unserem Regisseur, dass er wieder zurück sein sollte; und der zweite, dass ihm mein Hut und die Schuhe gefallen sollten.

»Charisse! Ich brauche dich!«, ruft Shawn Barr.

Charisse stand bis dahin in einem der Bühnenaufgänge. Sie sieht ein bisschen frustriert aus, vielleicht, weil sie nicht mehr das Kommando hat.

»Ja, Shawn ...«

»Schau dir das an! Ich brauche alle Informationen. Entwürfe von Adrian!«

Ich weiß nicht, wovon er redet, und sage: »Die hat nicht Adrian gemacht, sondern Mrs. Chang.«

Shawn Barr erwidert: »Adrian Greenberg hat 1939 die Kostüme für den Film *Der Zauberer von Oz* entworfen!«

Ich bringe nur noch ein »Oh« heraus.

Dann wendet Shawn Barr sich den übrigen Munchkins zu. Ich sehe, dass Olive gerade mit Quincy und Larry angekommen ist. Shawn Barr sagt zu allen: »Jeder von euch sollte den Namen *Adrian Greenberg* kennen.«

»Das tun wir ja jetzt«, sage ich. »Und vielleicht sollte jeder auch den Namen *Mrs. Chang* kennen.«

Daraufhin lacht Shawn Barr gutmütig. Deswegen lache ich mit.

Es muss ihm besser gehen, denn er schiebt sich mit den Ellenbogen noch ein bisschen höher. »Wie heißt du noch mal?«, fragt er mich leise.

Ich flüstere zurück: »Julia. Julia Marks.«

Shawn spricht jetzt wieder laut. »Julia Marks nimmt ihre Rolle in unserer Produktion sehr ernst. Sie ist auf dem besten Weg, ein echter Munchkin zu werden! Julia hat Initiative gezeigt! Sie hat *Einsatz* gezeigt!«

Ich fühle mich in diesem Augenblick richtig gut, weil Shawn Barr stolz auf mich ist. Es ist sein erster Tag mit uns seit dem Sturz, und vielleicht hätte er nicht so gut angefangen, wenn ich nicht meinen Hut und die Schuhe mitgebracht hätte.

Außerdem frage ich mich, ob er vielleicht Medikamente nimmt, die ihn so aufgedreht machen.

Letzten Endes ist mir das egal. Shawn Barr sagt: »Ich möchte gern etwas über *Einsatz* sagen, weil ich ihn für so wichtig halte. Julia hat *Einsatz* gezeigt, indem sie mehr getan hat, als einfach hier zu erscheinen. Liebe Leute, ich kenne mich in diesem Job aus. Und ich sage euch: *Einsatz* ist wichtiger als Talent. Er ist wichtiger als der Zufall. Er ist wichtiger als gutes Aussehen!«

Ich lächle, aber Shawn Barr hat das Wort »Einsatz« so oft in den Mund genommen, dass es mir allmählich unangenehm wird.

Einsatz gezeigt? Ich weiß nicht. Ich bin bloß zum Haus einer alten Dame gegangen, um bei ihr Blumen zu pflücken. Sie war diejenige, die Einsatz gezeigt hat. Ich wollte einfach Stiefmütterchen zum Pressen und Trocknen holen und habe das wegen eines Eises am Stiel nicht einmal zu Ende gebracht.

Jetzt werde ich den anderen auf einmal als großes Vorbild präsentiert.

Ich blicke zu meinem Bruder Randy hinüber. Er steht mit ein paar anderen Jungen zusammen am Flügel. Er winkt mir zu. Randy ist offenbar ziemlich stolz. Ich schaue Shawn Barr wieder an.

Er sagt: »Ich habe gerade etwas beschlossen, und zwar aufgrund von Julias Einsatz. Sie wird die Leadtänzerin der Munchkins!«

Ich rühre mich nicht.

Die Leadtänzerin der Munchkins?

Habe ich richtig gehört? Was soll das denn heißen?

Ich kann nicht singen, aber was ich wirklich nicht kann, ist tanzen.

Meine Mum hat mich mit sechs Jahren ins Ballett gesteckt, und nichts ist dabei rausgekommen. Grandma Däumling sagt, in unserer Familie haben wir keinen Gleichgewichtssinn. Sie weiß, wovon sie spricht, denn ich kann noch nicht einmal ein Rad schlagen. Ich habe mich damit abgefunden, dass ich es nie lernen werde. Ich habe Probleme damit, auf dem Kopf zu stehen.

An den Ballettunterricht habe ich überhaupt keine Erinnerungen mehr. Doch es gibt ein Foto von mir in einem der Familienalben: Ich habe nur einen Ballettschuh an und eine Hand im Mund. Es sieht so aus, als ob ich auf ihr rumkaue.

Von Tim, als er Karateunterricht nahm, gibt es fünf Fotos, und er war nur acht Wochen dabei. Ich habe, glaube ich, ein ganzes Jahr im rosa Tutu verbracht.

Plötzlich merke ich, dass ich Ohrensausen habe.

Wenn ich wirklich Einsatz zeigte, würde ich jetzt Shawn Barr erklären, was für eine schlechte Idee es ist, mich zur Leadtänzerin zu machen.

Stattdessen erstarren meine Gesichtszüge.

Meine Lippen sind hochgezogen und die Augen aufgerissen.

So sah Ramon immer aus, wenn er jemanden sagen hörte: »Steck den Hund mal in die Badewanne!«

Zwölf

Als meine Mutter uns abholen kommt, sage ich nichts.

Ich mache einfach hinten die Tür auf und stelle die Schachtel mit dem Blumentopfhut und den Ballettschuhen ab. Ich sitze normalerweise vorn, weil ich älter bin als Randy, und auch, weil immer noch Haare von Ramon auf dem Rücksitz sind, die dann auf meiner Kleidung landen könnten. Auch wenn er der weltbeste Hund war, Hundehaare auf meinem Pullover machen sich nicht so gut.

Aber heute will ich mich verstecken, also steige ich hinten ein und rutsche rüber bis hinter den Fahrersitz. Randy setzt sich achselzuckend nach vorn.

Mum dreht sich um.

»Was ist los?«

Ich gebe keine Antwort.

Randy meldet sich zu Wort: »Julia ist Leadtänzerin. Der Regisseur hat sie ausgewählt.«

Ich lasse den Kopf unten, doch an ihrer Stimme merke ich, dass Mum aufgeregt ist.

»Leadtänzerin? *Wirklich*?«

Ich bleibe stumm.

Randy sprudelt die nächsten Sätze nur so heraus: »Julia hat Einsatz gezeigt. Der Regisseur will, dass wir das alle so machen. Aber sie hat es als Erste gemacht, ohne dass man es ihr gesagt hat. Was meint er eigentlich mit Einsatz zeigen?«

Plötzlich finde ich meine Stimme wieder und sage: »Können wir jetzt nach Hause fahren?«

Meine Mum kann kaum an sich halten vor Aufregung darüber, dass ich Leadtänzerin bin. Den ganzen Heimweg redet sie über nichts anderes. Ich versuche wegzuhören. Ich schließe die Augen und versuche mir vorzustellen, wie um alles in der Welt ich eine Leadtänzerin sein soll, wenn ich doch gar nicht tanzen kann.

Shawn Barr blieb nicht lange bei der Probe. Zwei Leute vom Veranstaltungsservice der Universität trugen ihn raus. Sie hoben einfach den Tisch hoch, auf dem er lag, und gingen.

Als er weg war, übernahm Charisse wieder das Kommando, und wir übten unsere Lieder und probierten das mit der hohen Stimme. Zum Schluss sagte sie uns, dass am Mittwoch Dorothy und die Hexen kommen würden.

Ich habe noch nicht viel über Dorothy und die Hexen nachgedacht, aber Olive ist ganz gespannt auf Dorothy und die anderen Munchkins sind es wahrscheinlich auch.

Ich mache mir zu viele Sorgen wegen meiner Aufgabe als Leadtänzerin.

Ob die Hexen wohl gruselig sind?

Wer weiß?

Und wen kümmert das jetzt?

Zu Hause angekommen, gehe ich gleich in mein Zimmer und stelle die Schachtel in den Schrank. Ich kann den Hut und die Schuhe nicht einmal mehr anschauen, weil ich nicht daran denken will, in welchem Schlamassel ich bin und dass nur Mrs. Chang daran schuld ist.

Meiner Mutter sage ich, dass ich Halsweh habe, und gehe früh schlafen. Ich esse auch nicht zu Abend, was schlecht ist, denn die Ernährung ist für das Wachstum wichtig, sodass ich mir wahrscheinlich die Chance verderbe, demnächst größer zu werden.

Außerdem bekomme ich vom Hungern schlimme Magenschmerzen.

Als ich am Morgen aufwache, scheint die Sonne, und ich fühle mich nicht besser.

Ich fühle mich schlechter.

Dann erinnere ich mich an die Liste mit allen Namen, Adressen und Telefonnummern, die wir am ersten Probentag bekommen haben, und beschließe, Olive anzurufen, die einzige Person, die mir vielleicht helfen kann. Ich gehe also in die Küche und telefoniere.

»Olive. Ich bin's. Julia Marks. Aus dem *Zauberer von Oz*. Erinnerst du dich an mich?«

»Julia! Sei nicht albern. Natürlich weiß ich, wer du bist.«

Sie scheint gut gelaunt zu sein. Sie ist keine Leadtänzerin, deswegen wahrscheinlich.

»Olive, ich will kein Munchkin mehr sein und wollte mit dir darüber reden.«

Diesen Satz habe ich schon vorher auf einem Blatt Papier notiert, weil ich gemerkt habe, dass ich manchmal zwar glaube, ich wüsste, was ich sagen will, wenn es aber so weit ist, bringe ich den Satz nicht so heraus.

Ich höre, wie Olive Luft holt.

»Was?«

Das Nächste, was ich sage, habe ich nicht aufgeschrieben, also rede ich einfach drauflos: »Ich hab jetzt im Sommer einfach zu viel zu tun, weil ich meinen Freundinnen Piper und Kaylee Briefe schreiben muss, und ich hab auch noch Bücher von der Sommer-Bücherliste für die Schule, und ich lese nicht so schnell, und ich hab eigentlich vor, eine neue Frisur auszuprobieren, ehe die Schule wieder anfängt, und dazu muss ich erst recherchieren.«

»Aha. Was sagen denn deine Eltern dazu?«

»Ich habe es ihnen noch nicht gesagt. Aber ich glaube, sie werden mich verstehen. Mein Vater jedenfalls. Er interessiert sich nicht so für Musicals wie meine Mutter. Die hat ein Clownskostüm.«

»Julia, wir sollten uns vielleicht treffen und in Ruhe darüber reden.«

Mit einem Mal habe ich das Gefühl, ich muss gleich weinen. »Ich weiß nicht ...«, bringe ich noch raus.

»Können wir uns bei Dell Hoff's treffen?«

Dell Hoff's ist eine Eisdiele, wo es aber auch Wein und Bier zu kaufen gibt, weil sie so nahe an der Universität liegt.

»Ich habe ziemlich viel zu tun. Ich wollte gerade mein Zimmer aufräumen.«

Ich wollte mein Zimmer nicht gerade aufräumen. Ich hoffe, meine Entschuldigung klingt überzeugend. Normalerweise sind Erwachsene immer glücklich, wenn Kinder aufräumen.

»Ich bin um 11 Uhr dort. Bis dann, Julia.«

Ich sage sehr leise Okay und lege auf.

Ich schließe die Augen, und so, ganz still für mich, komme ich zu dem Schluss, dass Olive einen Rat wissen wird. Sie ist schon lange am Theater und Teil unserer Produktion. Wir produzieren zwar keine Waren wie eine Firma, sondern Theaterstücke, aber das ist ja auch eine Art Produkt. Jedenfalls werde ich Olive in ein paar Stunden alles erklären, und sie wird einen Ausweg für mich finden.

Meiner Mum sage ich, ich gehe zu Mrs. Chang.

Damit lüge ich zwar, aber das ist schon in Ordnung; meine Mutter ist schließlich schuld an dem Problem, weil sie mich gezwungen hat, zum Vorsingen zu gehen. Ich weiß nicht ganz genau, warum ich Mum nicht erzähle, dass ich mich mit Olive treffe, denn sie hätte wahrscheinlich nichts dagegen. Ich überlege kurz, das Fahrrad zu nehmen, aber den Rückweg bergauf finde ich immer zu anstrengend. Und heute ist meine Last sowieso schon schwer genug.

Solche Sachen sagt Grandma Däumling manchmal über Menschen, die traurig sind: »Sie tragen zu schwer an ihrer Last.« Ich verstehe nicht ganz genau, was das heißen soll, aber es hört sich irgendwie richtig an.

Ich ziehe meine Trachtenbluse und die Jeans-Shorts an und dazu die Ledersandalen. Mir geht auf, inzwischen ist das so was wie mein Dauer-Outfit, und irgendwann brauche ich mal einen neuen Look. Da ich kaum wachse, entwickle ich enge Bindungen zu meiner Garderobe; wahrscheinlich ist das so wie das Markenzeichen bei einer Comic-Figur. Auf so einen Gedanken würde ich von allein nicht kommen. Dad hat mal zu mir gesagt: »Zeichentrickfiguren haben immer dasselbe an.« Er sprach dabei von Bart Simpsons rotem T-Shirt. Dann machte er mich darauf aufmerksam, dass das mit meinem grünen Sweater ganz ähnlich sei. Ich habe ihn danach nicht mehr angezogen.

Es gibt Zeiten, da verhalten sich die Erwachsenen so, als wäre es das Tollste, immer anders zu sein. Wenn man es dann aber ist, hat man das Gefühl, sie sind insgeheim enttäuscht.

Ich glaube nicht, dass mein Vater sich ein Kind wünscht, das sich jeden Tag gleich anzieht.

Zu Dell Hoff's nehme ich den Umweg, weil ich keine Lust habe, an Mrs. Changs Haus vorbeizugehen. Bestimmt ist sie drinnen und macht gerade noch mehr beeindruckende Kostüme, die ich anziehen soll. Es wäre vermutlich richtig, ihr jetzt zu sagen, dass ich aus der Produktion aussteige, aber das mache ich erst nach meinem Treffen mit Olive. Olive ist auf jeden Fall die Richtige für den Blumentopfhut und die Schuhe. Und für all die anderen Sachen, die Mrs. Chang gerade fabriziert.

Ich bin zehn Minuten zu früh da, aber Olive sitzt bereits an einem kleinen Tisch vor dem Eingang. Die Leute schauen sie an, wenn sie vorbeigehen. Sie versuchen, sich nicht anmerken zu lassen, dass sie sie anstarren, aber ich sehe es.

Das schnürt mir den Hals zu.

Ich möchte all diesen Leuten sagen, dass Olive eine sehr talentierte Sängerin und Tänzerin ist und, nach dem zu urteilen, wie ich sie bisher kennengelernt habe (weil ich ihre Partnerin bei den Musiknummern bin und außerdem gesehen habe, wie sie mit Shawn Barrs Sturz umgegangen ist), ein großartiger Mensch.

Ich merke, wie mir die Röte ins Gesicht steigt. Das passiert mir immer, wenn ich verlegen oder wütend bin. Im Moment bin ich wohl beides gleichzeitig. Ich möchte schreien: SEHT OLIVE NICHT SO AN, ALS WÜRDE ETWAS MIT IHR NICHT STIMMEN!

Ich lasse es bleiben.

Stattdessen gehe ich an ihren Tisch, setze mich hin und bringe sogar eine anständige Begrüßung zustande: »Hi, Olive, nett, dass du gekommen bist.«

Sie lächelt nur.

Olive hat eine Sonnenbrille auf. Sie zieht sie ein bisschen herunter und fragt mich: »Möchtest du ein Eis? Du bist eingeladen.«

Ich habe einen Dollar und zweiundsiebzig Cent mitgebracht – mehr war nicht in meinem Portemonnaie. Ich würde gern für uns beide bezahlen, aber es reicht nicht.

Wir gehen rein und nehmen beide eine Kugel Mokka-Mandel-Karamell in der Waffel. Eine tolle Kombination, und diesen Geschmack mag ich noch lieber, seit ich den kalten Kaffee meiner Eltern trinke.

Olive und ich gehen wieder nach draußen, aber nicht an den Tisch am Eingang. Stattdessen suche ich eine Bank aus, die seitlich im Schatten unter einem Baum steht.

Ich will uns nicht verstecken, aber ich mag nicht, dass die Leute Olive anstarren.

Als wir uns hinsetzen, sagt sie: »Es macht mir nichts, wenn die Leute gucken.«

Sie hat mich durchschaut. Trotzdem erkläre ich: »Im Schatten ist es angenehmer. Und ich bin auch nicht eingecremt.«

Olive nickt, weiß aber wahrscheinlich, dass ich in Wirklichkeit andere Gründe habe.

Ich warte darauf, dass sie das Gespräch beginnt, was sie aber nicht tut.

Ich denke, sie wird mir jetzt etwas über Engagement erzählen und dass es mir bestimmt gelingen wird, das Tanzen so hinzukriegen, wie Shawn Barr es wünscht. Vermutlich wird sie darüber reden, dass man tapfer sein und sich durchbeißen sollte.

Ich lasse mir viel Zeit mit meinem Eis, doch als ich am Ende der Waffel angekommen bin, hat Olive immer noch kein Wort gesagt. Nicht ein einziges.

Sie isst ihr Eis zu Ende, steht auf und sagt: »Wir sehen uns dann bei der Probe, Julia.«

Das ist kein Befehl und auch keine Frage.

Es ist eine Tatsache.

Es ist, wie es ist.

Sie wird mich bei der Probe sehen.

Sie legt den Kopf zur Seite, sodass die Sonne mich nicht mehr blendet. Sie lächelt, dreht sich um und geht.

Mir gehen tausend Dinge durch den Kopf, die ich ihr nachrufen könnte, doch ich überrasche mich selbst, indem ich nur erwidere: »Okay. Bis zur Probe.«

Auf dem Nachhauseweg versuche ich mir klarzumachen, was passiert ist. Ich beschließe nach einigem Nachdenken, dass Olive an mich glaubt. Zu diesem Treffen zu kommen und ein Eis mit mir zu essen war ihre Art, mir das zu sagen.

Vielleicht muss man nicht sprechen, um gehört zu werden.

Ich kann mich nämlich nicht erinnern, dass Stille jemals so laut war.

Dreizehn

Für diesen Morgen brauche ich ein gutes Erinnerungsstück, das ich in mein Album kleben kann. Deswegen hole ich mir zu Hause gleich eine Dose Oliven aus dem Küchenschrank. Die Oliven fülle ich in eine Schüssel um und stelle sie in den Kühlschrank (nachdem ich sieben gegessen habe). Ich löse das Etikett von der Dose und werfe sie in den Recycling-Eimer. Auf dem Etikett steht:

SCHWARZE OLIVEN – EXTRA GROSS

Ich suche mir eine Schere und schneide vorsichtig »Schwarze« aus und dann noch das N. Jetzt steht da:

OLIVE – EXTRA GROSS

Für mich ist das kein Witz. Es drückt aus, was ich empfinde.

Olive ist nicht groß. Doch in meinem Leben nimmt sie einen großen Platz ein.

Das Etikett klebe ich in mein Album und schreibe mit roter Tinte das Datum dazu. Ich wünschte, ich hätte eine Serviette oder eine Tasse von Dell Hoff's mitgenommen, weil später die Erinnerung dadurch vielleicht noch leichter zurückkommen würde.

So muss wohl das reichen, was ich habe.

Jedenfalls hat Mrs. Vancil im letzten Schuljahr viel Zeit damit verbracht, uns diesen Grundsatz einzuschärfen. Die Lösung vieler Probleme, hat sie gesagt, könnte man im Umkreis von zehn Metern finden.

Okay – vielleicht nicht die beste Lösung, aber auf jeden Fall eine Lösung.

Ich glaube nicht, dass dieses Prinzip auch gilt, wenn einem unterwegs im Raumschiff der Sauerstoff ausgeht (ein Albtraum, den ich öfter habe) oder wenn man im untersten Deck der *Titanic* eingeschlossen ist, als sie untergeht. Aber mir ist schon klar, was die Lehrerin eigentlich meint. Man muss bloß suchen, dann findet man auch etwas im eigenen Küchenschrank.

Nur zwei Stunden später sind wir schon unterwegs zur Probe.

Im Auto bin ich ziemlich angespannt, setze mich aber trotzdem nach vorn, weil ich nicht will, dass Mum mir Fragen stellt. Ich mache sofort das Radio an und tue so, als wäre ich wahnsinnig an der Musik interessiert. Auf keinen Fall will ich mich jetzt unterhalten, und außerdem erhole ich mich ja offiziell gerade von meinen Halsschmerzen.

Dass man das Radio benutzt, um Gefühle zu überdecken, gilt ja nicht nur für das Auto. Ich glaube, sie spielen Lieder in Geschäften, in Restaurants und anderen Gebäuden, sogar in Aufzügen auch als eine Art Gefühlsdämpfer. Es gibt Zeiten in der Schule, da wäre ich wahrscheinlich besser, wenn die Lehrerin uns einfach erlauben würde, irgendeine angenehme Hintergrundmusik mit Gitarren und Schlagzeug anzuhören.

Zum Beispiel in der Mathestunde. So eine Begleitmusik könnte mir das Lösen von komplizierten Gleichungen erleichtern.

Wer braucht keinen Soundtrack in seinem Leben?

Der Rhythmus des Schlagzeugs im Radio wirkt: Als meine Mutter in die Einfahrt zum Theater einbiegt, mache ich mir schon weniger Sorgen wegen meiner Rolle als Leadtänzerin. Ich habe mich von der Musik kurz wegtragen lassen.

Außerdem bin ich zu dem Ergebnis gekommen, dass die Rolle als Leadtänzerin vielleicht gar nichts bedeutet, sondern nur so eine Art Ehre ist. Wie Mannschaftskapitän.

Eine Menge Leute haben bedeutungslose Titel.

In der Schule gibt es »den Schüler oder die Schülerin des Monats«. Mich haben sie noch nie dafür ausgesucht, aber die Sache scheint ohnehin ziemlich wertlos zu sein. Es ist nicht etwa so, dass man von da an eine halbe Stunde später kommen oder sich eine besondere Pizza zum Mittagessen wünschen darf.

Ich habe meinen Blumentopfhut und die Munchkin-Schuhe zu Hause gelassen, damit es nicht so aussieht, als wollte ich meine Auszeichnung als »Person mit Einsatz« an die große Glocke hängen. Gleich beim Eintreten sehe ich Shawn Barr auf dem Gartentisch liegen, nur diesmal nicht mitten auf der Bühne, sondern an der Seite. Ich bekomme keine Extra-Begrüßung von ihm, und das macht mir Mut.

Sobald alle da sind (außer Nebraska Moonie, die laut Auskunft von Charisse eine Lebensmittelvergiftung durch Shrimps hat), spricht Shawn Barr zu uns durch ein Megafon. Es ist so eins, bei dem man auf eine Taste drückt, und dann klingt es, als ob man von der Küstenwache gerufen wird.

Ich warte schon auf das »Mann über Bord!«.

Stattdessen sagt er: »Alle Mann auf die Bühne!« – und es hat dieselbe Wirkung.

Ich halte mich an Olive. Sie ist jetzt mein Anker.

Wegen seines Gesundheitszustands wird Shawn Barr uns nicht auf dem Flügel begleiten. Dafür steht nun eine neue Helferin bereit. Sie hat Notenblätter dabei. Shawn Barr hatte so was nicht, und mir fällt jetzt erst auf, dass er die ganze Musik auswendig kennt. Kaum zu glauben, dass ich das nicht schon vorher gemerkt habe. Ich weiß, wie schwer es ist, Klavier zu spielen, selbst wenn man die Noten vor der Nase hat.

Die Frau stimmt das erste Lied an, und wir beginnen uns einzusingen. Anscheinend klingt es zufriedenstellend, denn Shawn Barr sagt: »In Ordnung. Alle gehen auf ihre Plätze!«

Olive und ich gehen an unseren Platz und warten. Shawn Barr gibt der Klavierspielerin das Startzeichen, und wir beginnen mit dem ersten Tanz, den wir theoretisch schon gelernt haben. Es ist erstaunlich, wie schnell ich die Schritte vergesse. Ich versuche, lautlos vor mich hin zu sagen: »Linker Fuß, rechter Fuß, drehen, Kick, vorwärts, rückwärts, rechter Arm nach oben, linker Arm nach unten.«

Schon komme ich aus dem Takt.

Glücklicherweise bin ich nicht die Einzige, die Probleme hat.

Shawn Barr sagt: »Okay, versuchen wir's noch mal. Ihr müsst euch an die Choreografie halten, aber eure Körpersprache muss intuitiv sein.«

Das ist ziemlich viel verlangt.

Ich will durchaus einen Schritt voraus sein, aber es funktioniert nicht.

Plötzlich höre ich, wie Shawn Barr sagt: »Julia Marks, du bist die Leadtänzerin, würdest du bitte nach vorn kommen?«

Meine Beine fühlen sich an wie weich gekochte Spaghetti.

In meinen Ohren summt es, als wäre ein Mückenschwarm drin.

Da rettet mich Olive, indem sie fragt: »Soll ich als ihre Partnerin mitkommen?«

Shawn Barr nickt: »Ja, klar.«

Olive stellt sich ganz dicht neben mich und flüstert: »Schau nur auf meine Füße. Denk an nichts anderes. Nur meine Füße, Julia.«

Ich nicke bloß, weil meine Kehle ausgetrocknet ist und ich sowieso keinen Ton rausbringe. Aber gehen kann ich offenbar, denn ich stehe jetzt mit Olive vorn auf der Bühne.

Shawn Barr sagt: »Haltet euch an diese beiden. Macht euch keine Gedanken über euer Singen. Im Moment geht es nur darum, dass ihr euch alle gemeinsam bewegt und dann ein gemeinsames Tempo findet.«

Olive schaut mich an und flüstert erneut: »Denk nicht voraus. Du brauchst nicht die nächsten Schritte im Kopf zu haben. Du musst dir bloß meine Bewegungen abgucken.«

Ich habe schon bei anderen Leuten abgeguckt.

Es ist vielleicht nicht richtig, wenn man bei einem Diktat der Nachbarin über die Schulter schaut, aber ich habe schon einige Male gespickt.

Hier geht es allerdings um etwas anderes als spicken. Das hier ist Spiegelarbeit, wie wir sie in unserer ersten Probe geübt haben.

Die Musik setzt ein, und ich hefte meine Augen auf Olives Füße. Es ist, als ob es auf der ganzen Welt nichts anderes geben würde als ihre Fersen und Fußspitzen. Ich vergesse, dass ich auf der Bühne bin und all die anderen Munchkins und Shawn Barr und Charisse zusehen. Nichts ist mehr wichtig, außer das, was Olive macht.

Als ich wieder zu mir komme, ist der Song zu Ende, aber ich höre etwas.

Ich höre Klatschen.

Shawn Barr sagt: »Schon viel besser, Leute!«

Olive ergreift meine Hand und drückt sie fest. Ich habe ein Gefühl, als ob ich gerade in der Schule die 75 Meter gelaufen wäre, und in meinem Gesicht spüre ich dieselbe Hitze. Das Summen in meinem Ohr ist leiser geworden. Shawn Barr sagt: »Versuchen wir es noch einmal.«

Das Summen wird lauter.

Der Flügel beginnt von vorn, und ich imitiere wieder Olives Schritte. Irgendwie scheint es eine Woche zu dauern, ehe wir das Megafon hören: »Wir machen jetzt eine Pause und üben nur singen.«

Es ist das Schönste, was ich jemals gehört habe.

Alle setzen sich hin.

Ich würde mich am liebsten auf der Seite einrollen. Wenn ich eine Decke hätte und irgendwas als Kissen, wäre ich in zwei Minuten eingeschlafen.

Wir sind aber nicht fertig. Wir legen nur einen anderen Gang ein.

Beim Singen versuche ich, den Eindruck zu erwecken, als ob ich richtig laut wäre, doch in Wahrheit achte ich darauf, leise zu singen. Auf diese Weise geht meine Stimme im Chor der anderen unter, die alle den richtigen Ton treffen. Die Songtexte kann ich inzwischen auswendig, weil ich abends mit der Musik einschlafe und morgens praktisch mit der Melodie von »The Yellow Brick Road« aufwache.

Heute möchte Shawn Barr, dass wir versuchen, gequetscht zu singen, was dann höher klingt. Randy macht das toll, und ich kann seine Stimme heraushören, obwohl wir zu 35 auf der Bühne sind.

Shawn Barr hat Randy wohl auch singen hören. »Ich verteile heute Rollen«, sagt er. »Es gibt Soloparts für den Bürgermeister im Munchkinland, den Gerichtsarzt und drei Mitglieder der Lollipop-Munchkins. Quincy wird die Rolle des Gerichtsarztes übernehmen.«

Ich halte die Luft an und schaue zu Larry hinüber, weil ich weiß, dass er gern eine eigene Rolle hätte. Als Shawn Barr dann sagt: »Larry wird einer der drei Lollipop-Munchkins sein, zusammen mit Jared Nast und Miles Beck«, atme ich erleichtert auf.

Larry hebt beide Arme in Siegerpose über den Kopf. Jared Nast und Miles Beck lächeln.

Shawn Barr fährt fort: »Ich möchte, dass Randy Marks den Part des Bürgermeisters singt.«

Ich zwinkere Randy zu (obwohl ich im Zuzwinkern nicht gerade der Meister bin; meist sieht es so aus, als hätte ich etwas im Auge). Randy wirkt glücklich, aber eigentlich sieht er auch nicht anders aus als sonst. Er wusste vielleicht schon vorher, dass er den Bürgermeister spielen würde. Zu Hause reden wir nicht oft über das Stück. Wir sind beide sehr beschäftigt.

Mit einem Mal geht mir auf, dass Olive keine eigene Rolle bekommen hat.

Das muss ein Irrtum sein.

Shawn Barr redet immer noch: »Es gibt auch noch die Ballett-Munchkins, mit drei Mädchen: Desiree Curtis, Sally Ettel und Nina Slovic.«

Ich sitze neben Olive und kann ihre Enttäuschung spüren. Sie ist völlig verkrampft.

Da sagt Shawn Barr: »Ach, und noch etwas. Ich habe beschlossen, ein paar von euch Munchkins mit bei den Fliegenden Affen auftreten zu lassen. Wir haben die Jungs, die aus Cleveland kommen werden, aber wir brauchen schon jetzt ein Team für die Seilarbeit. Die zusätzlichen Fliegenden Affen sind Olive Cortez und Julia Marks.«

Ein Fliegender Affe?

Habe ich das richtig verstanden?

Wir beide?

Olive beugt sich zu mir herüber. Sie ist aufgeregt, tut aber ihr Bestes, um nicht laut zu werden. »Wir dürfen zwei Rollen spielen. Ist das nicht wahnsinnig?« Vor lauter Aufregung klatsche ich in die Hände, und mit einem Mal fangen alle an zu klatschen.

Shawn Barr sagt: »Recht so! Ein Hoch auf unsere namentlich genannten Schauspielkünstler!«

Das sind wir also: namentlich genannte Schauspielkünstler.

Vor Kurzem hat Shawn Barr uns erklärt, dass Selbstachtung entscheidend für die Arbeit auf der Bühne ist, und die Bezeichnungen »Schauspieler« und »Schauspielerin« wären zwar ganz in Ordnung, aber er möchte, dass wir so oft wie möglich von »Schauspielkünstlern« sprechen. »Wir sind hier nicht in der Clownsschule«, sagte er.

Ich persönlich finde zwar, dass eine Clownsschule nach viel Spaß klingt, aber mir ist schon klar, dass er auf etwas anderes hinauswollte. Was er wohl von Mums Kostüm halten würde, das sie auf der Wohltätigkeitsveranstaltung erstanden hat?

Unglaublich, wie schnell sich die Dinge in der Theaterbranche ändern können.

Heute Morgen wollte ich noch aussteigen und den restlichen Sommer darüber nachdenken, wie ich Piper einen Brief schreibe, und jetzt habe ich eine ganze Probe als Leadtänzerin überstanden und bin sogar noch befördert worden! Ich habe noch eine weitere Rolle in der Show!

Das machen wir nämlich: eine Show. Ich habe das Gefühl, ich platze, und mein Magen schlägt Purzelbäume.

Shawn Barr spricht wieder in das Megafon. »Alle dürfen jetzt gehen, mit Ausnahme der eben namentlich genannten Schauspielkünstler. Bitte schaut heute Abend die Textblätter durch und übt die Artikulation! Einige von euch haben da Probleme. Es gibt einen Riesenunterschied zwischen Pass und Bass, Daten und Taten, Kriechen und Griechen! Üben, Leute, üben!«

Die übrigen Munchkin-Kinder gehen, und ehrlich gesagt konnte ich es kaum erwarten, sie loszuwerden. Jetzt können wir Schauspielkünstler zu Shawn Barr hingehen, und er braucht sein Megafon nicht mehr. Ich glaube, er ist glücklich darüber. Ich bin es auf jeden Fall.

Er sagt: »Quincy – du bist der Gerichtsarzt. Kannst du einen irischen Akzent nachmachen?«

Quincy wirft sich in die Brust und sagt: »Nicht einen – lauter verschiedene! Aus Kerry. Limerick. Donegal. Belfast. Derry. County Claire. Und County Cork.«

Dabei spricht er jeden Namen, den er nennt, mit einem anderen Akzent aus. Ich habe zwar keine Ahnung, wovon er redet, bin aber schwer beeindruckt.

Shawn Barr nickt nur. »Nimm einfach das normale Irisch.«

Quincy ballt die Fäuste und legt eine Runde Schattenboxen gegen einen imaginären Gegner ein.

Ich finde das lustig, aber Shawn Barr ignoriert ihn.

Die nächsten Anweisungen gehen an Randy. Charisse gibt ihm ein Blatt Papier mit den Texten in die Hand, aber es stellt sich heraus, dass er sie schon alle auswendig kann. Er fängt nämlich an zu singen, und es klingt perfekt.

Shawn Barr nickt, als er fertig ist, und sagt: »Du bist der Herausforderung gewachsen. Sieh zu, dass du in den nächsten vier Wochen einen eventuellen Wachstumsschub in Schach hältst. Du bist gerade noch nicht zu groß für die Rolle.«

Randy lächelt sein Randy-Lächeln. Er wirkt dann wie abwesend und, so nennt Grandma Däumling es, »in sich ruhend«. Bei »in sich ruhend« muss ich immer an Friedhöfe denken, aber solche Gedanken hat Randy nicht. Jedenfalls nicht, dass ich wüsste.

Shawn Barr bespricht dann die übrigen extrabesetzten Gesangsrollen und erklärt, dass die Ballett-Munchkins mit Ballettschuhen auftreten und Spitzentanz machen sollen, was für Desiree Curtis, Sally Ettel und Nina Slovic kein Problem ist. Sie sind nämlich, wie sich jetzt herausstellt, Balletttänzerinnen.

Das war wohl schon eine abgemachte Sache.

Ich frage mich, warum sie nicht die Leadtänzerinnen sind. Außerdem fällt mir auf, dass sie im Vergleich zu uns anderen winzig sind.

Interessant.

Diese Mädchen sind sehr nett, und ich möchte sie noch näher kennenlernen. Das Problem mit Freundschaften ist nur, dass man sich immer entscheiden muss, weil man nicht gleichzeitig zu zwei Gruppen gehören kann.

Und ich entscheide mich (im Moment) für Olive, Quincy und Larry, weil ich von ihnen mehr über das Leben lernen kann.

Vierzehn

Shawn Barr informiert die Sonderdarsteller, dass sie für heute – bis auf Olive und mich – fertig sind.

Randy will draußen an der Einfahrt auf mich warten. Larry und Quincy sehen aus, als ob sie bleiben wollten, doch Shawn Barr schickt sie mit einer Handbewegung fort.

Plötzlich erscheinen zwei junge Leute von der Uni, die wir schon kennen, weil sie am Bühnenaufbau und an der Beleuchtung beteiligt waren. Ein Neuer ist dabei, und der muss der Chef sein, weil Shawn Barr nur mit ihm spricht. Er heißt Gianni. Sein Nachname wird nicht erwähnt. Shawn Barr erklärt, dass Gianni für die Technik bei der Aufführung zuständig sein wird.

Gianni mustert uns und sagt lächelnd: »Nett, euch kennenzulernen, Mädels. Was wiegt ihr?«

Ich schaue ihn verblüfft an, gebe aber keine Antwort.

Von meinem Gewicht habe ich nämlich keine Ahnung, weil ich selten auf die Waage steige. Ich bin schon seit einiger Zeit nicht mehr gewachsen, werde also ungefähr so viel wiegen wie beim letzten Mal, als ich auf der Waage stand. Nur kann ich mich nicht mehr an das Ergebnis erinnern.

Zahlen kann ich mir nicht merken. Sie kommen und gehen.

Olive hat meine Größe, aber mehr Kurven. Soll ich vielleicht einfach von dem Gewicht, das sie angibt, ein paar Pfund abziehen?

Doch Olive sagt auch nichts. Wir bleiben beide stumm. Wir schauen uns diesen neuen Typen an.

Gianni hat so eine Art Männerdutt, seine vollen Haare sind mit einem roten Zopfgummi zusammengebunden. Weil ich seinen Dutt so anstarre, wird er ihm jetzt wohl selbst bewusst, denn plötzlich löst er das Band und lässt seine langen Locken frei herabfallen.

Mir gefällt das so, aber ich sage es ihm nicht, weil wir uns ja gerade erst kennengelernt haben. Er sagt: »Ich denke, wir schauen uns heute mal an, wie die Gurte passen.«

Nachdem Olive und ich seine Frage nach unserem Gewicht nicht beantwortet haben, hat er vielleicht gedacht, er wäre unhöflich gewesen und sollte nun einfach zum Nächsten übergehen.

Und dann kommen auch schon die beiden anderen Typen und bringen etwas, das aussieht wie ein Bündel Sicherheitsgurte mit Schlaufen dran.

Gianni wendet sich mir zu und sagt: »Fangen wir mit Baby an.«

Und seltsamerweise werde ich nicht wütend, weil er mich Baby nennt. Ich mag es. Ich sage: »Baby ist bereit!«

Olive lächelt.

Shawn Barr blickt von seinem Gartentisch auf und ruft: »Baby ist bereit!« Ich bemerke, wie sie alle Blicke tauschen, und es ist irgendwie klar, dass ich ab jetzt für sie Baby bin.

Gianni hält die Gurte in der Hand und zeigt mir, wo ich mit den Füßen reinmuss. Zu Shawn Barr sagt er: »Wir müssen das Gewicht ihres Kostüms berücksichtigen, und wenn wir dann den Neigungswinkel der Aufhängung wissen, können wir die Verzögerungswerte und deren Einfluss auf die Choreografie besprechen. Ich nehme an, ihr Gewicht beträgt weniger als ein Viertel der Maximallast.«

Ich verstehe nur Bahnhof, aber Gianni klingt unglaublich professionell.

Nachdem ich in den unteren Gurt gestiegen bin, packt Gianni eine weitere Schlaufe und hängt sie in einen für mich unsichtbaren Karabiner hinten zwischen meinen Schultern ein. Zwei weitere Gurtbänder werden unter meinen Achseln nach hinten durchgezogen und ebenfalls eingehängt.

Gianni fragt: »Wie fühlt sich das an, Baby?«

Ich weiß nicht, ob ich die Wahrheit sagen soll, nämlich, dass ich mich fühle wie eine zappelnde Fliege im Spinnennetz. Ich kann zwar Arme und Beine bewegen, aber sonst bin ich fest eingewickelt.

Ich grinse bloß und antworte: »Baby fühlt sich gut!«

Gianni wendet sich nun Olive zu, die in ihr eigenes Gewirr von Gurten eingehakt wird. Gianni klingt anders, wenn er mit Olive spricht. »Diese Gurtbänder werden noch stärker gepolstert, wenn wir erst mal deine Größe ausgemessen haben.«

Olive nickt. Sie strahlt vor Glück, vor allem ihre Augen glänzen. Mir wird klar, dass wir diese großartige Gelegenheit, in dem Stück mitzuspielen, nur haben, weil wir so klein sind. Sonst würden wir auch nicht mit Gianni zusammenarbeiten, und aus Olives Gesichtsausdruck schließe ich, dass sie das ebenso großartig findet.

Jetzt, wo wir beide in unser Einpunktgeschirr, wie Gianni es nennt, eingehängt sind, kommen die beiden Jungs und befestigen die Seile an den Haken, die hinten an unseren Gurten sind.

Shawn Barrs Kopf ruht auf einem Kissen. Plötzlich runzelt er die Stirn. »Baby ist minderjährig. Haben die Eltern eine Einverständniserklärung unterzeichnet?«

Charisse fängt an, die Papiere auf ihrem Klemmbrett durchzusehen.

Ich rufe: »Ich habe am ersten Tag alle Formulare abgegeben. Meine Mum hat sie ausgedruckt und alles unterschrieben.«

Das scheint zu genügen.

Wahrscheinlich macht sich Shawn, seit er von der Leiter gefallen ist, mehr Sorgen wegen Unfällen. Aber Gianni beugt sich zu uns herunter und sagt: »Die kleinen Damen können ganz beruhigt sein. Ich habe die Bühnentechnik geleitet, als in San Francisco *Peter Pan* drei

Monate lang lief.« Ich lächle. Zwar kann ich mir nicht vorstellen, warum Peter Pan in San Francisco drei Monate lang gerannt ist, noch dazu in seinem Kostüm. Aber wenn Gianni für so eine Aufführung verantwortlich war, muss er auch etwas können.

Als Nächstes hebt mich Gianni an dem Haken auf meinem Rücken mit einer Hand hoch. Alle Gurte straffen sich, und ich muss dagegen ankämpfen loszubrüllen: HE, WAS MACHST DU DA?!

Ich muss mich aber auch zusammennehmen, um nicht auszurufen: BOAH! BIST DU STARK!

Ich strecke die Arme aus wie Tragflügel und schwenke einmal nach links, dann nach rechts.

Das kommt sehr gut an.

Shawn, der sich auf einen Ellenbogen gestützt hat, sagt: »Baby ist fürs Fliegen geboren.«

Gianni hängt jetzt den Gurt in den Seilzug ein, und ich sehe, wie die beiden Jungs nach vorn treten. Beide haben Handschuhe an und halten das andere Ende des Seils, das auf halbem Weg irgendwo im Bühnenhimmel verschwindet.

Gianni erklärt: »Da oben sind Gegengewichte, Baby. Da ist der Schnürboden, wo das technische Zeugs passiert.« Ich würde gern wissen, ob das Schnürboden heißt, weil man so eingeschnürt wird.

Ich frage lieber nicht nach. Ich weiß schon, es gibt keine dummen Fragen, aber das ist jetzt vielleicht nicht der geeignete Moment, mir erklären zu lassen, was diese ganzen Fachbegriffe aus der Theatersprache bedeuten.

Genau über mir hantiert der Mann im Schnürboden mit irgendwas, und ich kann hören, wie er sagt: »Seil fertig. Einfache Kraftverstärkung.«

Die beiden Jungs auf der Bühne schauen nach oben. Einer sagt: »Halten!«

Gianni nickt und sagt: »Kein Gegenseil. Wir heben nur an.«

Die beiden verstehen. Olive sieht gebannt zu und blinzelt nicht einmal: Offensichtlich will sie nichts verpassen.

Gianni spricht ganz ruhig an meinem Ohr: »Baby, ich lasse jetzt los.« Und dann sagt er: »Bereit für die Vertrauensübung.«

Ich spüre, wie er den Haken loslässt, aber ich bleibe in der Luft stehen und steige dann höher. Es ist nicht direkt wie Fliegen. Man hat eher den Eindruck, man baumelt, und für einen Moment fühle ich mich wie ein Fisch. Jemand hat einen Angelhaken mit Köder ausgeworfen, und ich habe alles zusammen verschluckt. Allerdings zieht mich jetzt keiner durchs Wasser zu einem Mann, der im Boot mit einer Keule auf mich wartet: Ich schwebe in der Luft.

Mit ausgestreckten Armen rufe ich nach unten: »Ich bin ein Fliegender Affe!«

Shawn Barr ruft zurück: »Baby, die Affen reden nicht!«

Meine Antwort, als ich zurückschreie, überrascht mich selbst: »Dieser hier schon!«

Von hier oben sehe ich sie alle. Sie lachen. Und mir geht auf, dass ich die Welt zum ersten Mal aus dieser Perspektive sehe.

Alle schauen zu *mir* auf.

Grandma Däumling sagt, im Leben geht es immer ums Lernen, und wenn man es dir beim ersten Mal nicht richtig beibringt, wird die Prüfung zur gleichen Sache beim nächsten Mal nur schwerer.

Ich habe gerade eine wichtige Lektion gelernt: Ein und dieselbe Sache kann an einem Tag scheußlich sein und am nächsten großartig.

Ich hatte Angst, ich müsste tanzen, und jetzt lerne ich stattdessen fliegen.

Natürlich werde ich das nicht zu Hause machen können, aber ich weiß, dass ich wahrscheinlich mein Leben lang davon träumen werde, an Seilen durch die Luft zu schweben.

Um mich an den heutigen Tag zu erinnern, brauche ich nichts für mein Album.

Nachdem Olive und ich mehrmals auf verschiedene Weise in unseren Gurten in die Luft gestiegen sind, hat jeder eine ungefähre Vorstellung davon, wie das alles funktionieren wird. Wir wirken nicht ängstlich, wir übergeben uns nicht, wir verhalten uns während unserer Flugmanöver alles in allem sehr professionell.

Ich merke überhaupt nicht, wie die Zeit vergeht, weil ich so aufgedreht bin, dass meine innere Uhr stehen bleibt. Irgendwann aber sagt Shawn Barr: »Machen wir Schluss für heute! Wir haben die Mädchen schon zu lange hierbehalten.«

Olive und ich werden abgelassen, und alle sind wohl der Meinung, dass wir eine gute erste Probe als Fliegende Affen hinter uns haben.

Wir legen unsere Gurte ab, und Gianni sagt, unsere »Seilarbeit« habe sehr mühelos ausgesehen. Dann erfahren wir, dass wir in Zukunft auch an den Abendproben teilnehmen, die ohne die Munchkins stattfinden. Ich werde meiner Mutter sagen müssen, dass ich jetzt immer länger bleiben muss als Randy.

Ich bin zwei Jahre älter als er, ich kriege die Zusatzproben bestimmt hin.

Ich muss unbedingt Piper und Kaylee alles erzählen. Obwohl: Bisher habe ich Piper nicht einen einzigen Brief ins Ferienlager geschickt, und Kaylee ist immer noch unterwegs auf ihrer Baseballstadion-Besichtigungstour.

Als Gianni nicht mehr redet, flüstert mir Olive ins Ohr: »Das können wir in unseren Lebenslauf schreiben. So was macht ziemlich Eindruck.«

Ich nicke, allerdings habe ich keinen Lebenslauf.

Sobald ich einen habe, kommt er in mein Album. Vielleicht klebe ich dann Olives Lebenslauf gleich dazu. Und den von dem Mann und der Frau auf dem Schnürboden. Sie heißen anscheinend Flynn und Toby. Ihre Namen klingen wie Hundenamen, und ich mag beide jetzt schon.

Bevor wir gehen dürfen, misst Gianni noch meine Rücken- und Beinlänge aus. Zum ersten Mal bemerke ich, dass Olive ziemlich kurze Arme und Beine hat. Wir sind genau gleich groß, aber meine Arme und Beine sind länger als ihre. Und dann wird mir klar: Deswegen sieht sie anders aus. Nicht einfach, weil sie 1,45 Meter groß ist. Das konnte ich alles schon vorher sehen, aber erst das Maßband hat es mir verdeutlicht. Ich übersehe eine Menge Dinge, die offensichtlich sind.

Gianni schreibt sich alles auf, was er braucht, und sagt dann: »Vielen Dank, meine Damen. Das war ein toller erster Tag.«

Ich antworte: »Vielen Dank, Gianni. In deinen Händen fühlen wir uns sicher.«

Das bringt alle zum Lachen, aber ich habe es ernst gemeint; außerdem wollte ich erwachsen klingen.

Die Wahrheit sage ich ihnen nicht. Dann müsste ich sagen: *Es war voll aufregend, aber auch voll beängstigend, und das Geschirr ist echt nicht besonders bequem. Außerdem hätte mich ruhig mal jemand fragen können, ob ich vielleicht auf die Toilette muss, bevor ich hochgezogen wurde.*

Fünfzehn

Olive und ich wollen gerade gehen, als Shawn Barr uns zurückruft. Er ist müde, weil es anstrengend ist, ein Stück einzustudieren, wenn man nur liegen kann.

Er sagt: »Baby, wir haben einen Kostümbildner für die Show. Ein Adrian Greenberg ist er nicht, aber er kann mit einer Nähmaschine umgehen.«

Ich lächle, weil ich wirklich gern Baby genannt werde.

Er fährt fort: »Die Dame, die deine Schuhe und deinen Blumentopfhut gemacht hat, wer oder was ist sie genau?«

Ich antworte nicht sofort, weil die Frage kompliziert ist. Außerdem weiß ich nicht genau, wer oder was sie ist. Ich entscheide mich schließlich für den Satz: »Sie wohnt in unsrer Straße.«

Shawn Barr schließt die Augen, wahrscheinlich um seine Gedanken zu ordnen. Als er sie wieder öffnet, sagt er: »Ich frage mich, ob deine Freundin uns helfen könnte. Wir haben ein Kostüm-Budget und vielleicht auch Geld für eine Fachkraft. Sie könnte es vielleicht als Erstes mit den Fliegenden Affen versuchen.«

Ich habe keine Ahnung, was Mrs. Chang davon halten würde. Ich vermute, dass sie gerade mein Munchkin-Kostüm fertigstellt. Ob sie dieses Angebot glücklich machen würde? Woher soll ich das wissen?

Ich sage: »Vielleicht könnte Olive zusammen mit mir zu ihr gehen und sie fragen.«

Shawn Barr findet das gut, denn er erwidert: »Ja, ein persönliches Gespräch ist vielleicht besser als ein Telefonanruf. Und in meiner ge-

genwärtigen Lage würde ich mich mit einem Besuch schwertun. Ich delegiere an Olive.« Olive bleibt stumm.

Ich folge ihren Blicken. Sie beobachtet immer noch Gianni. Er steht auf einer Leiter und richtet irgendwas an den Seilen.

Ich finde, er hat viele Talente, und schlage vor: »Wie wäre es, wenn Olive *und* Gianni mit zu meiner Nachbarin kämen? Falls Mrs. Chang uns helfen will, muss sie wissen, wie sie das mit dem Haken am Rücken der Affenkostüme machen soll, und er ist der Flugexperte.«

Olive stimmt begeistert zu. »Ja, Julia, das ist eine prima Idee.«

Shawn Barr zuckt mit den Achseln. »Er ist angestellt. Natürlich. Er kann mit.«

Olive ist glücklich, das sehe ich.

Damit nichts mehr schiefgeht, sage ich: »Ich rufe Mrs. Chang an und mache einen Termin aus.«

In Wahrheit werde ich meine Mum darum bitten. Ich bin nur ein Kind. Es sind zu viele Informationen für mich zum Aufschreiben.

Ich sage noch: »Ich komme dann mit einem Plan auf Sie zu, Shawn Barr. Sie können auf mich zählen.«

Unser Regisseur lächelt. Das tut er nicht oft. Sein Gesicht verändert sich dann vollkommen. Seine Augen leuchten. Ich wünschte, er würde die ganze Zeit lächeln. Es steht ihm wirklich gut.

Jetzt, denke ich, ist der Moment gekommen – ich stelle ihm die Frage, die mir auf der Seele liegt. »Ist es nicht zu viel für mich, die Leadtänzerin zu sein und außerdem die Rolle als Fliegender Affe zu übernehmen? Vielleicht sollte jemand anders meine Tanzrolle bekommen …« Zum Schluss werde ich immer leiser.

Shawn Barr schüttelt den Kopf. Es ist weder ein Ja noch ein Nein. Er sagt: »Deine Aufgabe besteht darin, durch dein Beispiel Vorbild zu sein. Sonst nichts. Du zeigst einfach den anderen Kindern, wie es geht.«

Ich klinge immer noch ziemlich schüchtern: »Okay. Nur, ich bin vielleicht nicht die Geschickteste mit den Füßen.«

Shawn Barr lacht auf. »Du bist immer ganz bei der Sache, Julia. Und darauf kommt es an.«

Er hebt seinen großen Ordner hoch und ergänzt: »Wie wär's, wenn ich dich hin und wieder mal in meine Notizen schauen lasse? Dann kannst du dir vielleicht etwas Insiderwissen aneignen.«

Gianni steigt von seiner Leiter und hat offenbar zugehört. Er hebt eine Augenbraue. »Baby, du hast keinen Grund zur Sorge.«

Shawn Barr zwinkert mir zu und sagt: »Richtig. Du bist ein tolles Mädchen.«

Das hat mir noch niemand gesagt, und es fühlt sich großartig an. Ich wünschte, mein kleiner Bruder wäre noch da, damit er meiner Familie alles erzählen könnte. Er ist leider draußen. Wahrscheinlich singt er gerade.

Ich möchte Shawn Barr klarmachen, dass er die richtige Entscheidung getroffen hat, mir so viel Vertrauen zu schenken. Deswegen sage ich: »Sie sind der Erste, der mich wirklich von Ramon abgelenkt hat.«

Kaum ist das heraus, habe ich das Gefühl, einen großen Fehler gemacht zu haben. Hoffentlich stellt er keine Fragen zu Ramon, sonst fange ich am Ende noch an zu heulen, wenn ich Menschen von ihm erzähle, die ihn nie kennengelernt haben.

Heute ist wirklich mein Glückstag, denn Shawn Barr nickt bloß, und im nächsten Augenblick tragen ihn die beiden Bühnenhelfer auf seinem Tisch weg. Ob es auch zu ihrer Arbeit gehört, den Regisseur wegzuräumen? Wahrscheinlich muss man als Bühnenhelfer alles wegräumen, was auf der Bühne ist.

Olive winkt Gianni zum Abschied zu.

Ich mache es ihr nach.

Dann drehen wir uns um und gehen zum Ausgang. Olive fragt: »Wer ist Ramon?«

Ich hätte mir denken können, dass sie alles mitverfolgt.

»Das war mein Hund«, antworte ich. »Er ist am 14. Mai gestorben.« Und dann sage ich noch: »Ich bin froh, dass er nicht am 14. Februar gestorben ist, sonst hätte ich nie mehr in meinem Leben einen schönen Valentinstag gehabt.«

»Der Valentinstag wird überschätzt«, antwortet Olive.

Ich bin nicht sicher, was sie meint, sage aber: »Ja. Total.«

Draußen im Auto wartet Mum.

Ihre Miene verrät, dass sie schon länger da steht.

Randy sitzt auf dem Beifahrersitz, was eigentlich mein Platz ist, aber ich bin so glücklich über meine Rolle als Fliegender Affe, dass ich nicht mal das Gesicht verziehe. Ich drehe mich zum Abschied zu Olive um und umarme sie. »Ich kümmere mich um einen Termin, damit wir mit Gianni zu Mrs. Chang gehen können.«

Olive nickt. »Ruf mich an, wenn du Bescheid weißt.« Dann geht sie die Straße hinunter. Es sieht fast so aus, als ob sie hüpfte, was schon ein bisschen merkwürdig wäre, weil sie ja erwachsen ist. Andererseits ist sie so klein wie ein Kind und kann sich wohl deswegen einiges erlauben.

Als sie weg ist, scheuche ich als Erstes Randy vom Beifahrersitz und nehme meinen Platz neben Mum ein.

Dann erkläre ich das mit den Fliegenden Affen und dass ich in Zukunft auch zu den Abendproben gehen muss. Es enttäuscht mich, als Mum daraufhin bloß sagt: »Ist das denn nicht gefährlich? Ich weiß nicht, ob mir das recht ist, wenn du an Seilen hängst.«

»Das ist vollkommen ungefährlich!«, sage ich. »Gianni hat Peter Pan in San Francisco laufen lassen, und er ist eine angestellte Fachkraft.«

Randy fragt vom Rücksitz: »Wer ist Gianni?«

»Der Flugexperte«, antworte ich. »Er hat mir und Olive die Einpunktgurte angelegt.«

Randy nickt, als ob er wüsste, was das bedeutet. Dabei war ich in einem Einpunktgeschirr, und nicht einmal ich weiß, was das bedeutet.

Mum sagt: »Eigentlich sollten sie über so was erst mit den Eltern sprechen. Ich sehe ja ein, dass sie deine Freundin dafür nehmen –«

Ich unterbreche sie, was unhöflich ist: »Olive. Sie heißt Olive.«

»Ich verstehe, dass sie Olive dafür aussuchen. Die ist erwachsen. Du bist ein Kind.«

Ich mag nicht, wie und was sie da sagt, aber ich muss Mum unbedingt klarmachen, wie viel mir daran liegt. Ich reiße mich zusammen, damit meine Stimme nicht laut und quengelig klingt, was vorkommt, wenn ich mich aufrege.

»Es ist vollkommen ungefährlich, und sie haben auch gefragt, ob du die Papiere unterschrieben hättest; und das hast du gemacht, wir haben sie gleich am ersten Tag abgegeben.«

Mum gibt noch nicht auf. »Ich wusste nicht, dass die Einverständniserklärung heißen sollte: Sie dürfen mein Kind durch die Luft schmeißen.«

Jetzt mischt Randy sich ein: »Haben sie das wirklich gemacht?«

»Nein. So war das nicht. Es gibt drei Leute am Boden und zwei oben auf dem sogenannten Schnürboden. Und Gianni hat mich die ganze Zeit am Seil gehalten! Shawn Barr hat alles geleitet, und er ist ein Superprofi aus Pigeon Forge.«

Offenbar klinge ich überzeugend, denn Mum scheint sich zu beruhigen.

Sie atmet einmal lang und tief aus und sagt dann: »Okay. Ich hab das wahrscheinlich nicht richtig verstanden. Machst du es gern? Ist es etwas, was du machen *willst*?«

»Es ist GENAU das, was ich will. Auf immer und ewig.«

Warum ich den letzten Satz gesagt habe, weiß ich nicht so recht.

Ich bin nicht eine, die viel über die Zukunft nachdenkt. Ich weiß, dass ich nicht den Rest meines Lebens in einem Gurtgeschirr rauf-

und runtergezogen werden möchte, aber wenn es heißen würde, dass ich dabei immer mit Olive und Shawn Barr und Gianni zusammen sein könnte – also dann würde ich vielleicht eine Karriere einschlagen, die in der Luft hängt.

Was ich mag, ist, dass sie mich Baby nennen, aber auf eine nette Art. Ich spiele gern eine besondere Rolle.

Und dann geht mir plötzlich ein Licht auf: Ich erinnere mich, dass Mrs. Vancil immer von unserem Potenzial geredet hat. Ich sehe Mum an und versuche so entschlossen wie möglich zu klingen. »Ich glaube, wenn ich ein Teil von dieser Aufführung bin, vor allem mit den zwei Sonderrollen und der Arbeit am Seil und dem Fliegen, dann hilft mir das, mein wahres Potenzial auszuschöpfen.«

Mum zieht geräuschvoll die Luft durch die Lippen: Das war eindeutig ein überzeugendes Argument!

Sie tritt auf die Bremse, obwohl weit und breit kein Stoppschild und keine rote Ampel zu sehen ist. Es fühlt sich fast an wie ein Mini-Auffahrunfall. Mum schaut zu mir, und an ihrem Blick erkenne ich, dass sie sich meinetwegen Sorgen gemacht hat. Ich sehe die Erleichterung in ihren Augen.

Sie sagt: »In Ordnung, Julia. Du bist ein Fliegender Affe.«

Tor!!! Ich hebe triumphierend die Faust.

Ich bin wahnsinnig glücklich und rufe: »JA. Ich bin ein Fliegender Affe!«

Vom Rücksitz beugt sich Randy vor und sagt nüchtern: »Und ich bin der Bürgermeister von Munchkin City.«

Sechzehn

Mum eröffnet der Familie am Abendbrottisch, dass ich fliegen lerne.

Es ist das erste Mal seit Ewigkeiten, dass mein älterer Bruder Tim sich an einem allgemeinen Gesprächsthema beteiligt, aber wahrscheinlich hält das nicht lang.

Seine erste Frage ist: »Tut dir das im Schritt weh, wenn du in dem Gurtgeschirr hängst?«

Ich schüttle den Kopf, obwohl es sich innen an den Beinen und unter den Achseln anfühlt, als hätten die Gurte mich wund gescheuert.

Ich hasse den Ausdruck »im Schritt«.

Es gibt eine ganze Menge Wörter, die ich nicht ausstehen kann, und ich weiß nicht, ob es der Klang der Wörter oder ihre Bedeutung ist. Zum Beispiel hasse ich das Wort »Pubertät«. Es ist einfach in jeder Hinsicht unangenehm.

Was ich auch nicht mag, ist das Wort »Schleim«.

Ich vermeide solche Wörter. Das Gute ist, es gibt viele Möglichkeiten, etwas auszudrücken, und vermutlich ist Sprache deswegen so wichtig. Vielleicht hat man sie überhaupt nur deswegen erfunden.

Ich habe kein Lieblingswort und keinen Lieblingsbuchstaben, aber ich habe einen Buchstaben, den ich am wenigsten mag: den Buchstaben A. A wie die beste Note in der Schule – und die bekomme ich ziemlich selten. Vielleicht habe ich deswegen was gegen diesen Vokal. Beispiele für Wörter mit A sind »Ameisenhaufen« und »abweisend«. Leute, die abweisend sind, verhalten sich unfreundlich.

Mrs. Vancil hat Simone Bushing ermahnt, nicht so abweisend zu Poppy Ruff zu sein, die letztes Jahr neu in unsere Klasse gekommen ist.

Beim Essen bitte ich jetzt um eine zweite Portion Spaghetti, die wir von unseren blauen Tellern essen, die Unterteilungen haben. Die Teller gehörten mal Grandma Däumling, aber irgendwann verkündete sie dann: »Ich koche ab jetzt nur noch für mich. Ihr könnt die Teller haben.«

Ich hielt das für einen Witz, aber sie meinte es ernst, denn wir besitzen jetzt sieben Stück. Insgesamt waren es acht, einen hat sie wohl behalten.

Tim stellt eine Menge Fragen zum Fliegen, aber ohne noch einmal den Ausdruck »im Schritt« zu benutzen. Das ist immerhin etwas.

Vielleicht wünscht er sich, er wäre nicht normal groß, damit er selbst das Fliegen ausprobieren könnte, denn jetzt sagt er: »Vielleicht komm ich ja, um dich als Munchkin-Affen zu sehen.«

Mum schaut ihn an wie einen Alien und sagt: »Selbstverständlich wirst du in die Aufführung deiner Schwester und deines Bruders gehen. Das ist das Sommertheater-Festival!«

Tim schaut völlig ausdruckslos von seinem Teller auf. Grandma Däumling nennt das seinen »patentierten Blick«. Sie meint damit, nur er kriegt den so hin.

Ich beneide ihn nicht darum; ich habe keinerlei Interesse daran, ein Gesicht zu machen wie ein Stück Pappe.

Jetzt greift Dad ein: »Tim, du wirst bitte deinen jüngeren Geschwistern den Rücken stärken.«

Und ich ergänze: »Du wirst auch hingehen, weil es tolle Unterhaltung ist und Shawn Barr der Regisseur.«

Tim kaut eine Weile auf seinen Spaghetti rum und sagt schließlich: »Julia, reich mir mal das Knoblauchbrot.«

Es ist kein Knoblauchbrot am Tisch. Das finde ich witzig, und deswegen tue ich so, als ob ich einen Brotkorb vom Tisch hochhebe und ihn Tim hinhalte.

»Aber nicht die angebrannte Scheibe«, sage ich, »auf die hab ich schon ein Auge geworfen.«

Tims Blick wird wieder lebendig, und er fängt an zu lachen. Jetzt tut er so, als ob er mir den eingebildeten Korb mit einer Hand abnimmt, um mit der anderen ein imaginäres Tuch anzuheben. Darunter riecht er an dem unsichtbaren Brot.

»Ordentlich viel Knoblauch. Genauso, wie ich es mag.«

Es gibt ein großes Gelächter.

Nachdem wir ziemlich lange gelacht haben, steht Mum auf und sagt: »Gewonnen.« Sie geht in die Küche: »Ich hole Toast aus dem Gefrierfach und mache ein Knoblauchbrot. Das gilt dann aber als Nachtisch.«

Tim sieht mich an und sagt leise: »Keine Sorge. Ich komm schon, um dich fliegen zu sehen, Jelly.«

So hat er mich früher immer genannt, aber später nicht mehr: Jelly.

Klar, ich heiße Julia, aber erstens war »Jelly« für ein kleines Kind leichter zu sprechen, und zweitens mochte ich die Jelly-Baby-Donuts besonders gern. Ich bin drauf und dran zu verraten, dass mein Spitzname im Theater jetzt Baby ist, lasse es aber lieber bleiben.

Nicht, dass ich zu Hause auf einmal Jelly Baby genannt werde. Das könnte durchaus passieren. Dann wäre ich für den Rest meines Lebens als Donut abgestempelt.

Nachdem das Abendessen abgeräumt ist, erledigt Mum den Anruf bei Mrs. Chang und macht einen Termin aus. Ich höre dem Gespräch nicht zu, weil gerade eine gute Sendung im Fernsehen läuft. Aber Mum berichtet mir, dass Mrs. Chang an einem Treffen interessiert ist.

Also rufe ich Olive an, und die wird Gianni Bescheid sagen. Mum hat Mrs. Chang erzählt, dass es um Kostümfragen gehen soll und ich Leute mitbringen würde, die »mit der Aufführung zu tun haben«.

Ich bin also Munchkin und Fliegender Affe und Leadtänzerin. Und jetzt gewissermaßen auch noch verantwortlich für einen Teil der Kostüme. Mrs. Chang hat sicher allmählich den Eindruck, dass ich irgendwie für die ganze Produktion wichtig bin.

Das ist ein Beispiel dafür, wie eins zum anderen kommt, sobald man bei einem Projekt Engagement zeigt.

Das würde ich gern mit Mrs. Vancil besprechen, aber jetzt sind Sommerferien, und außerdem unterrichtet sie mich nächstes Jahr nicht mehr. Ich sollte also nicht mehr darüber nachdenken, worüber ich alles mit ihr reden könnte.

Mit Grandma Däumling könnte ich darüber sprechen, aber sie ist für eine Woche mit ihrer besten Freundin Lois zum Lachsfischen gefahren. Außer Baseball liebt Grandma das Angeln, während es für mich das Langweiligste auf der Welt ist. Und ist es dann einmal nicht mehr langweilig und man hat endlich einen Fisch an der Angel, dann wird ein fieser Mordfall daraus, und man schlägt ewig mit einer Holzkeule auf den Fisch ein.

Plötzlich fällt mir etwas Wichtiges ein: Stephen Boyd ist letztes Jahr an Halloween als Affe gegangen.

Wie konnte ich das vergessen?

Ich nehme an, weil Sommer ist und es so viele Dinge zum Nachdenken gibt, über Ramon zum Beispiel oder über so einen wie Stephen Boyd, der sein Essen in einem grünen Leinenbeutel mit weißen Schlaufen zur Schule mitbringt, was besser für die Umwelt ist, als wenn man jeden Tag eine neue Tragetüte benutzt.

Die Tatsache, dass Stephen Boyd schon einmal Affe gewesen ist, kommt mir jetzt wirklich sehr wichtig vor. Und daraus ergibt sich auch gleich die Frage: Waren alle Fliegenden Affen im Film *Der Zauberer von Oz* Jungen-Affen?

Und wenn es so war, ist das von Bedeutung?

Ich komme zu dem Schluss, dass man (zum Beispiel im Zoo) einem echten Affen nicht ansehen kann, ob er ein Mädchen oder ein Junge ist. Jedenfalls ich nicht, weil er so viel Fell hat. Ich verbringe nicht viel Zeit damit, mir Tiere »im Schritt« anzuschauen. In unserer Stadt gibt es nicht mal einen Zoo, außer man betrachtet das große eingezäunte Gelände als Zoo, auf dem draußen im Hendricks Park drei Wapitihirsche und ein Elch ein Leben im Schlamm führen.

Besonders glücklich wirken sie nicht, selbst wenn ich ihnen Karotten bringe.

Die Erinnerung an Stephen Boyd bringt mich auf die Idee, nach Bildern von Fliegenden Affen zu suchen.

Was ich finde, ist überraschend.

In meiner Erinnerung waren die Affen nichts als furchterregende, bösartige Helfer der Bösen Hexe. Wenn ich dagegen die Fotos auf Mums Computer betrachte, dann haben sie Hüte auf und tragen knallbunte Jacken. Sie haben ellenlange Schwänze und graue Leggings, die aussehen wie Pyjamas mit Fuß. Am Rücken haben sie große gefiederte Flügel.

Sie sehen aus wie diese Spielzeugaffen von früher, die ein Becken schlagen, wenn man sie aufzieht. Grandma Däumling hat so einen!

Ich werde die Bilder zu unserem Kostümtreffen mitnehmen. Vielleicht bekommt dann Mrs. Chang noch mehr Lust, unsere Outfits anzufertigen. Sie hat mir erklärt, dass es in der Kunst oft um das Unerwartete geht. Damals hatte ich null Ahnung, wovon sie sprach, aber jetzt denke ich mir, das Geheimnis liegt vielleicht in der Art und Weise, wie diese Fliegenden Affen zusammengesetzt werden. Als eine Art Affenvögel.

Ich gehe in mein Zimmer, hole die Munchkin-Schuhe raus, die Mrs. Chang für mich gemacht hat, und nehme sie mit nach draußen. Es ist noch so warm, dass ich mich auf einen Gartenstuhl setzen kann – erst hebe ich allerdings das Kissen hoch, weil ich ganz genau weiß, dass darunter Ohrenkneifer leben.

Mich hat noch nie einer gebissen, aber die Zangen sehen gemein aus. Eigentlich habe ich noch von niemandem gehört, den sie gebissen hätten. Wenn wir nächstes Jahr über Krabbeltiere Vorträge halten müssen, könnte ich mir ja die Ohrenkneifer aussuchen. Vielleicht hängt man ihnen Sachen an, die gar nicht stimmen.

Ich ziehe meine Munchkin-Schuhe an. Sie passen perfekt.

Ich schaue zu den Sternen hoch und denke über Affenvögel und andere Mischtiere nach. Mit Ramon bin ich oft hier draußen gewesen, vor allem, wenn er Blähungen hatte, was öfter vorkam, weil ich ihm unterm Tisch von unserem Essen abgab.

Er ist nicht mehr da, und ich will nicht in alten Erinnerungen versinken. Ich werde die traurigen Gedanken nur aus dem Kopf kriegen, indem ich sie unterdrücke und mich auf die Vorstellung von einem neuen Haustier konzentriere.

Wir bekommen keinen neuen Hund, weil jetzt nicht der richtige Zeitpunkt ist.

Das sagen jedenfalls Mum und Dad immer, wenn ich frage.

Ich habe aufgehört zu fragen, weil ich eine neue Strategie ausprobiere: Ich rede nicht mehr darüber. Die alte Methode hat nichts gebracht. Wenn das neue Haustier erst mal nur in meinem Kopf existieren darf, kann ich mir auch gleich was ganz Besonderes ausdenken. Ich hätte gern ein Mischtier.

Mir würde eine Mischung aus Waschbär und Kamel gefallen.

Vielleicht auch ein Tier, das halb Bär, halb Pony ist und einen Sattel akzeptiert.

Ich rolle mich wie eine Katze auf dem Stuhl zusammen. Das kann ich wegen meiner Größe immer noch.

Wenn ich die Knie bis an die Brust hochziehe, kann ich meine wunderschönen Munchkin-Schuhe sehen.

Ich bin ein Munchkin und gleichzeitig ein Fliegender Affe.

Und wenn ich die Augen zumache, sitzt Ramon direkt neben mir.

Siebzehn

Am Nachmittag werde ich wie immer Probe haben, aber morgens bringt Dad mich zu Dr. Brinkman, dem Kieferorthopäden.

Ich mag da nicht hin, aber es hilft nichts. Alle meine Erwachsenenzähne sind jetzt da. Weisheitszähne habe ich noch nicht, aber die kommen dann in der Highschool oder im College. Das behaupten jedenfalls alle.

Ich habe große Zähne, was merkwürdig ist, weil ich doch so klein bin. Mein ganzer Mund ist voll mit ziemlichen Hauern. So nennt Grandma Däumling sie.

Ihr hat man die Schneidezähne beim Hockey am College ausgeschlagen, und was man bei ihr vorn sieht, sind keine echten. Ich finde sie aber ganz okay. Es ist ihre Brücke, sagt sie. Sie ist an den echten Backenzähnen befestigt. Wenn ich über die Wörter entscheiden dürfte, würde ich nicht von einer Brücke sprechen, weil sie nicht über Wasser führt (außer man stellt sich die Spucke so vor).

Auf der Fahrt durch die Stadt zu meinem Termin beim Kieferorthopäden sollte ich eigentlich froh darüber sein, dass meine Eltern mir ein schöneres Lächeln bezahlen können. Bin ich aber nicht.

Ich habe erst meine Mum und dann meinen Dad gebeten zu warten, bis der *Zauberer von Oz* vorbei ist, bevor sie mir das antun. Sie haben gar nicht hingehört. Sie behaupten, der Kieferorthopäde habe eine feste Zeitschiene für mein Gebiss.

Er ist kein Freund des Theaters.

Es ist ja wohl klar, dass ein Munchkin oder ein Fliegender Affe nie und nimmer eine Zahnspange haben würde.

Wie soll ich das Shawn Barr sagen? Ich befürchte, er wird mich vielleicht nicht mehr spielen lassen, wenn er den Metallkram sieht.

Mein Dad fährt das Auto auf den Parkplatz vor der Praxis von Dr. Brinkman. »Du brauchst nicht mit reinzukommen«, sage ich. »Ich war schon zweimal da.«

»Bist du sicher?«

Ich nicke. »Ich ruf dich an, wenn ich fertig bin.«

»Wir sind stolz auf dich, Liebling. Das weißt du doch, oder?«

Worauf er in diesem Augenblick ganz genau stolz ist, weiß ich nicht, doch ich sage: »Danke, Dad.«

Auf einmal sieht er ein wenig traurig aus. »Du wirst so schnell groß. Zahnspange! Nicht zu glauben!«

Nachdem das schnelle Größerwerden nicht unbedingt meine Spezialität ist, sehe ich ihn ein wenig misstrauisch an. Er soll aber nicht meinen, er hat mich verärgert, deswegen beuge ich mich zu ihm rüber und gebe ihm einen Kuss auf die Backe. Er riecht immer gut, so nach Kürbiskuchen.

»Zeig's ihnen, Julia!«, sagt er zum Abschied.

Gott sei Dank habe ich nicht noch ein letztes Mal versucht, ihn von der Zahnspange abzubringen. Dann wären wir beide unglücklich.

Das war sehr erwachsen von mir, aber diese Einstellung ist gleich wieder weg, als ich die Praxis betrete.

Als Erstes fordert die Sprechstundenhilfe mich nämlich auf, mir die Zähne zu putzen. Das habe ich zwar gerade zu Hause gemacht, aber wahrscheinlich trauen sie mir nicht.

Ganz ehrlich, wenn die wollen, dass ich bei der Zahnspange mitmache, war das schon mal der erste falsche Schritt. Und das kann ich gut beurteilen, seit ich das Tanzen lernen muss. Ich weiß jetzt, was ein erster falscher Schritt für eine gute Zusammenarbeit bedeutet. Das erlebe ich mehrmals bei jeder Theaterprobe.

Als ich mit der neuen Zahnbürste, die ich vermutlich behalten darf, aus dem kleinen Bad herauskomme, sagt man mir, dass heute noch mal Röntgenaufnahmen gemacht werden. Ich folge einer anderen Frau in einen fensterlosen Raum.

Wenn mich das Ganze mehr interessieren würde, müsste ich eine Menge Fragen stellen, wie zum Beispiel: »Was genau machen Sie da gerade?« Tue ich aber nicht.

Ich lasse mir einfach gefallen, dass jemand mit dicken Fingern in meinem Mund herumfährt.

Die Hände der Frau riechen chemisch. Sie sagt nur zwei Wörter zu mir, aber die sagt sie acht Mal:

»Zubeißen, bitte!«

Das mache ich. Und meine Zähne treffen auf ein Stück Karton. Oder ist es Plastik? Das weiß ich nicht, weil ich nicht einmal hinsehe, als sie das Zeugs rausnimmt. Sie legt mir eine schwere Plastikschürze um, die mit Metall gefüllt ist, und verlässt dann den Raum, um mit einem Fußschalter die Maschine zu starten, die Magnetwellen durch meinen Kopf sendet.

Oder was auch immer.

Ich kann mir nicht vorstellen, dass es gesund für mich ist, wenn sie den Raum verlassen muss.

Als sie mit den Zähnen fertig ist, macht sie noch eine Röntgenaufnahme von meinem linken Handgelenk.

Das verwirrt mich. Ich würde ja fragen, warum, aber ich bin nicht in der Stimmung, Konversation zu machen, und sie wirkt auch ziemlich gehetzt. Ich habe gehört, wie ihr jemand sagte, ihr Mittagessen sei da; möglicherweise erklärt das die Eile. Sie hat griechischen Salat bestellt. Am liebsten würde ich ihr sagen, dass ihr Salat nicht kalt werden kann, aber ich beherrsche mich.

Während der Aufnahme von meinem Handgelenk soll ich stillsitzen, aber ich bewege den Arm. Nur ein kleines bisschen. Die Arzthelferin sagt aber nichts, also bringe ich die Sache nicht zur Sprache.

Wahrscheinlich würde sie einen Wutanfall kriegen, wenn sie noch mal von vorn anfangen müsste.

Inzwischen sitze ich im Untersuchungszimmer, warte und überlege: Mögen die Leute, die in einer Zahnarztpraxis arbeiten, eigentlich Zähne? Interessieren sie sich für Zahnfleischerkrankungen? Oder ist es ein Job wie Autowaschen, bloß mit viel mehr Ausbildung? Wie gehen sie mit Menschen um, die Mundgeruch haben?

Mein Bruder Tim hat immer behauptet, Ramon würde aus dem Maul stinken, aber das stimmte nicht. Er roch nach Hund, das riecht anders als ein Mensch, der Knoblauch und Zwiebeln isst und dann den Mund nicht spült.

Außerdem können Hunde keinen Kaugummi kauen, um den Atem frisch zu halten.

Während ich dort sitze, frage ich mich, wie viele Erwachsene wohl ihren Beruf wirklich mögen.

Ich glaube, Mrs. Vancil ist gern Lehrerin, außer wenn die Kinder nicht zuhören. Und das passiert täglich mindestens einmal.

Meinen Vater sehe ich nicht in seinem Büro, sodass ich keine Ahnung habe, ob er Spaß an seiner Arbeit hat. Ehrlich gesagt, weiß ich nicht mal genau, wie er die Zeit verbringt, wenn er seine Versicherungsangelegenheiten erledigt. Ich werde in Zukunft neugieriger sein und hoffentlich daran denken, ihn mal zu fragen, wie ein durchschnittlicher Tag für ihn aussieht.

Ich bin mir sicher, dass meine Mum ihre Arbeit wirklich gern macht, aber ich weiß auch, dass die Inventur sie immer ziemlich stresst. Jedenfalls beschwert sie sich darüber. Wenn sie dann nach Hause kommt, ist ihr Gesicht oft verschwitzt und das Augen-Make-up verschmiert, was nicht gerade ein super Look ist. Ich sag ihr an solchen Tagen nicht, dass sie aussieht wie ein Waschbär, weil ich sie nicht verletzen will.

Shawn Barr, glaube ich, mag seinen Job.

Ob es wohl Jobs gibt, wo man Aprikosen essen, anschließend einen alten Hund ausführen und sich schließlich nachmittags auf eine (frisch gemähte) Wiese legen könnte, um vor sich hin zu träumen?

Dafür wäre ich perfekt geeignet.

Meine beruflichen Fantasien finden ein Ende, als eine Frau mit einer langen weißen Jacke reinkommt. Nicht so ein Daunenanorak zum Skifahren, sondern ein Arztkittel. Es ist doch interessant, dass sich (soweit ich das nach den Fernsehserien und Filmen beurteilen kann) am Stil dieser Sachen seit Jahren nichts geändert hat.

Wie wäre es, wenn in jedem Herbst eine neue medizinische Kollektion herauskommen würde?

Ich würde zum Beispiel vorschlagen, mal Reißverschlüsse statt Knöpfe zu probieren. Oder Schleifen an den Ärmeln und irgendwo ein bisschen Spitze. Und dazu gäbe es jedes Jahr eine neue Farbe.

Jede Wette, dass Mrs. Chang ein tolles Outfit entwerfen könnte, das die medizinischen Berufe richtig aufpeppen würde. Wahrscheinlich würde sie Federn und Textilklebeband verwenden.

Ich sehe die Frau an und bringe ein halbherziges Lächeln zustande, mit geschlossenen Lippen. »Ich warte auf Dr. Brinkman.«

»Ich bin Dr. Brinkman«, sagt sie.

Darauf antworte ich nichts, weil die beiden Male vorher Dr. Brinkman ein Mann war. Wer weiß, was im letzten halben Jahr mit ihm passiert ist. Wir leben in einer Welt des Wandels, sagen die Erwachsenen immer.

Sie sagt: »Es gibt zwei Doktor Brinkmans. Mein Bruder arbeitet ebenfalls in dieser Praxis.«

Das erklärt die Sache. Vielleicht sind Randy und ich eines Tages auch Zahnärzte oder Kieferorthopäden in derselben Praxis. Das ist nicht wirklich meine Zukunftsvision, aber möglich wäre es. Was ich mir dagegen überhaupt nicht vorstellen kann, ist eine Zahnarztpraxis gemeinsam mit Tim, also versuche ich gar nicht erst, mir das auszumalen.

Ich sage: »Wann wussten Sie, dass Sie beruflich mit Ihrem Bruder zusammenarbeiten würden? Wollten Sie beide schon immer anderen Leuten in den Mund schauen?«

Frau Dr. Brinkman schüttelt den Kopf. »Unsere Mutter war Zahnärztin. Es war uns wohl bestimmt, irgendetwas mit Zähnen zu machen.«

Ich werde später noch einmal länger über die Vorstellung nachdenken, für etwas bestimmt zu sein. Mir ist nämlich nicht klar, ob sie meint, ihre Mum hat bestimmt, dass sie und ihr Bruder Zahnärzte werden, oder ob sie meint, ihre Familie hat sich der Zahnmedizin gewidmet, weil ein Fluch auf ihnen lastete. Vielleicht wollte sie damit ausdrücken: Es war ihr Schicksal.

An so etwas glauben meine Eltern nicht.

Ich möchte hilfsbereit wirken und erkläre deshalb: »Meine Röntgenbilder sind schon gemacht. Sogar eins von meinem Arm, was vielleicht ein Versehen war.«

Frau Dr. Brinkman erwidert: »Die Aufnahme von deinem Handgelenk haben wir gemacht, damit ich deine Skelettreife besser einschätzen kann. Die kann sich von deinem chronologischen Alter unterscheiden.«

Ich versuche, so auszusehen, als ob ich ihr folgen könnte, aber bei Wörtern wie »Skelettreife« oder »chronologisch« schaltet mein Hirn auf Standby.

»In der Zeit, wo wir auf die Röntgenbilder warten«, sage ich, »könnten wir vielleicht überlegen, ob man die Zahnspange nicht später einsetzen kann?«

Frau Dr. Brinkman lächelt.

Ich halte das für ein gutes Zeichen, doch leider erklärt sie dann: »Die Röntgenbilder sehen wir immer sofort an. Aber ich brauche tatsächlich noch ein bisschen Zeit, um deinen Handwurzelknochen mit den Referenzbildern zu vergleichen.«

Ich sage: »Es wäre schön, wenn sie dafür vier Wochen bräuchten.«

Frau Dr. Brinkman schiebt ihre Brille hoch. Die braucht sie wahrscheinlich auf kurze Entfernung, wenn sie in meinen Mund schaut, zum Beispiel; jetzt will sie wohl mehr von mir sehen. Ich würde ja lächeln, nur würde man sofort bemerken, dass mein Lächeln nicht echt ist.

»Du brauchst keine Angst zu haben wegen der Spange.«

»Ich habe keine Angst«, erkläre ich. »Aber die Spange wird alles verderben. Ich spiele in einer Aufführung fürs Sommertheater mit. Ich bin ein Munchkin im *Zauberer von Oz*. Es ist eine semiprofessionelle Produktion.«

Ich sehe, dass mir endlich jemand zuhört, denn sie lächelt wieder (und sie hat tatsächlich perfekte Zähne) und fragt: »Wie viel Zeit brauchst du?«

»Knapp sechs Wochen«, antworte ich.

Frau Dr. Brinkman schiebt ihren Stuhl zurück und steht auf. »Zahnmediziner werden leider oft unterschätzt. Wir sind mitfühlende Menschen.«

Ich sage: »Dann wäre Anfang September also in Ordnung?«

Sie steht schon an der Tür und drückt die Klinke runter. Vielleicht ist jetzt auch ihr griechischer Salat da.

»Aber sicher, Julia. Sag vorn am Empfang, dass sie dir einen Termin Anfang September geben sollen.«

»Vielen Dank, Frau Dr. Brinkman!«

Wahrscheinlich war das ein bisschen zu laut für den kleinen Raum, weil sie sich umdreht und die rechte Hand hebt, wie wenn man jemanden aufhalten will. Ich verstehe und flüstere: »Vielen, vielen Dank. Und bitte grüßen Sie Ihren Bruder.«

Ich erwarte, dass sie jetzt geht. Stattdessen sagt sie: »El Frank Bomb. Was für ein Mann!«

Ich nicke, weil sie mir aus der Seele spricht, und hebe triumphierend die Faust, als ob wir beide gerade den entscheidenden Punkt in einem Baseballmatch gemacht hätten.

Sobald sie draußen ist, frage ich mich, wer eigentlich dieser El Frank Bomb ist.

Als Dad im Auto die große Neuigkeit von mir erfährt, freut er sich für mich, das muss ich ihm lassen. »Julia«, sagt er, »deine Überredungskünste sind beeindruckend.«

Ich finde das ein bisschen komisch, weil meine Argumente *ihn* ja nicht beeindruckt hatten. Trotzdem nicke ich. Und dann denke ich wieder über El Frank Bomb nach. Es muss sich um einen ganz besonderen Mann handeln.

Vielleicht ist er jemand, mit dem Frau Dr. Brinkman gern ausgehen würde?

In der Schule haben wir ein wenig Spanisch gelernt. Daher weiß ich, dass El »der« oder »er« heißt. Ich kann Spanisch gut aussprechen, aber was die Laute bedeuten, kann ich mir nicht so gut merken. Und ich habe Probleme mit den verschiedenen Verbformen.

Vermutlich ist das ein guter Grund dafür, weiter zur Schule zu gehen. Nicht, dass ich das überhaupt zu entscheiden hätte, aber Mrs. Vancil sagt, Bildung öffnet alle Türen.

Zu Hause angekommen, gehe ich gleich an den Computer, suche ein bisschen herum und entdecke, dass der Mann gar nicht El Frank Bomb heißt.

Sondern L. *Frank Baum*.

Schwer, einen Namen zu verstehen, wenn man ihn nur hört.

Ich erfahre das Folgende: L. Frank Baums richtiger Name war Lyman Frank Baum, aber Lyman mochte er nicht, er wollte nur Frank genannt werden. Warum er dann das L behielt, weiß ich nicht, aber ich nehme mal an, seine Eltern bestanden darauf.

Das wirklich Interessante ist: L. Frank Baum hat fünfundfünfzig Romane geschrieben, darunter auch *Der wunderbare Zauberer von Oz*!

Frau Dr. Brinkman kennt sich also nicht nur mit Zahnspangen aus.

Da arbeite ich an der Produktion eines berühmten Musicals mit, bin ständig mit Collegestudenten und Theaterprofis zusammen, und jetzt höre ich zum ersten Mal von dem Menschen, der alles ins Rollen gebracht hat: L. Frank Baum.

Eins wird mir jetzt klar: *Schriftsteller kommen immer zu kurz.*

Wieder so ein Ausdruck, der mir nicht gefällt. Und zwar nicht bloß, weil das k-Wort darin vorkommt. Man kann ja zu spät kommen oder zu früh, und das kann gut oder schlecht sein.

Aber was bitte soll denn »zu kurz kommen« bedeuten? Dann müsste man ja auch »zu lang kommen« können.

Ich würde noch weiter darüber nachdenken, aber ich will keine Kopfschmerzen riskieren. Das passiert mir manchmal, wenn ich mich zu sehr auf Dinge konzentriere, die keinen Sinn ergeben.

Also kehre ich in Gedanken wieder zurück zu L. Frank Baum und dass er mir leidtut.

Viel mehr Menschen kennen den Namen Judy Garland als seinen Namen, und beim *Zauberer von Oz* denken sie an Judy Garland statt an den Mann, der dreiundachtzig Kurzgeschichten und über zweihundert Gedichte verfasste.

Er ist sogar nach Hollywood gezogen und hat Drehbücher für Filme geschrieben, aber nicht das Drehbuch für den berühmten Film zu seinem Buch. Als er in den Westen ging, hatten sie noch nicht herausgefunden, wie man den Ton zum Film macht. Deswegen bin ich froh, dass sie für die Verfilmung den Tonfilm abgewartet haben.

Das Allerwichtigste, was ich beim Nachlesen über L. Frank Baum in Erfahrung gebracht habe, ist wahrscheinlich die Tatsache, dass er als Kind ein Tagträumer war und viel kränkelte!

Ich bin so froh, dass er ein Tagträumer war.

Ich hatte mir vorgestellt, er wäre vielleicht nicht groß gewesen und hätte die Munchkins erfunden, weil er ein Herz für Menschen hatte, die kleiner als der Durchschnitt waren. Aber ich habe herausgefunden, dass er 1,85 Meter groß war.

Ich gehe dazu über, im Internet nach Autoren zu suchen, die nicht groß sind. J. M. Barrie, der *Peter Pan* geschrieben hat, war 1,58 m. Vielleicht hat er aus diesem Grund über jemanden geschrieben, der nicht erwachsen werden wollte.

Es ist spannend, solche Informationen über Autoren zu sammeln. Ich werde Shawn Barr erzählen, dass ich über L. Frank Baum recherchiert habe. Er sagt, ein Stück offenbart sich, während man es einstudiert, und dass uns jeder Tag neue Erkenntnisse zum Stoff bringen wird.

Was dieser Nachmittag mir offenbart hat, ist die Erkenntnis, dass es da eine *Person* gegeben hat und diese *Person* zunächst einmal eine Idee hatte und diese Idee aufgeschrieben hat, was zum heutigen Tag führte und dazu, dass ich eine Kieferorthopädin gebeten habe, den Termin für meine Zahnspange zu verschieben.

Diese erste *Person* war Schriftsteller.

Meine neue Erkenntnis tut mir richtig gut. Und ich brenne darauf, sie Shawn Barr mitzuteilen.

Nichts macht einen Erwachsenen glücklicher, als wenn ein Kind aus eigenem Antrieb etwas in Erfahrung bringt.

Achtzehn

Olive kommt zu uns.

Sie ist meine erste erwachsene Freundin.

Lehrer oder Familie oder die Eltern meiner Freundinnen zählen nicht: Sie müssen nett sein, weil die »gesellschaftlichen Regeln« sie dazu zwingen. Das sind keine geschriebenen Gesetze, sondern Sachen, die man einfach tut.

Man lässt sich zum Beispiel die Haare schneiden.

Kein Gesetz schreibt einem das vor. Und doch sollte man es machen lassen.

So ist es auch mit dem Wechseln der Unterwäsche.

Solche Regeln ändern sich mit der Zeit. Ich hoffe, sie werden besser, aber was weiß ich schon?

Ich wünschte Piper und Kaylee könnten Olive sehen, wie sie ankommt. Sie ist richtig schick angezogen, anders als für die Proben. Sie hat ein strahlend gelbes Sommerkleid an und trägt dazu zartblaue Schuhe mit Korkabsätzen, die mindestens zehn Zentimeter hoch sind.

Keine Ahnung, wie Olive auf diesen Dingern laufen kann.

Ich will jetzt nicht behaupten, dass sie mich turmhoch überragt; doch ein bisschen ist es schon so, als wäre sie über Nacht gewachsen und ich geschrumpft. Mit ihren Schuhen, dem Sommerkleid und den großen Ohrringen, die sie heute auch anhat, wirkt sie plötzlich viel erwachsener.

Ob ich will oder nicht, ich muss sie anstarren, auch wenn es unhöflich ist. »Du meine Güte, Olive!«, sage ich (und das ist positiv gemeint).

Olive lächelt, und dabei stelle ich fest, dass sie auch roten Lippenstift aufgetragen hat. Ihr Mund nimmt mit einem Mal viel mehr Platz in ihrem Gesicht ein.

»Komm doch rein!«, sage ich. Olive schaut auf ihr Smartphone und antwortet: »Gianni ist schon da. Er hat mir gerade eine Nachricht geschickt. Er wartet ein paar Häuser weiter an der Straße.«

Das bedeutet ganz klar, dass wir nicht länger bei uns bleiben können. Ich rufe also nach drinnen: »Ich geh jetzt zu Mrs. Chang!«

Keiner reagiert.

Mum telefoniert gerade mit dem Verkaufsleiter, und bei solchen Gesprächen ist sie immer sehr konzentriert. Randy ist beim Bowling und Tim irgendwo. Dad ist zur Autowaschanlage gefahren. Ramon lebt nicht mehr, allerdings geht mir kurz die Frage durch den Kopf, wo er wohl sein könnte. Im Hundehimmel vermutlich, wo immer der auch ist.

Ich mache die Tür hinter mir zu und zeige nach links. »Sie wohnt am Ende der Straße.«

Olive muss viel Übung auf ihren Korkstelzen haben, weil sie damit schneller gehen kann als ich, und ich habe meine bequemsten Sandalen an.

Kurz darauf sehen wir Gianni. Er sitzt in einem Pick-up, der direkt vor Mrs. Changs Garten parkt. Er schaut aus dem Seitenfenster und begrüßt uns mit »Hallo, Ladies«.

Er hat wieder seinen Männer-Dutt. Darüber bin ich ganz froh, weil er so aufgeräumter wirkt.

Olive bremst ihr Tempo ein wenig, was mir sehr recht ist, denn bis dahin kam ich mir eher vor wie in einem Geher-Wettkampf. Sie winkt Gianni zu. Ich tue es ihr nach.

Mrs. Vancil hat gesagt, es ist wichtig, Vorbilder zu haben. Ich nehme an, sie sprach über Eleanor Roosevelt, weil sie eine Schwäche für diese Frau hat, die vor ewigen Zeiten mit einem amerikanischen

Präsidenten verheiratet war. Eleanor Roosevelt war eine Aktivistin, die Hüte trug, die ihr nicht standen, und sich für Menschen einsetzte, die von allen anderen ignoriert wurden. Das haben wir in Geschichte gelernt.

Ein Foto von ihr hängt an der Wand neben Mrs. Vancils Tisch, und ich habe letztes Jahr oft in Mrs. Roosevelts schwarz-weiße Augen geschaut, wenn ich dem Unterricht nicht folgte, also vor allem in Mathe.

Wenn man in Mathe nicht mehr mitkommt, gönnt man seinem Gehirn am besten eine Pause von all den Zahlen. Die können sich da nämlich auftürmen wie die Plastikbecher im Recycling-Behälter der Schulmensa.

Bevor ich Olive kennenlernte, war Eleanor Roosevelt mein Vorbild.

Jetzt ist alles anders.

Ein lebendes Vorbild zu haben, das man persönlich kennt, ist viel besser, weil man dann viel mehr nützliche Tipps bekommt. Ich mag Eleanor Roosevelt immer noch, aber mit Olive kann sie nicht konkurrieren.

Das kann keiner.

Bis wir den Pick-up erreichen, ist Gianni schon ausgestiegen. Er trägt eine blaue Hose und ein weißes Hemd mit Kragen. Sehr professionell. Er hat ein großes Notizbuch unterm Arm und eine Tasche mitgebracht. Als ich das sehe, fällt mir ein, dass ich vergessen habe, meine Bilder von den Fliegenden Affen mitzubringen. Hoffentlich hat er welche dabei.

»Ihr beide seht ja toll aus. Tolles Kleid, Olive! Und Baby, schicke Socken!«

Olive lächelt und ich auch.

Olives Sommerkleid ist ja nicht zu übersehen, aber dass er meine Socken bemerkt hat, ist ein großes Kompliment. Die Socken habe ich vor zwei Monaten in einem Buchladen gekauft, und zwar mit einem

Geschenkgutschein von Anne und Ben, Freunden meiner Eltern. Vermutlich hätte ich mir ein Buch kaufen sollen. Aber in Buchläden gibt es eben nicht bloß Bücher, sondern auch andere Sachen, die sich gut als Geschenke eignen.

Ich frage Gianni: »Was hast du da in der Tasche?«

Ich bin neugierig, aber die Frage habe ich auch gestellt, um das Schweigen zu überbrücken. Ich kann sehen, dass Olive schwitzt, und denke insgeheim, sie hätte mit ihren hohen Schuhen nicht so rasen sollen.

Gianni sagt: »Da ist die Ausrüstung zum Fliegen drin, damit ich sie deiner Bekannten zeigen kann.«

Das erinnert mich daran, dass wir hier etwas erledigen wollen: Mrs. Chang soll überredet werden, Kostüme für uns anzufertigen. Ich drehe mich um und steuere auf ihre Haustür zu.

»Ich werde mit ihr reden«, verkünde ich.

Keine Ahnung, warum ich das jetzt sage. Ich bin nur ein Kind. Wahrscheinlich will ich irgendwie dazugehören.

Hinter mir höre ich Lachen.

Na, immerhin sorge ich für gute Laune.

Ich drücke auf den Klingelknopf, und noch während es klingelt, geht die Tür auf.

Mrs. Chang steht schon da.

Sie hat ein Kostüm an – den Fliegenden Affen.

Wir reißen alle drei die Augen auf, aber Gianni und Olive wirken besonders überrascht. Ich kenne diese Frau schon etwas länger und sage gleich: »Sie wissen vermutlich, warum wir hier sind.«

Mrs. Chang öffnet die Tür ganz weit und sagt: »Herzlich willkommen! Kommen Sie doch herein! Ich habe Sie schon erwartet.«

Ich marschiere sofort ins Haus. Olive und Gianni folgen.

Olive kann ihren Blick nicht von Mrs. Chang lösen, die sich nicht als Affe geschminkt hat; aber sonst ist ihre Verkleidung perfekt. Offensichtlich macht es nichts, dass ich die Bilder von der Verfilmung vergessen habe.

Olive sagt: »Ihr Kostüm ist umwerfend.«

»Danke«, antwortet Mrs. Chang. »Ich hatte nicht viel Zeit, aber es ist recht gut gelungen.«

Gianni sagt: »Das nennt man Untertreibung.«

Wir gehen ins Wohnzimmer, wo Mrs. Chang den Tisch mit Snacks hergerichtet hat. Lila Teetassen stehen neben einer lavendelfarbenen Teekanne, daneben liegen schwarze Papierservietten mit goldenen Sternchen drauf. Ich entdecke kleine Cracker neben einem weichen gekringelten Haufen mit blau-grünlichen Streifen drin.

Der Käse (wenn es Käse ist) erinnert mich an die Haut auf Grandma Däumlings Oberschenkeln. Sie geht nie in die Sonne.

In einer kleinen Schale liegen die winzigsten Cornichons, die ich je gesehen habe. Daneben ein Teller mit Süßigkeiten in buntem Stanniolpapier und runde Kekse mit schwarzen Samen drauf. Vielleicht sind es gar keine Kekse, sondern auch Cracker.

Grandma Däumling würde das Ganze als »festlich« bezeichnen.

Ich nenne es »verwirrend«.

Mrs. Chang und ihr Kostüm sind allerdings noch viel eindrucksvoller als die Sachen, die sie zum Essen hergerichtet hat.

Ich setze mich auf einen der mintgrünen Stühle und bin froh, als Mrs. Chang auf dem passenden Stuhl neben mir Platz nimmt. So bleibt das orangefarbene Plüschsofa für Olive und Gianni übrig. Ich erwarte gespannt ihre Reaktion auf Mrs. Changs irrsinnige Möbel und werde nicht enttäuscht. Gianni sagt: »Was für ein sagenhafter Tisch!«

Mrs. Chang nickt: »Danke. Ich habe ihn selbst gemacht.«

Und ich ergänze: »Sie hat auch alle Marionetten an den Wänden selbst entworfen und so gut wie alles andere, was ihr hier seht.«

Gianni und Olive sehen sich im Zimmer um, und Gianni sagt: »Ich bin tief beeindruckt.«

Olive nickt energisch mit dem Kopf.

Ich genieße das so richtig. Ich fühle mich, als ob ich an Mrs. Changs großartiger Person und an dem, was sie macht, selbst irgendwie Anteil hätte, weil ich meine neuen Freunde hergebracht habe.

Dass Mrs. Chang so beeindruckend ist, färbt sicher auch auf mich ab.

Darüber muss ich zu Hause noch mal nachdenken, damit ich weiß, wie ich dieses Gefühl auch weiterhin haben kann (ohne dass ich selbst irgendetwas Beeindruckendes tun muss).

Jetzt sagt Gianni: »Erzählen Sie uns doch bitte mehr über Ihr Affenkostüm.«

Mrs. Chang betrachtet ihr eigenes Outfit und erklärt: »Die Flügel kann man entfernen. Ich weiß nicht, wie Sie die Aufhängung handhaben.«

Olive fragt: »Sind Sie Kostümbildnerin von Beruf?«

Das Wort »Kostümbildnerin« gefällt mir. Und ich bin ganz gespannt auf die Antwort. Ich wünschte, ich hätte meine Munchkin-Schuhe angezogen oder den Blumentopfhut.

Mrs. Chang sagt: »Eine gewisse Vorbildung habe ich. Ich habe vor vielen Jahren als Schneiderin angefangen. Ich war Balletttänzerin, Choreografin in London, Modedesignerin in New York, und zum Schluss habe ich in Los Angeles im Bereich Visuelle Effekte gearbeitet.«

Ich muss mich wahnsinnig zusammennehmen, um nicht aufzuspringen und auszurufen: *Und warum kümmern Sie sich dann um Gänseblümchen in einem Vorgarten in der Oak Street?*

Glücklicherweise nimmt Olive mir meine Frage ab und sagt: »Und was hat Sie hierher verschlagen?«

Mrs. Chang zieht die Schultern hoch, und ihr Mund verzieht sich ein bisschen. Es entsteht eine kurze peinliche Pause, ehe sie antwortet: »Ich bin mit meiner Tochter hergekommen.«

Ich kenne sie inzwischen recht gut, und diesen Gesichtsausdruck habe ich noch nie an ihr gesehen. Sie wirkt, als wäre jemand mit einem Tablett voller Schnecken ins Zimmer gekommen.

Wir fühlen uns unwohl, weil sie nicht weiterspricht. Ich möchte sagen: »Und wie geht's Ihrer Tochter?«, lasse es aber lieber bleiben. Ich hoffe, wir erfahren noch etwas mehr, doch Mrs. Chang blickt nur starr aus dem Fenster.

Olive und Gianni sehen so aus, als ob sie auf ihrem Sofa näher zusammengerückt wären.

Ich meinerseits studiere den Fußboden.

Zum ersten Mal bemerke ich, dass die Musterung des Teppichs aus lauter Seepferdchen besteht. Ich liebe diese Tiere und sage: »Ich habe noch nie einen Teppich mit Seepferdchen gesehen.«

»Er ist sehr alt«, sagt Mrs. Chang. »Aus der Türkei.«

»Die männlichen Seepferdchen tragen die Jungen in einer Bauchtasche«, erzähle ich noch. »Wie Kängurus. Die Männer übernehmen die ganze Arbeit.«

Das Gute ist, dass uns die Arbeitsteilung bei Seepferdchen von der Frage nach Mrs. Changs Tochter ablenkt. Wir können direkt vom eiertragenden Seepferdchen auf das Problem der Kostüme für die Fliegenden Affen zurückkommen. Wahrscheinlich weil es sich bei beiden um Tiere handelt.

Olive und Gianni schauen sich die Nähte an der Jacke an, und Mrs. Chang nimmt den Hut ab, um uns alles zu zeigen. Den Hut halten die beiden, als wäre er eine Krone. Sie sind ganz begeistert von den Federflügeln, die aussehen wie am Rücken angewachsen (in Wirklichkeit werden sie von Gurten zusammengehalten – das Kostüm hat alle möglichen unsichtbaren Knöpfe und Reißverschlüsse und sogar Klettverschlüsse).

Ich wüsste gern, woher sie all diese Federn hat, frage aber nicht. Gianni holt das Fluggeschirr aus der mitgebrachten Tasche, und es stellt sich überraschend heraus, dass Mrs. Chang schon mit solchen Sachen gearbeitet hat. Sie zeigt uns, wie ihrer Meinung nach die Gurte über dem einen Teil des Kostüms verlaufen sollten, um dann unter dem Affenjackett zu verschwinden. Sie hat sogar auf der Rückseite eine versteckte Öffnung für den Haken vorgesehen, an dem das Seil eingehängt wird.

Wir kommen aus dem Staunen nicht mehr heraus.

Schließlich sagt Gianni: »Mrs. Chang –«

Sie unterbricht ihn: »Bitte. Nennen Sie mich Yan!«

Von diesem Vornamen hatte ich keine Ahnung. Ich hatte sie mir überhaupt nicht mit Vornamen vorgestellt. Erwachsene bleiben besser ohne Vornamen, sonst wird es irgendwie peinlich. Für mich ist sie weiter Mrs. Chang.

Gianni fährt fort: »Yan, wir haben ein Budget für die Kostüme, und wir sind heute hier, um Sie zu fragen, ob wir Ihre Dienste in Anspruch nehmen könnten.«

Wir warten alle auf ihre Antwort.

Vielleicht sollte Gianni die Adrian-Kostüme erwähnen. Er sagt aber nichts.

Mrs. Chang schenkt Tee in die lila Tassen ein. Neben jede Tasse legt sie einen der Kekse oder Cracker und reicht dann Olive die erste Tasse. Dann komme ich dran und nach mir Gianni. Schließlich gießt Mrs. Chang sich selbst eine Tasse ein und nimmt einen Schluck.

Ich wünschte, sie hätte uns kalten Kaffee serviert, denn damit kenne ich mich aus. Ihren Tee gibt es ohne Zucker oder Milch, die verdecken könnten, dass er schmeckt wie eine Mischung aus bitteren Blumen und Erde. Am liebsten würde ich ihn in die Tasse zurückspucken, aber so was tut man nicht.

Wir warten immer noch. Schließlich sagt sie:

»Ich bin interessiert. Aber nicht am Geld.«

Ich schlucke ziemlich viel Tee auf einmal und sage: »Das ist fantastisch! Ich wusste, dass Sie uns helfen würden.«

Mrs. Chang fixiert immer noch Gianni: »Ich mache die Kostüme unter einer Bedingung, und die hat nichts mit der Bezahlung zu tun.«

Gianni nickt: »Natürlich.«

Olive ergänzt: »Was brauchen Sie?«

Ich will auch meinen Senf dazugeben: »Sagen Sie uns einfach, was wir tun sollen!«

Mrs. Chang setzt die Teetasse ab und erhebt sich. Sie tritt ein paar Schritte vom »Bestecktisch« zurück, sodass sie im strahlenden Licht der Sonne steht, die durch das Gartenfenster hereinscheint. Sie hebt beide Arme, wodurch sich ihre Flügel spreizen. Dann sagt sie: »Ich will bei den Affen mitspielen. Ich möchte an der Aufführung teilnehmen.«

Oh!

Wir sagen keinen Ton.

Ich meine, im Ernst? Wie alt ist sie?

Also, ich würde Grandma Däumling nicht in die Seile lassen, und Mrs. Chang ist vielleicht sogar älter als sie.

Olive schaut mich an, dann Gianni und am Ende Mrs. Chang.

Gianni lässt Mrs. Chang nicht aus den Augen und sagt entschlossen: »Ich kann nicht für den Regisseur sprechen, aber meine Unterstützung haben Sie.«

Mrs. Chang lässt die Arme fallen und geht zu ihrem mintgrünen Stuhl zurück. Die Flügel breitet sie über die Rückenlehne, um sich hinzusetzen. Als sie jetzt lächelt, sieht es für mich so aus, als müsste sie sich anstrengen, ein breites Grinsen zu verstecken.

»Ich werde Sie nicht enttäuschen«, sagt sie.

Danach nippen Gianni und Olive an ihrem Tee und nicken immerzu. Ich gebe mir gar keine Mühe, so zu tun, als ob mich der Imbiss interessierte, und meine Tasse rühre ich nicht mehr an.

Ich versuche zu verstehen, was hier vorgeht.

Da keiner redet, stelle ich eine Frage: »Mrs. Chang – *wann haben Sie Geburtstag*?«

Mrs. Chang legt den Kopf schief wie Ramon früher, wenn er glaubte, es wäre etwas im Busch, wenn er zum Beispiel von drinnen hörte, dass draußen am Gartenzaun ein Eichhörnchen rumkletterte. Sie antwortet: »Am siebten August.«

»Eine gute Wahl«, sage ich. »Die Sieben ist eine prima Zahl.«

Keine Ahnung, was ich damit meine. Ich glaube nicht, dass eine Zahl besser ist als die andere. Mir machen alle Zahlen Probleme.

Mrs. Chang hat mich sowieso durchschaut, denn nun erklärt sie: »Ich bin sechsundsiebzig.«

Ich lächle und strahle sie mit all meinen Zähnen an.

Gianni und Olive lächeln auch.

Es ist ein erstauntes Lächeln. Ich finde, es könnte ja eine Altersobergrenze für diejenigen geben, die man auf der Bühne hochzieht und durch die Luft schleudert, aber Mrs. Chang nimmt einen Cracker, steckt ein Messer in den weißen Klumpen mit den blau-grünlichen Streifen und sagt: »Kann ich dir ein bisschen Blauschimmelkäse anbieten?«

Jetzt weiß ich also, dass es Cracker sind.

Ich denke nicht nach und antworte: »Nein, danke. Er riecht nach Schweißfüßen.«

Danach bleiben wir nicht mehr lange.

Gianni erklärt, dass er ins Theater zurückmuss, weil er eine Lieferung für die Beleuchtung erwartet.

Er macht mit seinem Smartphone ein Foto von Mrs. Chang.

Sie sieht toll darauf aus.

Währenddessen rolle ich meine schwarze Papierserviette mit den goldenen Sternchen zusammen – für mein Album. Ich stecke sie in meine linke Hosentasche, als gerade niemand hersieht. Das ist kein

Diebstahl, weil sie am Rand Teeflecken hat und sowieso im Papierkorb gelandet wäre.

Wir verabschieden uns.

Gianni hat Mrs. Changs Telefonnummer und sagt, dass er sich wieder bei ihr melden wird. Wir gehen zusammen zum Auto. Gianni macht auf der Beifahrerseite die Tür für Olive auf.

Sie steigt ein, nachdem sie vorher ihre Handtasche auf den Sitz des Pick-ups geworfen hat, um sich draufzusetzen. Es ist eine große Tasche, die sie als Handgepäck auf einen Flug mitnehmen könnte. Sie breitet ihr Kleid so aus, dass die Tasche darunter verschwindet. Jetzt ist sie ein ganzes Stück größer. Sie sieht nicht mehr aus wie ein Kind.

Interessant.

Olive klopft auf den Platz neben sich. »Komm rein, Baby!«

Vermutlich bin ich zu jung, um eine so große Leinentasche (mit schönen Ledergriffen) mit mir herumzutragen, aber ich merke mir das für später.

Genau deshalb ist es so wichtig, Vorbilder zu haben. Wenn ich älter bin, trage ich vielleicht auch Kreolen als Ohrringe.

Mrs. Chang sieht uns vom Gartentor aus nach.

Sie hat immer noch ihr Kostüm an, und sie steht hinter einem mächtigen Strauch roter Blumen. Ich weiß nicht, was das für Blumen sind, weil Pflanzennamen in einem Teil meines Gehirns verschwinden, auf dem »Betreten verboten« steht.

Mrs. Chang hebt die Hand und winkt uns zu. Dabei trifft das Sonnenlicht auf ihren rechten Flügel und färbt die Federn flammend orange.

Es sieht großartig aus.

Gianni lässt den Motor an, und wir winken bei der Abfahrt alle drei zurück.

Wir fahren die Straße entlang bis zu der Abzweigung, wo es den Berg runtergeht. Da tritt Gianni auf die Bremse und fährt das Auto an den Straßenrand. An unserem Haus sind wir vorbeigefahren, aber ich habe nichts gesagt. Olive fängt an zu lachen und steckt Gianni damit an.

Weil beide lachen, kann es wohl nicht falsch sein mitzulachen.

Und dann können wir alle drei nicht mehr aufhören. Ich habe mal den Ausdruck gehört »sich kugeln vor Lachen«, und jetzt habe ich das Gefühl, dass ich tatsächlich gleich vom Sitz rolle.

Olive sagt: »Was *war* das gerade?«

Und Gianni erklärt: »Ich nehme fast an, wir bekommen Zuwachs in unserer Schauspieltruppe.«

Olive, die immer noch schallend lacht, fragt: »Und wer redet mit Shawn Barr?«

Ich will wieder mal dazugehören und rufe: »Baby macht das!«

Neunzehn

Zuerst glaube ich, ich allein würde Shawn Barr das mit unserem neuen sechsundsiebzig Jahre alten Mitglied der Schauspieltruppe erklären.

Aber die beiden nehmen mich bloß auf den Arm. Wir fahren *gemeinsam* zu ihm.

Das ist viel, viel aufregender als der Besuch bei Mrs. Chang! Damit unternehme ich im Grunde einen richtigen Ausflug mit zwei Erwachsenen. Allerdings kann ich das nicht ohne Erlaubnis machen.

Wir kehren also zu unserem Haus zurück, damit ich meiner Mum sagen kann, wohin wir fahren. Mum führt ein Telefongespräch über »Ziersteine« und »trockenheitsresistente Pflanzen«. Sie nickt, als ich ihr einen Zettel hinhalte, auf dem steht:

Ich fahre mit meinen Freunden Olive und Gianni
zu unserem Regisseur. Genaueres dann per Handy.

Ehrlich, ich hätte mit an Sicherheit grenzender Wahrscheinlichkeit dieselbe Reaktion von ihr gekriegt, wenn ich geschrieben hätte:

Ich fahre zum Nordpol. Bin zum Abendessen zurück.

Randy dürfte vermutlich mitkommen, aber der sieht sich gerade einen alten Piratenfilm in Schwarz-Weiß an, und ich will ihn nicht stören.

Und ich will auch das einzige Kind bei diesem Abenteuer sein.

Ich denke noch dran, die Papierserviette aus meiner Hosentasche zu holen, werfe sie auf mein Bett und renne schnell wieder nach draußen.

Auf dem Weg zum Pick-up sehe ich, dass Gianni und Olive sich angeregt unterhalten. Das Radio läuft, und Olive erzählt irgendeine Geschichte mit einem Skateboard, einem Papagei und einer Zitronenbaisertorte. Schade, dass ich die verpasst habe, denn Gianni amüsiert sich offenbar gut. Außerdem bin ich ein Fan von Zitronenbaiser.

Ich klettere auf den Vordersitz, und Olive rutscht weiter zu Gianni rüber, als müsste sie mir Platz machen. So weit wäre eigentlich gar nicht nötig. Ich glaube eher, sie sucht Körperkontakt mit Gianni. Übrigens macht sie das Ganze so geschickt, dass sie ihre Handtasche weiter als Sitzerhöhung behält. Ich bin beeindruckt, sage aber nichts.

Gianni fragt: »Hast du freie Fahrt, Baby?«

»Yep«, antworte ich. »Meine Mutter macht gerade Inventur. Wer für die Bestellung von Steinplatten und so was zuständig ist, der ist kein Freund vom Monatsende.«

Gianni gefällt meine Erklärung, weil er daraufhin sagt: »Mädchen, du bist ja richtig weise.«

Jetzt sagt Olive mit einer Stimme wie über einen Bordlautsprecher: »Bitte vergewissern Sie sich, dass Ihr Gurt fest anliegt und geschlossen ist!«

Sie klingt wirklich wie eine Flugbegleiterin. Ich spiele mit und sage: »Meine Rückenlehne ist senkrecht und der Tisch vor mir hochgeklappt.« Letztes Jahr war ich im Flugzeug unterwegs zu einem Familienfest bei Tante Viv und Onkel Sherman. Das Treffen fand in Salt Lake City statt. Ich war enttäuscht, dass es außer dem Salzsee nicht auch einen Pfeffersee gab.

Gianni macht jetzt den Kapitän und sagt: »Wir rollen gerade auf die Startbahn – *ready for take-off*!«

Dann tritt er aufs Gaspedal, aber heftiger als normal, und wir schießen nach vorn. Es ist nicht gefährlich, trotzdem bin ich froh, dass Mum mit der Firma telefoniert und nicht vor der Haustür steht.

Ein bisschen später dreht Gianni das Radio ganz laut auf. Ich kenne den Song nicht, aber man kriegt ziemlich schnell mit, dass ein Haufen Leute ständig brüllt: »One, two, three – Look, you fool: Aren't we cool?«

Wahrscheinlich sind das Musiker; genauso gut könnten sie aber auch Sportlehrer sein.

Irgendwie ist das Lied genau richtig für uns, und wir brüllen alle drei mit: »One, two, three – Look, you fool: Aren't we cool?«

Ich bin immer wieder überrascht, wie ein ganz simpler Song wahnsinnig mitreißend sein kann. Meine Eltern spielen öfter einen, der heißt »Let it Be«. Ich glaube, er beruhigt sie.

Ich frage mich, ob es auch mit anderen Dingen im Leben so ist.

Vielleicht verhält es sich so, dass die großen Ideen eigentlich kleine Ideen sind, die man einfach nur groß rüberbringt?

Ich würde jetzt ja weiter über diese Theorie nachdenken, doch das ist unmöglich, weil wir immer noch »One, two, three – Look, you fool: Aren't we cool?« brüllen und ich mein Hirn nicht weiter belasten will. Das hier macht gerade einfach zu viel Spaß.

Ich entdecke Olive in einem kleinen Ausschnitt des Außenspiegels, und ich glaube, ich habe noch nie jemanden so glücklich gesehen.

Der Song ist zu Ende, und wir drehen das Radio leise, um ihn allein weiterzusingen. Das Lied kann man schnell auswendig, weil es so wenig Text gibt. Als Gianni das Auto dann vor einem Motel in der Elften Straße parkt, haben wir es alle allmählich über.

Ich bin hier schon mindestens eine Million Mal vorbeigefahren, aber noch nie habe ich das Motel bemerkt. Es steht ein großes gelbes Schild aus Holz davor, und darauf steht aus grauen Buchstabenplättchen: *Motel zur Bucht*.

Motel zur Bucht. Das ist seltsam, denn hier ist weit und breit kein Wasser. Wir sind hundert Kilometer von der Küste entfernt, und in unsrer Stadt gibt es einen Fluss und einen Anlagensee, aber keine Bucht. Vielleicht ist eine andere Bucht gemeint? Wie ein Nachname? In der Bibliothek hat mal eine Frau gearbeitet, die hieß Elisabeth van de Bucht. Sie war nett. Oder vielleicht ist das eine besondere Färbung bei Pferden? So was wie Fuchs?

Ich habe Angst vor Pferden, weil Mum mal erzählt hat, dass ihre Freundin Dee Dee Addison von einem bockenden Hengst am Kopf getroffen wurde, als sie Kinder waren.

Ich sage: »Das Motel zur Bucht? Da wohnt Shawn Barr?«

Sie haben wohl meine Enttäuschung herausgehört, weil Gianni sagt: »Es ist ein Wohn-Motel. Wir wohnen alle hier.«

Mir fällt sofort die Frage ein: Sind nicht alle Motels Wohn-Motels? Ist es nicht Sinn der Sache, dass man da länger bleiben kann?

Ich gehe der Frage nicht weiter nach, weil ich mich lieber gründlich umschaue.

Das Motel ist klein und in Form eines kleinen »n« angelegt. Es gibt nur zwei Etagen, mit Zimmern oben und unten. In der Mitte des Hofs befindet sich ein runder Pool. Das Wasser ist grün, und ich weiß nicht, ob das Absicht ist oder ob es bloß daran liegt, dass niemand die Filter gereinigt oder die Seitenwände abgebürstet hat. Von Nahem entdecke ich dann überall Reihen von winzigen smaragdgrünen Fliesen. Das Ganze glitzert leicht und sieht einfach toll aus.

Kinder lieben Schwimmbäder. Unwillkürlich starre ich viel zu lang ins Wasser. Ich möchte, dass Olive meine Begeisterung teilt, aber sie scheint an Schwimmgelegenheiten nicht interessiert. Sie schaut sich das Motel genauer an und sagt: »Es hat dieses coole Flair der 50er-Jahre.«

Ich denke, meine Eltern würden verstehen, was sie meint. Ich habe null Ahnung.

Die 50er-Jahre sind lange her, und vielleicht haben sie das Motel damals gebaut.

Ich sehe weder Getränkeautomaten noch Schwimmtiere. Menschen kann ich auch nicht entdecken. Irgendwo läuft aber ein Fernseher, und auch einen Staubsauger höre ich. Gleich vorn ist das Büro, unbesetzt. Daneben sieht man den Waschraum. Im Trockner dreht sich die Wäsche, und daneben, auf einem langen Tisch, liegt ein großer, unordentlicher Kleiderhaufen. Ich entdecke Unterwäsche, was ich peinlich finde.

Wenn man bei uns zu Hause die Wäsche aus dem Trockner nimmt, muss man sie zusammenlegen. Deswegen mache ich immer einen großen Bogen um die Maschinen.

Ich war bisher nur mit meiner Familie in Motels, und da, wo wir waren, gab es lange Korridore mit Teppichboden und Eisautomaten auf jeder Etage. Es waren große Anlagen mit vielen Parkplätzen und Check-ins, in denen Leute an Computern arbeiteten. In den Empfangshallen von unseren Motels hörte man Musik, und auf Regalen lagen Umgebungskarten und Broschüren für die Freizeitgestaltung aus.

Gianni durchquert den gepflasterten Hof. Die Pflastersteine sind nicht so, wie ich sie kenne: nicht rot, sondern senffarben und in Fischgrätmuster verlegt. Das sieht interessant aus.

Gianni bleibt vor der Tür von Zimmer 7 stehen und klopft.

Keine Antwort. Er versucht es noch einmal, bloß lauter. Shawn Barr ruft. »Wer ist da?«

»Gianni. Ich hab Olive und Baby dabei.«

In dem Moment wünsche ich mir, er hätte Julia gesagt. Dann wäre ich gleichwertiger. Wir hören wieder Shawn Barrs Stimme: »Warum hast du die mitgebracht?«

Er klingt müde und ein bisschen unfreundlich. Wahrscheinlich ist ihm nicht klar, dass wir auch vor der Tür stehen und zuhören.

Gianni schaut uns an und zuckt mit den Schultern. Er redet noch einmal durch die geschlossene Tür. »Können wir reinkommen? Wir waren bei der Kostümbildnerin und müssen mit Ihnen sprechen.«

Shawn Barr murmelt irgendwas. Ich kann nichts davon verstehen, weil er die meisten Wörter irgendwie verschluckt. Schließlich hören wir: »Es ist offen.«

Gianni dreht den Türknopf und öffnet vorsichtig die Tür.

Shawn Barrs Zimmer hat eine Reihe von kleinen Fenstern, rund, wie auf einem Schiff. Ich möchte sofort ein rundes Fenster in meinem Zimmer haben. Man schaut konzentrierter nach draußen.

Mein Blick wandert von den Fenstern zur Zimmereinrichtung, und das Erste, was mir auffällt, sind die Bücher. Sie liegen stapelweise herum.

Ich bin froh, dass Shawn Barr Bücher liest, weil Grandma Däumling immer sagt, dass man interessante Persönlichkeiten an ihren Titeln erkennt. Damit meint sie aber eben nicht, ob sie einen Doktor- oder Professorentitel haben.

Ich habe Bücher mit tollen Titeln in meinem Zimmer, aber die meisten habe ich nicht gelesen. Es waren Geschenke. Also bin ich vielleicht keine interessante Persönlichkeit, sondern jemand mit interessanten Eltern und einer liebenswerten Oma, die große Hoffnungen in meine Zukunft setzt.

Obwohl Shawn Barr nicht einmal in unserer Stadt lebt, hat er jede Menge fest eingebundener Bücher und außerdem viele dünnere Bände – das sind wohl Theaterstücke. An einer Seite steht ein eingebauter Mini-Schreibtisch mit einem Computer drauf, darunter ein kleiner Kühlschrank, der leise brummt. Neben einer Edelstahlspüle ist ein elektrischer Teekocher angeschlossen. Das Teegeschirr, Sammeltassen mit Untertassen, lehnt zum Trocknen an einem dieser honiggefüllten Plastikbären, die ich so liebe. Außerdem entdecke ich eine halb leere Pralinenschachtel, zwei Gläser grüne Oliven und eine große Tüte Salzbrezeln.

Doch der interessanteste Gegenstand steht in einer Ecke. Er ist ganz aus schönem Leder mit Messingschlössern und einem wunderbaren Griff. Es ist ein Koffer mit einem breiten Riemen, und die Ecken sind mit Schmucknähten verstärkt.

Ohne länger nachzudenken, sage ich: »Das ist der tollste Koffer, den ich je gesehen habe.«

Shawn Barr liegt halb aufrecht auf dem Bett. Er schiebt sich ein bisschen seitwärts, um an Olive und Gianni vorbeizugucken. »Es ist ein Swaine Adeney Brigg Luxuskoffer«, sagt er.

»Oh.«

»Aus England.«

Ich nicke. Diese drei Wörter werde ich mir nie im Leben merken können. Aber den Lederkoffer vergesse ich bestimmt nicht.

Als ich mitten im Zimmer stehe, kann ich erkennen, dass Shawn Barr mehrere Kissen im Rücken hat. Er hat eine Lesebrille auf und trägt eine pfirsichfarbene Jogginghose und dazu ein weißes Hemd. Das Hemd steht offen, und zum ersten Mal sehe ich, dass er einen kleinen Bauch hat. Der ist braun gebrannt, was wahrscheinlich bedeutet, dass er einen Teil seiner Zeit am Hotelpool draußen in einem Liegestuhl verbringt. Seine Brusthaare sehen aus wie ein Dreieck aus weißen Drähten.

Er sagt: »Ich nehme mal an, es gibt ein Problem. Ihr kommt hierher wie eine offizielle Delegation. Das kann eigentlich nur Schwierigkeiten bedeuten.«

Gianni schaut Olive und mich an und antwortet: »Wir haben uns mit der Kostümbildnerin getroffen. Sie ist unglaublich begabt. Und sie will unbedingt das ganze Outfit für unsere Fliegenden Affen machen.«

Shawn Barr horcht auf. Er blickt über seine Brillengläser hinweg. »Was du nicht sagst!«

Das ist komisch, denn Gianni hat es *doch* gerade gesagt.

Ich warte.

Gianni fährt fort: »Es gibt noch mehr Positives zu berichten. Sie scheint keineswegs auf ein hohes Honorar aus zu sein.«

Jetzt ist Shawn Barr endgültig bei der Sache. Er stemmt sich noch weiter nach oben, doch dann muss ihm ein neuer Gedanke gekommen sein, weil er sagt: »Ihr wärt trotzdem nicht zu dritt mit langen Gesichtern hier erschienen, wenn es nicht einen Haken an der Sache gäbe.«

Jetzt haben wir die Situation, die er in der Probe so beschreibt: »Unser Körper ist auch ohne Worte voller Gefühle.«

Olive tritt vor. »Sie will beim Stück dabei sein.«

Shawn Barrs Blick wandert von Gianni zu Olive. »Wer?«

Gianni sagt: »Mrs. Chang.«

Olive erklärt: »Das ist die Schneiderin.«

Und ich ergänze: »Und *meine* Nachbarin.«

Shawn Barr braucht einen Moment, ehe er sagt: »Die Kostümbildnerin will eine Rolle übernehmen? Bitte erzählt mir nicht, dass sie die Dorothy im Auge hat. Dafür haben wir Gillian Moffat unter Vertrag.«

Ich melde mich wieder zu Wort: »Nein. Nicht Dorothy. Mrs. Chang müsste nicht mal Text sprechen.«

Shawn Barr lächelt. Seine Augen leuchten auf. Er sagt: »Einverstanden. Für die Szenen in der Smaragdstadt brauchen wir alle möglichen Schauspieler im Hintergrund. Sie macht im Chor mit. Kein Problem.«

Gianni antwortet: »Das wird nicht funktionieren.«

Und Olive erklärt: »Sie will ein Fliegender Affe sein.«

Shawn Barr runzelt die Stirn, und das Lächeln verschwindet aus seinem Gesicht. Und dann richtet er sich an Gianni: »Okay. Du bist der Fachmann. Ist sie für die Seilarbeit geeignet? Wo ist der Haken bei der Sache? Ist sie zu schwer dafür?«

Gianni schüttelt den Kopf. »Ihr Gewicht ist unproblematisch.«

Shawn Barr wird allmählich gereizt. Seine Stimme wird lauter. »Also, *wo* ist das Problem?«

Ich rufe ihm von der Tür aus zu: »Sie ist sechsundsiebzig Jahre alt! Sie ist steinalt!«

Jetzt starren mich alle drei an.

Ich ergänze: »Sie ist aber toll in Form und wahnsinnig nett.«

Shawn Barr nimmt die Brille ab. Er wirkt viel lebhafter als vorher, als er sagt: »Ich bin siebenundsiebzig Jahre alt!«

Sein Alter verblüfft mich. Ich wusste, dass er alt ist, aber nicht, wie alt.

Vermutlich ist man ab einem gewissen Alter eben einfach alt, und die genaue Zahl der Lebensjahre spielt dann keine Rolle mehr.

Shawn Barr ist still geworden. Er hat viel Stoff zum Nachdenken, denn er ist ja im gleichen Alter wie die Frau, die bei uns mitspielen will. Er ist jetzt röter im Gesicht als eben noch und sagt: »Sie kann unmöglich die Rolle eines Fliegenden Affen übernehmen.«

Olive erwidert: »Sie kennen sie noch nicht einmal.«

Shawn Barr blickt sie direkt an und sagt: »Ich brauche sie nicht kennenzulernen.«

Jetzt ist Olive plötzlich hellwach. Wobei sie vorher keineswegs geschlafen hat. »Diskriminierung ist ein Unrecht. Das erfahre ich jeden Tag. Ich muss mich mit diesem Körpergrößenwahn auseinandersetzen.«

Gibt's dieses Wort? Ich kann mir schon vorstellen, was es bedeutet, aber ich habe noch nie gehört, wie es jemand benutzt hat.

Shawn Barr hebt abwehrend die Hände. »Es geht hier nicht um Diskriminierung.«

Olive atmet einmal tief durch und fährt dann fort: »Lassen Sie mich bitte meinen Teil dazu sagen.«

Das ist noch so ein Ausdruck, den ich nicht wirklich verstehe. Wenn jemand erklärt, er möchte »seinen Teil dazu sagen«, dann redet er meist so viel, als wollte er alles dazu sagen. Andererseits ergibt es vielleicht gerade für einen Schauspieler einen Sinn, »seinen Teil zu sagen«, weil er ja nie den ganzen Text vom Stück spricht, sondern nur seine Rolle. Und die soll man ihm nicht wegnehmen.

Soll es das bedeuten?

Wer weiß? Jetzt ist wohl kaum der richtige Moment zu fragen.

Olive legt nun richtig los, um »ihren Teil zu sagen«. »Weshalb können Sie ihr nicht unvoreingenommen begegnen?!«

Ich wünschte, sie würde ihren Standpunkt mit einfacheren Worten erklären, und frage: »Was heißt unvoreingenommen?«

Sie wendet sich mir zu und wirkt glücklich, mir das erklären zu dürfen: »Wenn Standpunkte nicht schon im Voraus eingenommen werden, sondern man den Menschen ohne vorgefasste Meinungen gegenübertritt.«

Ich kann ihr nicht wirklich folgen, höre aber weiter zu. Und ich muss zugeben, Olive hat ein gutes Gefühl für Wörter. Außerdem kommt sie toll rüber. Und schließlich sind da noch ihre superhohen Absätze. Es gibt ihrem Vortrag einen zusätzlichen Kick, wenn man fürchtet, sie könnte jeden Augenblick das Gleichgewicht verlieren und hinfallen. Das ist, wie wenn man bei diesen Rennen zuschaut, wo die Autos irre schnell in die Kurven rasen und man so tun muss, als wartete man nicht darauf, dass sie gegen die Wand knallen.

Ich sehe mir solche Sachen nicht an, aber mein Bruder Tim guckt das immer im Fernsehen.

Olives Stimme klingt sehr emotional, als sie sagt: »Die Leute schauen mich an und sehen jemanden, der kleinwüchsig ist - bevor sie eine Frau sehen oder bevor sie eine farbige Person sehen.«

Ich muss zugeben, dass mir das so ähnlich ging, als ich sie das erste Mal traf. Ich habe eine kleinwüchsige Person gesehen und gedacht, ich sehe ein Kind.

Als Farbige habe ich sie überhaupt nicht wahrgenommen.

Jetzt mustere ich sie genauer. Sie hat tatsächlich braune Arme und sehr dunkles Haar. Ich dachte, sie wäre besonders braun gebrannt.

Ich versuche, mich an ihren Nachnamen zu erinnern, aber ich weiß ihn nicht mehr. Vielleicht hat mich ihre Körpergröße so fasziniert, dass ich nur darauf geachtet habe. Ist sie Indianerin? Oder vielleicht

Lateinamerikanerin? Sie könnte aus Indien stammen. Oder vielleicht von den Philippinen?

Von nun an steht eins für mich fest: Ich werde nie Detektivin. An mir rauscht einfach zu viel vorbei.

Olive redet weiter: »Ich habe heute Yan Chang kennengelernt und eine sehr aktive, hochinteressante Frau erlebt. Ihr Alter spielte keine Rolle. Ich bin der Meinung, wir sind ihr auf jeden Fall eine Spielprobe schuldig.«

Shawn Barr sieht so aus, als reichte es ihm. Er brüllt nicht, doch er ist nahe dran: »Sind Sie fertig?«

Olive nickt. »Ich glaub schon.«

Shawn Barrs Stimme wäre jetzt laut genug für eine Schulmensa: »Dann setzen Sie sich.«

Olive geht die paar Schritte zu dem Sessel am Fenster und versinkt im Polster. Gianni stellt sich zu ihr - eine nette Geste der Unterstützung, finde ich. Ich wette, Olive ist froh, jetzt sitzen zu können.

Shawn Barr sagt: »Ich bin Ihrer Ansicht. Unsere Welt ist voller Vorurteile, und sie wird von Meinungen und Standpunkten unterwandert, die verhärtet sind und manchmal sogar institutionalisiert werden. Genau deswegen machen wir Theater. Genau darum geht es. Wir wollen die Menschen dazu bringen, sich selbst und ihre Umwelt mit anderen Augen zu sehen.«

Ich kann mich nicht beherrschen und rede dazwischen: »Das habe ich nicht gewusst.«

Gianni senkt den Kopf, und ich kann sehen, wie er ein Lächeln unterdrückt. Aber ich meinte es ernst. Ich wollte keinen Witz machen.

Shawn Barr ist richtig in Fahrt. Seine Stimme füllt praktisch das ganze Zimmer aus, als er sagt: »Das ist der Grund, warum wir Kunst machen.« Der Satz klingt fast wie ein Slogan.

Bei Kunst denke ich an Basteln mit Tonpapier (das man eigentlich gar nicht benutzt, um Töne zu machen).

Kunst, das sind für mich die Tonklumpen, die wir in der Schule bekommen und aus denen wir etwas formen sollen (aber auch wieder keine *Töne*), das dann in einem superheißen Ofen landet und eine Woche später zurückkommt und viel schlechter aussieht als vorher, weil man es sich in der Zwischenzeit viel schöner ausgemalt hatte.

Ich dachte, Kunst hieße, mit den Händen zu arbeiten.

Falsch gedacht.

Shawn Barr sagt, und er sieht mich dabei ganz direkt an: »Dichter und Maler und Schauspieler fordern uns auf, ganz genau hinzusehen, zu hören, zu fühlen. Sie verstehen, was Diskriminierung und Vorurteil bedeuten. Dafür leben und arbeiten sie jeden einzelnen Tag.«

Er ist aber noch nicht fertig.

»Ich habe mein Leben lang mit Diskriminierung im Alltag zu tun gehabt. Mir muss man nicht erklären, wie es sich anfühlt, wenn man als *anders* wahrgenommen wird. Und mit der Altersdiskriminierung endet es dann. Glaubt ihr, wenn ich nicht begreifen würde, wie das ist, dass ich dann diese sieben Wochen hier wäre, in *dieser* Stadt, um *dieses* Stück einzustudieren?«

Manchmal, wenn Menschen etwas ganz Wichtiges sagen (auch wenn man nicht alles wirklich versteht), muss man sie das spüren lassen.

Ich klatsche.

Ich hatte erwartet, dass Olive und Gianni sich anschließen, aber das tun sie nicht.

Olive hebt nur die Schultern.

Gianni sagt zu Shawn Barr: »Wir holen Mrs. Chang für eine Probe ins Theater. Wenn sie mit dem Fluggeschirr umgehen kann, ist sie dabei. Ihr Affenkostüm hat sie bereits.«

Shawn Barr kommt noch ein Gedanke. »Überzeug dich davon, dass sie kein schwaches Herz hat.«

Ramon hatte ein schwaches Herz. Deswegen ist er auch in Dads Ledersessel geklettert. Er hat instinktiv gewusst, dass er sich einen sicheren Ort suchen musste, weil etwas Schlimmes bevorstand.

Falls Mrs. Chang ein schwaches Herz hat, weiß sie es hoffentlich schon. Hoch oben durch die Luft zu fliegen ist vermutlich nicht, was man einen sicheren Ort nennen würde.

Shawn Barr schaut uns nicht mehr an. Er starrt nachdenklich durch eins der runden Fenster. Ich glaube nicht, dass er das macht, weil er Bedenken hat, eine 76-jährige Frau auf der Bühne durch die Luft zu schwenken. Er greift zu dem Buch, das er gerade gelesen hat. Es heißt *Joe Turner kam vorbei und ist wieder weg*.

Ich habe noch nie davon gehört. Auf dem Buchdeckel steht als Autor August Wilson. Plötzlich wünsche ich mir, meine Eltern hätten mich August und nicht Julia genannt. Es ist ein schöner Name.

Allerdings bin ich im Februar geboren, und ihre Fantasie reichte wohl nicht so weit. Ich würde nicht gern Februar heißen. Am Ende würden die anderen einen Spitznamen draus machen, und dann wäre ich Feb. Vielleicht wäre ich dann genauso einsilbig wie der Spitzname.

Wir verabschieden uns rasch und lassen Shawn Barr allein. Wir gehen in den sonnigen Nachmittag hinaus. Draußen wirkt das Licht heller als vorher, weil es im Zimmer ziemlich dunkel war. Vielleicht aber auch, weil wir etwas gelernt haben und jetzt klarer sehen.

Ich weiß nicht so recht, was da drinnen wirklich vor sich gegangen ist, aber mir ist nicht mehr danach zumute »One, two, three ... Aren't we cool!« zu singen.

Unsere Stimmung hat sich verändert. Vielleicht denkt jeder auf seine Weise über Kunst nach.

Ich schaue zum Motel zurück, und es sieht für mich aus, als bestünde es aus lauter Bauklötzen. Und hinter jedem Baustein wartet eine Idee. Vielleicht nur, weil ich weiß, dass da Shawn Barr mit all seinen Büchern und Theaterstücken ist und dass Gianni in einem der Zimmer schläft und vielleicht eine Ausrüstung dabeihat, mit der er Leute fliegen lassen kann.

Draußen beim Auto hält Gianni Olive die Beifahrertür auf. Das macht er jetzt zum zweiten Mal. Olive wirft wieder ihre Tasche auf den Sitz, diesmal allerdings bemüht sie sich nicht darum zu verheimlichen, dass sie sich draufsetzt, um größer zu wirken.

Gerade wollen wir losfahren, als mir aufgeht, dass ich kein Erinnerungsstück vom Motel für mein Album habe, und den heutigen Tag will ich unbedingt festhalten.

»Einen Moment noch«, sage ich, »ich habe etwas vergessen.«

Ich springe aus dem Wagen und renne zurück in den Hof. Ich sehe mich um, doch es ist immer noch niemand im Büro, sodass ich nicht um eine Postkarte oder Hotel-Briefpapier bitten kann. Aber die Tür zur Wäscherei steht offen, und ich gehe hinein.

Dort entdecke ich etwas. Oben auf einem blauen Plastikeimer mit den Fusseln aus den Flusensieben liegt ein Streichholzheftchen. Darauf steht:

YELLOW BRICK BAR & GRILL

Und auf der Rückseite lese ich, dass die *Yellow Brick Bar & Grill* weit weg von hier ist – in Kansas!

Dort, wo Dorothy zu Hause ist!

Das ist wie ein Zeichen. Man könnte es ein Omen nennen. Natürlich könnte die Verbindung zum *Zauberer von Oz* auch bloß ein verrückter Zufall sein. Ich nehme das Heftchen an mich und laufe zurück zum Wagen.

Olive und Gianni erzähle ich nichts von meinem unglaublichen Fund. Man darf ja schließlich Geheimnisse haben.

Als ich wieder auf meinem Platz sitze, stelle ich fest, dass die beiden auch ein Geheimnis haben könnten. Sie sprechen leiser miteinander, und ich verstehe nur das Letzte, was sie sagen: »Wir können sie vorher absetzen.«

Vielleicht wollen sie ein Eis essen gehen oder irgendwohin fahren und weiter über Diskriminierung nachdenken oder die Kunst, und ich würde dabei stören.

Oder sie wollen einfach nur eine Runde Minigolf spielen.

Dagegen habe ich nichts. Es war schon ein Glück, dass ich so viel von diesem Tag miterlebt habe.

Die Heimfahrt dauert nicht lang, aber unterwegs mustere ich alles um mich herum, was ich in unserer Stadt zwar schon kenne, aber noch nie genau angesehen habe.

Ich frage mich, was in den Wohnungen der Walnut Street vor sich gehen mag und wer wohl am Ladentisch des Blumengeschäfts in Fairmont steht.

Es gibt so viele Menschen mit so vielen Geschichten hinter all den Wänden und Türen. Es ist überwältigend, wenn man nur darüber nachdenkt. Außerdem würde ich gern wissen, wie viele von den Zimmern runde Fenster haben.

Haben alle Leute irgendetwas, das ihnen Kummer macht?

Shawn Barr sagt, man lebt und arbeitet jeden Tag, um Kunst zu machen. Ganz so hat er es vielleicht nicht ausgedrückt, doch er hat gesagt, dass wir Künstler sind.

Na ja, er jedenfalls.

Ich werde mich anstrengen, immer ganz genau hinzusehen und hinzuhören.

Randy steht in der Küche, als ich heimkomme, und backt einen Kuchen. Er backt ihn nicht wirklich selbst, aber er mixt Eier und Wasser und Öl mit einer Fertigmischung aus der Packung. Meine Mum hat ihm erlaubt, den Backofen zu benutzen. Sie telefoniert an ihrem Schreibtisch und redet wahrscheinlich gerade über Bewässerungssysteme.

Bei ganz genauem Hinsehen merke ich, dass Randy zwei verschiedene Schüsseln und zwei verschiedene Teigmischungen hat.

Eine ist für Rührkuchen klassisch, die andere für Schokoladenkuchen.

Ich setze mich an die Anrichte und schaue zu, wie er einen Teil von jedem Teig in runde Formen füllt. Dann nimmt er einen Löffel und zieht ihn langsam durch die Masse.

»Was machst du da?«, frage ich.

»Das wird ein Marmorkuchen. Ich habe einfach zwei Packungen genommen, deswegen gibt es sechs Schichten. Genug für zwei Kuchen.«

»Hat jemand Geburtstag?«

Randy sagt: »Bestimmt. Irgendwo. Nicht bei uns, aber das heißt nicht, dass wir nicht feiern dürfen.«

Ich würde ja bleiben und mich mit ihm unterhalten, aber ich will weiter an meinem Album basteln, und außerdem amüsiert er sich auch ohne mich.

Der Vorteil von einem kleinen Bruder wie Randy ist die Tatsache, dass er sehr unabhängig ist.

Wir wohnen nur acht Häuserblocks von der Grundschule entfernt, und als Randy im Kindergarten angefangen hat, war es meine Aufgabe, ihn dort abzuholen und auf ihn aufzupassen, bis Tim von der Mittelschule zurückkam. Das wäre eigentlich keine große Sache gewesen, aber Randy macht immer Umwege. Er bleibt stehen, um eine Katze zu streicheln, oder folgt einer Ameisenstraße. Er hat es nie eilig.

Ich wollte immer schnell nach Hause, weil Ramon wartete. Nachdem ich die Hintertür aufgeschlossen hatte, kletterte ich als Erstes auf einen Hocker und holte einen Rindfleisch-Kaustreifen aus der Packung auf dem obersten Regal im Hauswirtschaftsraum.

»Leckerli!«, rief ich dann, und Ramon drehte sich mehrmals im Kreis, ehe er schließlich Platz machte.

Nachdem ich eine Woche lang versucht hatte, Randy ein bisschen anzutreiben, kam ich auf die Idee, ihm auch eine Belohnung zu versprechen.

Ich sagte: »Wir müssen jetzt nach Hause, damit du und Ramon eure Leckerli kriegen könnt.«

Das brachte Randy auf Trab. Essen war eine seiner Lieblingsbeschäftigungen.

Als wir dann zu Hause waren und ich Ramons Kaustreifen vom Regal herunterholte, sagte Randy: »Und was ist mit meinem Leckerli?«

Ich wollte ihm eigentlich einen Keks oder etwas Ähnliches aus der Küche geben, aber er war derjenige, der das Trockenfleisch wollte. Und er mochte es.

Alles lief gut, bis ich eines Tages kurz vor Halloween Halsweh bekam. Meine Mum ging nicht zur Arbeit, weil ich krank war, und mittags holte sie dann Randy vom Kindergarten ab. Als sie zurückkamen, wollte er sein Leckerli, und Mum ging Richtung Küche.

Aber Randy zeigte nach oben zu den Kaustreifen und sagte: »Julia gibt mir immer einen von denen.«

Mums »Julia!« war bestimmt im ganzen Viertel zu hören.

Das Einzige, was Randy überhaupt zu den Leckerli sagte, war, dass sie salzig schmeckten. Er mochte den Geschmack. Es machte ihm auch Spaß, Hund zu spielen, indem er sich neben Ramon setzte, bevor sie beide ihre Belohnung kriegten.

Dafür kann ich nichts.

Und jetzt steht er in der Küche und mixt einen Teig für Rührkuchen klassisch mit einem für Schokokuchen. Ich will nicht verantwortlich sein, wenn was schiefgeht.

In meinem Zimmer lege ich das Streichholzheftchen und die Papierserviette oben auf mein Album und rolle mich dann in meinem Bett zusammen.

Ich muss über so viele Sachen nachdenken.

Olive mag Gianni auf sehr besondere Art, das habe ich bemerkt. Das ist deswegen so interessant, weil sowohl Larry als auch Quincy offensichtlich in sie verknallt sind, was Olive allerdings völlig kalt lässt.

Man soll ja anspruchsvoll sein, aber wenn ich mal so weit bin, halte ich es, glaub ich, für einfacher, einen Freund zu finden, wenn er mich schon mag.

Gianni ist nicht von hier, und er hat mit berühmten Leuten zusammengearbeitet. Vielleicht macht ihn das für Olive interessanter. Oder es liegt daran, dass Quincy und Larry nicht großgewachsen sind wie Gianni.

Vielleicht will Olive der Welt auch einfach zeigen, dass sie einen Freund haben kann, der über eins achtzig groß ist.

Dagegen habe ich gar nichts. Aber Mrs. Vancil sagt, wir leben in einer Kultur, wo Berühmtheit eine zu große Rolle spielt und die Menschen alles Mögliche tun, um vor anderen anzugeben.

Ich glaube, wenn jeder angibt, dann gibt es niemanden mehr, vor dem man angeben kann. Und das ist dann ein Problem.

Wer angibt, hört auf, andere Menschen wahrzunehmen, genau hinzusehen.

Ich hoffe, es ist keine Angeberei, in einem Theaterstück zu spielen.

Möglich wäre es.

Ich glaube, wahre Kunst ist keine Angeberei, aber schlechte Kunst vielleicht schon.

Nur, woran erkennt man den Unterschied?

Wenn Kunst nicht bedeutet, mit Tonpapier ein Bild zu machen, in dem man vier Formen und drei Farben benutzt – wenn es bedeutet, Menschen die Welt und ihr Leben in einem neuen Licht zu zeigen –, dann will ich vielleicht so etwas machen, wenn ich erwachsen bin.

Wie man dafür wohl bezahlt wird?

Ich würde jetzt gern etwas in mein Album kleben, damit mir diese Vorstellung von Kunst nicht verloren geht und ich noch weiter darüber nachdenken kann.

Mit geschlossenen Augen kann ich mich gut konzentrieren (ich hoffe nur, dass ich nicht dabei einschlafe, was oft passiert, wenn ich versuche, den Dingen auf den Grund zu gehen).

Ich komme zu dem Schluss, dass Kunst vielleicht aus zwei Teilen besteht: Sich Dinge auszudenken und Dinge zu fühlen.

Ich schlage mein Album auf und lasse Platz für die schwarze Papierserviette mit den goldenen Sternchen und für das Streichholzheftchen von der *Yellow Brick Bar & Grill* in Kansas. Dann nehme ich einen Stift und schreibe:

Vielleicht ist die wichtigste Frage für mich: Was ist Kunst?
Vielleicht ist die Antwort: Eine Mischung aus Fantasie und Gefühl.
Oder vielleicht auch nicht.
Vielleicht braucht man Zeit, um Kunst zu verstehen.
Und vielleicht ist der Künstler derjenige, der Kunst verstehen muss, und wir anderen sollen sie fühlen.
Oder vielleicht auch umgekehrt.

Wenn ich noch länger darüber nachdenke, bekomme ich möglicherweise Kopfschmerzen, deswegen mache ich jetzt Schluss. Aber vielleicht bin ich ja vorangekommen. Und ich kann stolz sein auf mein Album, weil ich jetzt zum ersten Mal selbst etwas hineingeschrieben habe.

Mir geht auf, dass ich schon seit langer Zeit in meinem Zimmer bin, denn ich rieche Randys Kuchen, und dann höre ich ihn rufen: »Wer mag jetzt Geburtstag feiern?«

Zwanzig

Die Probe heute ist ein großes Ereignis.

Shawn kann wieder gehen!

Kleine Schritte. Und das Beste ist, er steht auf eigenen Füßen und muss nicht getragen werden!

Ich winke ihm zu und setze mich auf einen Platz in der ersten Zuschauerreihe; so sollen wir jede Probe beginnen. Er winkt nicht zurück, aber hält den Daumen nach oben. Ich gebe ihm dasselbe Zeichen zurück und sehe, dass ein paar andere Kinder es mir nachtun.

Diese Theaterkinder sind richtige Nachahmer. Aber vielleicht sind sie deswegen Theaterkinder.

Shawn Barr sitzt auf einem Spezialstuhl, den ich noch nie gesehen habe. Auf der Sitzfläche befindet sich etwas, das aussieht wie ein aufgeblasener Donut oder ein Schwimmring für kleine Kinder.

Shawn Barr kneift die Augen zu, als er sich draufsetzt, und verzieht das Gesicht, als ob er sagen wollte *Uff. Das tut weh.*

Das große Ereignis ist aber nicht nur, dass unser Regisseur wieder laufen kann. Heute werden wir die Stars unserer Show kennenlernen.

Die ersten Neuen sind Studenten. Sie spielen die Rollen der Vogelscheuche, des Ängstlichen Löwen und des Blechmanns. Der Blechmann heißt eigentlich Blech-Holzfäller.

Aber das sagt keiner.

Der Blechmann wird von Jo Carosco gespielt. Die Vogelscheuche ist einer namens Ahmet Bulgu. Und Ryan Metzler ist der Ängstliche Löwe.

Ich mag sie sofort. Besonders den Blechmann Jo.

Wir Munchkins gehen alle auf die Bühne, wo wir uns im Schneidersitz hinsetzen sollen. Manche Kinder tun sich da leichter als andere. Die Erwachsenen meinen immer, Kinder würden gern so sitzen, aber es ist nicht besonders bequem. Jedenfalls nicht für mich. Meine Knie stehen dann nach oben weg, und Olive behauptet, das käme daher, dass ich in der Hüfte zu steif bin. Sie rät mir zu Yoga.

Ich habe keine Lust, eine Matte überallhin zu schleppen und super eng anliegende Hosen zu tragen. Deswegen interessiert mich Yoga nicht. Ich tue aber so, als ob es eine gute Idee wäre.

Als jeder seinen Platz eingenommen hat, sagt Shawn Barr: »Wir haben sie alle erwartet, und jetzt ist sie da. Wir haben unsere Dorothy. Darf ich euch Gillian Moffat vorstellen.«

Er schaut zur Seitenbühne, also zu dem Teil, den man als Zuschauer nicht einsehen kann, und eine Frau kommt nach vorn. Vermutlich hat sie sich vorher versteckt, weil sie weiß, wie man sich in Szene setzt.

Ich will sie ganz herzlich willkommen heißen. Also fange ich an zu klatschen.

Alle Munchkins klatschen mit.

Es ist ein tolles Gefühl, andere Kinder dazu zu bringen, es mir nachzutun. Vielleicht gehe ich mal zum Militär. Waffen mag ich zwar nicht, aber ich genieße es irgendwie, wenn die anderen mir folgen. Heißt das etwa, ich will immer der Boss sein?

Gillian Moffat ist keine Studentin.

Sie spielt die Rolle einer Vierzehnjährigen (oder wie alt auch immer Dorothy im *Zauberer von Oz* ist), aber in Wirklichkeit ist sie wohl eher Ende zwanzig. Allerdings sieht sie aus wie eine Teenagerin; sie ist schlank und wirkt sehr beweglich. Außerdem verhält sie sich wie eine Jugendliche, weil sie zum Beispiel ständig den Kopf dreht und mit so einer hohen und lebhaften Stimme spricht.

Gillian sagt: »Vielen Dank. Es ist mir eine Ehre und ein Privileg, Teil dieses Ensembles zu sein. Ich habe schon früher mit Shawn zusammengearbeitet und weiß, dass das hier richtig abenteuerlich werden wird.«

Bei Abenteuer denke ich an eine Achterbahnfahrt oder eine Runde mit einem Strand-Quad durch die Dünen. Gillian blickt jetzt zurück zur Seitenbühne. »Ich möchte euch noch ein wichtiges Mitglied unseres Ensembles vorstellen.« Und sie ruft: »Coco!«

Aus der Dunkelheit kommt ein Terrier angelaufen und steuert direkt auf sie zu! Dieser Hund sieht exakt so aus wie Toto im Film. Gillian beugt sich herunter, und der Hund springt ihr in die Arme.

Was für ein Schauspieler!

»Das«, sagt sie, »ist meine Reisebegleiterin und Bühnenpartnerin: Coco Muffat.«

Wir klatschen alle heftig Beifall. Shawn Barr will offenbar weitermachen, denn er hebt die Hände und sagt: »Okay, wunderbar. Bitte macht euch mit Gillian bekannt, sobald sich eine Gelegenheit bietet. Ihr seid sehr viele, also erwartet nicht, dass sie eure Namen alle behält.«

Gillian winkt uns zu: »Ich werde es aber versuchen!«

Shawn begibt sich (mühsam) zum Klavier. Das Donut-Plastikkissen nimmt er mit. Dann verkündet er: »Wir nehmen uns Akt I noch mal vor!«

Das heißt, wir beginnen noch mal von vorn. Das könnte er genauso gut sagen, aber auf der Bühne spricht man eine besondere Sprache. Uns hilft das, professionell zu sein.

Wir stehen um das Klavier und singen die Songs, nur übernimmt jetzt Gillian (und nicht Shawn Barr) die Rolle der Dorothy. Ich muss mich an den Unterschied gewöhnen. Sie ist gut, aber für mein Gefühl ist seine Stimme die bessere Dorothy.

Übrigens muss ich immer Coco beobachten. Sie kann einen wahnsinnig ablenken.

Der Hund in dem berühmten Film *Der Zauberer von Oz* war ein Cairn-Terrier. Das habe ich vor zwei Tagen im Internet nachgeguckt. So was gehört nicht zu den Dingen, die ich für immer behalten werde, sondern zu denen, die ich schnell wieder vergesse.

Und wenn ich es doch behalte, werde ich denken, der Hund war ein Kern-Terrier. So funktioniert mein Hirn (beziehungsweise eben nicht).

Zu Beginn der Pause höre ich, wie einer der Bühnenarbeiter erzählt, dass die Hündin eine Gage bekommt. Ich glaube nicht, dass das stimmt, aber besonders gut wird sie schon behandelt.

Kurz vor dem Ende der Pause ruft Charisse die Munchkins zusammen und hält uns einen Vortrag über Coco. Wir dürfen sie beobachten und gelegentlich vielleicht streicheln, aber nicht auf den Arm nehmen oder ausführen oder ihr Leckerbissen geben. Coco trägt eine Hundeweste, die sie zu einem »Diensthund« macht. So kann Gillian sie überallhin mitnehmen.

Ich bin froh darüber, weil ich mir Sorgen gemacht hatte, wie Shawn Barr das mit der Rolle für Toto hinkriegen würde. Coco weiß genau, was sie auf der Bühne tun muss (nämlich die meiste Zeit auf Gillians Arm verbringen).

Wenn ich nicht schon in Olive ein Vorbild hätte, würde ich alles so machen wie Gillian.

Außer Gillian lernen wir in der zweiten Probenhälfte noch einen weiteren Mitspieler kennen, den Zauberer. Er ist kein Student. Er ist ein Mann, der in einer Bank arbeitet, also ein Banker, der vermutlich unglücklich in seinem Beruf ist und jetzt hofft, in einem Theatersommer sein Glück zu finden.

Er heißt Kevin.

Er braucht nicht zu singen, weil der Zauberer von Oz das nie tut.

Kevin behauptet, er kann überhaupt nicht singen, deswegen fühle ich mich ihm gleich verbunden. Uns verbindet das fehlende Talent.

Aber Kevin sieht großartig aus. Er hat lange weiße Haare. In seiner Familie, sagt er, bekommen alle sehr früh weiße Haare. Möglicherweise sind sie mit Albert Einstein verwandt. Der hatte auch so eine weiße Mähne; allerdings kann ich ihn mir nicht hinter dem Schalter einer Bank vorstellen.

Kevin hat eine tiefe, tragende Stimme. Vielleicht hat er schon oft »Der Nächste, bitte!« gerufen. Er wird bald zweiundvierzig und ist nicht verheiratet. Das weiß ich nur, weil ich gehört habe, wie Charisse es jemandem erzählte, während ich mir die Hände wusch, nachdem ich aus Versehen eine frisch gestrichene Ecke hinter der Bühne berührt hatte. Ein Glück, dass es abwaschbare Farbe war!

Im Stück gibt es noch die beiden Hexen. Sie erscheinen erst ganz am Ende der Probe, sodass wir heute noch nicht zusammen mit ihnen singen.

Ich habe mir vorgenommen, beiden nicht zu nahe zu kommen.

Die Böse Hexe erzählt uns, dass sie auch in Wirklichkeit in ihrer Rolle bleiben wird, also sich allen gegenüber fies verhalten will. Sie heißt Kitty. Im Ernst. Das ist kein Künstlername. Sie hat, glaube ich, auch keinen Witz gemacht, als sie ankündigte, sie würde zu uns allen gemein sein. Wenn sie sagen würde, sie will nett zu uns sein, dann würde ich drüber nachdenken, ihr Hello-Kitty-Sticker oder einen Hello-Kitty-Schlüsselanhänger zu kaufen, aber so – bestimmt nicht!

Die Gute Hexe sagt nur eben Hallo und geht dann raus, um zu telefonieren. Sie heißt Dana. Im September heiratet sie und kann vielleicht deswegen an nichts anderes denken. Ich habe gehört, wie Larry Quincy erzählte, die Gute Hexe Dana hätte das Angebot für eine Rolle beim Film und wüsste nicht, wie sie die Termine unter einen Hut bringt.

Die Hexen können gut miteinander, obwohl sie im Stück keine Freundinnen sind. Sie stehen in der Pause unter den großen Bäumen vor dem Theater und quatschen. Ich habe so viel Zeit mit Piper und

Kaylee verbracht, dass ich weiß, wann sich Leute richtig gut verstehen. Diese Hexen sehen aus, als ob sie eine Menge Dinge gemeinsam hätten.

Eine Sache habe ich heute gelernt, die man nur erfährt, wenn man bei so einer Produktion mitspielt: Im wirklichen Leben hat Gillian kurze Haare, doch im Stück wird sie Zöpfe tragen, die man irgendwie an ihrem Kopf befestigt, sodass sie aussieht wie Dorothy in der Verfilmung.

Als Letztes, direkt vor dem Probenende, singt Gillian noch »Somewhere Over the Rainbow«.

Sie hat eine großartige Stimme und Tränen in den Augen, während sie das Lied singt, als ob die ganze Welt ihr zuhörte. Sie lehnt sich an den Kulissen-Zaun, den sie so gebaut haben, dass er genau in vorgebohrte Löcher im Bühnenboden passt, und schaut direkt ins Publikum.

Hinter ihr wird dann der Regenbogen aufgehen, sobald die Beleuchter das ausgetüftelt haben.

Wir sind alle ganz gerührt.

Ich habe den Eindruck, Larry und Quincy weinen sogar, als der Song zu Ende ist. Olive wirkt, als ob es ihr gefallen hätte, aber längst nicht so ergriffen wie die beiden.

Nach der Munchkin-Probe gibt es eine halbe Stunde Pause. Ich bleibe, um für meine Rolle als Fliegender Affe zu üben. Ich halte mich an Olive.

Gillian, Coco und die Hexen gehen alle, aber Olive meint, wir sollten nicht zum Kiosk gehen (oder nur in die Garderoben, wo es bequeme Sessel gibt), weil man uns vielleicht auf der Bühne braucht.

Sie hat recht.

Gianni kommt mit unserem Fluggeschirr an und erklärt, dass wir noch einiges lernen müssen und deswegen auch gleich anfangen sollten. Wir erfahren, dass es noch drei weitere Fliegende Affen geben wird, aber das sind bezahlte Schauspieler, die direkt zur ersten Vorstellung aus Cleveland kommen werden. Echte Profis. Einer davon ist der Leiter. Er heißt Nikko. Ob das der Name für die Rolle oder sein richtiger Name ist, weiß ich nicht. Nikko übernimmt alle komplizierten Manöver wie zum Beispiel das Landen direkt neben der Hexe. Wir haben als Fliegende Affen also nur Nebenrollen. Aber Olive sagt, dass wir natürlich mehr sind als bloße Statisten, was mich beruhigt.

Wir beginnen damit, dass man uns hinter den Kulissen nach oben zieht.

Gianni sagt: »Sobald ihr oben seid, lassen wir euch über die Kulissen hinweggleiten und ziehen euch über die Bühne. Es dauert ein wenig, bis man sich daran gewöhnt.«

Ich nicke, als ob man mich immer schon in einem Gurt herumgeschwenkt hätte.

Ich muss an meinen kleinen Bruder Randy denken. Er hat wirklich versucht zu fliegen. Davon hat er geträumt, oder jedenfalls hatte er es sich eingebildet. Sollte Randy nicht eher einen Fliegenden Affen spielen?

Ich schiebe den Gedanken weg. Hoffentlich taucht er nicht irgendwann später wieder auf.

Und jetzt kommt noch etwas, was ich lerne; es ist nicht ganz so wichtig, aber doch etwas Neues: Die richtige Bezeichnung für die Affen ist »Geflügelte Affen«, nicht »Fliegende Affen«.

Ich bin jetzt schließlich Expertin für all diese Dinge, also sollte ich ja wohl die richtigen Bezeichnungen verwenden. Trotzdem werde ich alle anderen »Fliegende Affen« sagen lassen, weil es nicht besonders angenehm ist, andere Menschen zu verbessern, und man sich damit am Ende nur mehr Arbeit macht.

Die übrigen Bühnentechniker sind gekommen, und wir fangen richtig an.

Diese sogenannten Technikproben müssen wir aus Sicherheitsgründen ganz langsam machen und oft wiederholen.

Das Langsammachen ist nicht meine Stärke.

Ich wiederhole auch ungern Dinge.

Und das hier habe ich heute noch gelernt:

1. Sich hochziehen zu lassen ist nicht schwierig.
2. Sich quer über die Bühne ziehen zu lassen, dabei die Arme auszustrecken und die Beinhaltung unter Kontrolle zu haben ist manchmal schwierig.
3. Am richtigen Punkt auf der Bühne zu landen ist sehr schwierig.

Das muss man üben.

Und genau das werden wir tun.

Einundzwanzig

Sobald ich zu Hause ankomme, nehme ich mir ein großes Stück von Randys Marmorkuchen. Er ist einen Tag alt, aber viele Sachen schmecken besser, wenn man sie eine Weile stehen lässt. Das ist zum Beispiel beim Mums Käsenudeln so. Und auch bei ihren Erdnussbutter-Keksen.

Ich esse vom Marmorkuchen und denke über die beiden Geschmacksrichtungen in meinem Mund nach. So unterschiedlich schmecken die Teigmischungen gar nicht. Vielleicht wäre es anders, wenn man noch Zuckerguss als dritten Geschmack zum Trennen dazugenommen hätte.

Vielleicht mag ich auch einfach nur Zuckerguss so gern.

Beim Essen denke ich dann über Gillian nach, die Dorothy ist, und Coco, die Toto ist. Dann über Kevin, den Zauberer, und Dana und Kitty, die Hexen. Über den Löwen oder den Blechmann oder die Vogelscheuche denke ich nicht nach, weil ich nur wenig mit ihnen zusammen war. Und dann kommt Gianni dran und natürlich Shawn Barr.

Ich beschließe, Mrs. Chang zu besuchen, um mit ihr über ihre Spielprobe zu reden. Es kann ja sein, dass sie ihre Meinung geändert hat und nicht mehr mitspielen will. Das passiert manchmal, wenn Menschen etwas um jeden Preis wollen und es dann plötzlich geht. Auf einmal merkt man, es war gar nicht so wichtig.

Wenn Mrs. Chang im Gurt hängt und herumfliegt, habe ich Angst, sie könnte abstürzen oder mit Olive und mir zusammenstoßen.

Ich weiß, dass sie im Chor der Smaragdstadt mitmachen und auf der Bühne singen dürfte. Dann würde sie immer noch an der Aufführung mitwirken. Das scheint mir die bessere Lösung zu sein.

Das Fluggeschirr ist wirklich nicht besonders bequem. Ich habe ihr das nicht gesagt, als Olive und Gianni dabei waren, weil ich Gianni nicht wehtun wollte.

Ich werde Randys Kuchen als Vorwand benutzen. Ich packe ihn in Butterbrotpapier und gehe die Straße runter. Dann klingle ich bei ihr. Ich glaube, Mrs. Chang steht immer hinter der Tür, weil sie wieder sofort öffnet.

Vielleicht ist sie aber auch wie Ramon und kann mich schon hören, wenn ich noch weit entfernt bin.

Darüber habe ich mal einen Vortrag gehalten. Einer der Gründe, warum Hunde Geräusche aus viermal so großer Entfernung hören wie Menschen, ist die Tatsache, dass sie achtzehn verschiedene Ohrmuskeln haben. Damit können sie die Ohren so bewegen, dass sie die Geräusche in einem günstigeren Winkel auffangen.

Ich glaube nicht, dass wir Menschen überhaupt Muskeln in den Ohrmuscheln haben. Eigentlich sind sie bei uns nur dazu da, Schmuck dran aufzuhängen und Brillenbügel zu halten. Wenn wir die Ohren bewegen könnten, wäre das doch interessant. Aber es ist vermutlich nichts, was man im Sportunterricht lernen könnte, selbst wenn man sich wahnsinnig anstrengen würde, solche Muskeln zu trainieren.

Ich halte Mrs. Chang das Stück Kuchen hin und sage: »Für Sie. Selbst gemacht.«

Dass Randy ihn gebacken hat, erkläre ich nicht weiter, weil sie ihn nicht kennt, und auch, weil er ja nicht dabei ist, um sich sein Lob abzuholen.

Es ist sicher ein gutes Zeichen, dass Mrs. Chang ihr geflügeltes Affenkostüm nicht anhat. Sie trägt eine gelbe Stretchhose und ein weißes Hemd, das ihr zu groß ist und vielleicht einmal einem Mann gehört hat. Es ist so ein Hemd, das voluminöse Männer mit einer Krawatte über der Hose tragen würden. Irgendwie sieht es gut aus an ihr.

»Komm rein, Julia!«

Wir gehen vom Eingang durch den Flur in die Küche. Ich mag die Atmosphäre hier drin. Durch die Pflanzen, die zum Trocknen von der Decke herunterhängen, und all die großen Holzschüsseln ist es gemütlich.

»Sollen wir Tee zum Kuchen trinken?«

Falls sie das Zeugs meint, das nach staubigem Grünzeug schmeckt, würde ich gern antworten: Bloß nicht! Ich bin aber lieber höflich und sage: »Wenn Sie wollen.«

Mrs. Chang geht zum Eisschrank und holt einen Krug raus. »Ich habe auch Ziegenmilch.«

Jetzt finde ich die Vorstellung vom Blumen-und-Erde-Tee auf einmal super.

Wer um alles in der Welt trinkt Ziegenmilch? Und wo kriegt man die überhaupt?

Wir waren ja Ziegen bei der Haustierparade. Aber wie man Milch von solchen Tieren kriegt, kann ich mir nicht vorstellen. Ich habe schon einige Ziegen erlebt, und die stinken wie ein ganzes Zimmer voll nasser Socken.

»Tee passt sehr gut zu Kuchen«, sage ich.

Mrs. Chang stellt den Ziegenmilchkrug zurück und bereitet den Tee zu. Dann stellt sie den Kuchen auf einen Teller und schneidet ihn sorgfältig in zwei hübsche Stücke. Ich habe meinen zwar schon zu Hause gegessen, aber das weiß sie ja nicht, und es wäre unhöflich, ihr beim Essen nur zuzuschauen.

Ich gehe davon aus, dass wir den Kuchen in der Küche essen werden, aber als der Tee fertig ist, stellt sie alles auf ein großes rotes Tablett und geht auf die Verandatür zu, die hinters Haus führt.

Ich folge ihr.

Draußen benutzt sie einen schmalen Kiesweg, der um das Haus herum verläuft. Von der Straße aus kann man nicht hinters Haus sehen. Es ist alles völlig neu für mich.

Und schon wieder kommt eine große Überraschung: Sie hat Enten!

Ich weiß, dass sich Leute Hühner halten, für die Eier. Aber Enten?

Ich schaue mich ein bisschen um und entdecke einen kleinen Teich mit Wiese und etwas Ähnliches wie eine Hundehütte aus Holz, die aber wahrscheinlich ein Entenhaus ist.

Die drei Enten, die ich sehe, sind schneeweiß.

Eine steht auf der Wiese und sucht mit ihrem grellorangenen Schnabel in der Erde nach Nahrung. Sie wirft wie verrückt Erde auf und stampft mit den großen orangefarbenen Füßen auf den Boden wie in einem Cartoon. Nur dass sie echt ist. Schnabel und Füße sind leuchtend orange wie Kürbisse.

»Das ist ja unglaublich! Sie haben Enten!«

Mrs. Chang setzt das Tablett auf einem runden Tisch mit Stühlen ab und warnt: »Gib ihnen nichts vom Kuchen!«

Ich bin sicher, die Enten verstehen Menschensprache, denn kaum hat sie diesen Satz gesagt, drehen sich alle drei um. Sie unterbrechen das, was sie vorher getan haben – zwei haben nichts getan –, und bewegen sich auf uns zu.

Das sieht komisch aus. Sie watscheln.

Mrs. Chang hebt die Hand und sagt: »Nein! Jetzt nicht!«

Die Enten hören nicht gut zu. Sie werden zwar langsamer, halten aber weiter auf uns zu. Die Köpfe ruckeln dabei sehr lustig. Wenn hier jetzt Musik liefe, würden sie bestimmt tanzen.

Mrs. Chang sieht aus wie Mrs. Vancil nach dem Mittagessen in der Schule, wenn keiner Ruhe gibt. Sie klatscht plötzlich in die Hände und sagt: »Ihr habt mich gehört. Jetzt nicht!«

Als es klatscht, bleiben die Enten stehen. Sie drängen sich zusammen. Sie bewegen sich noch, nur jetzt im Kreis.

Ich sage zu Mrs. Chang: »Ich finde Ihre Enten toll.«

»Das habe ich mir gedacht«, antwortet sie. »Wenn wir mit unserem Tee und dem Kuchen fertig sind, gebe ich dir etwas zum Füttern.«

Ich bin ganz schön aufgeregt, schlinge meinen Kuchen herunter und trinke so viel wie möglich von dem Grünzeug-Tee. Er ist besser als gestern. Komme ich etwa auf den Geschmack?

Könnte ja sein.

Ich sehe mich schon nach den Ferien in der Schulcafeteria, wie ich vor Pipers und Kaylees Augen eine Thermoskanne hervorhole und mir eine kleine Tasse von diesem grünlichen Tee einschenke. Die drehen durch!

Wegen der Enten kann ich mich kaum auf irgendetwas anderes konzentrieren und vergesse deswegen, Mrs. Chang die Spielprobe als Geflügelter Affe auszureden.

Ich frage sie: »Verlieren sie jemals Federn? Ich hätte so gern eine Entenfeder.«

»Willst du dir einen Federkiel zum Schreiben machen?«

»Nein. Die Feder wäre für mein Album über diesen Sommer. Ich mache keine Federkiele.«

Mrs. Chang versteht mich. Nur weil sie Schuhe und Hüte und Kostüme anfertigen kann, heißt das ja nicht, dass auch alle anderen handwerklich und künstlerisch begabt sind. Wenig später hat sie auch ihren Kuchen aufgegessen und geht ins Haus.

Ich bleibe draußen bei den Enten.

Kaum ist sie weg, ist es so, als ob der Aufseher den Gefängnishof verlassen hätte: Die Entengruppe löst sich auf, und die drei laufen schnurstracks auf mich zu.

Eigentlich hätte ich jetzt Angst, aber das sind Hausenten; die müssen zahm sein. Ich klatsche in die Hände wie Mrs. Chang, bloß bin ich nicht der Boss, und das wissen sie.

Im Nu sind sie um meine Füße herum und suchen nach Krümeln.

Ich sage: »Der Kuchen ist alle.«

Sie hören nicht darauf.

Jetzt, wo sie so nah sind, kann ich ihre weißen Federn sehen, die ganz kompliziert aufgebaut sind. Unvorstellbar, wie das Gehirn einer Ente es schafft, so etwas wachsen zu lassen! In der Mitte scheint die Feder aus demselben Material zu bestehen wie meine Fingernägel. Aber die übrigen Schichten sind so kunstvoll, dass ich mir plötzlich wünsche, mir würden Federn am Kopf wachsen und nicht dieser Wust von braunen Haaren.

Ein ganz kleiner Krümel muss auf meine rechte Sandale gefallen sein, weil plötzlich die größte der drei Enten auf meinen Fuß einpickt. Ich schreie auf: »Au! Hau ab!«

Die Enten laufen davon, und ich weiß nicht, wer mehr erschrocken ist – sie oder ich?

Glücklicherweise kommt Mrs. Chang den Weg entlang, die Enten sehen sie, und ich bin für sie nur noch ein Gartenmöbel. Sie watscheln zu ihr hin, ihrer Anführerin.

Nun merke ich zum ersten Mal, dass Mrs. Chang wie eine Ente angezogen ist. Sie trägt das weiße Hemd in Übergröße und die gelbe Stretchhose. Wenn die Hose leuchtend orange wäre, würde alles perfekt passen, aber sogar mit der zitronengelben Farbe wirkt sie wie die Entenmutter.

Sie redet mit ihnen. »Julia gibt euch jetzt etwas zu fressen. Und ihr seid nett zu Julia!«

Die Enten sehen verwirrt aus. Sie schauen von Mrs. Chang zurück zu mir, behalten aber in Wahrheit ihre Hände im Auge, in denen sie eine Banane, ein Bund Möhren und eine Paprika hält.

»Mögen sie das?«, frage ich.

»Ja, sehr.«

Mrs. Chang setzt sich wieder an den Gartentisch und schält die Banane. Sie hält sie mir hin.

»Du musst kleine Stückchen abbrechen. Das ist ein echter Leckerbissen für Enten.«

Das kann man allerdings behaupten!

Jetzt, wo ich die Banane in der Hand habe, rempeln sie sich untereinander an, um zu mir zu kommen. Die Banane muss viel leckerer sein als Schnecken oder was sie sonst aus der Erde zupfen.

Ich würde sie gern direkt aus meiner Hand fressen lassen, aber ich will nicht, dass sie mir einen Finger abbeißen. Deswegen werfe ich Bananenstücke auf den Boden. Sie stürzen sich darauf, und ich muss schnell Nachschub liefern, damit sie sich nicht gegenseitig attackieren.

Mrs. Chang muss zweimal klatschen und sagen: »Ruhe jetzt!«

Sie gehorchen zwar, aber nur für ein paar Augenblicke, und dann spielen sie wieder verrückt.

Nach der Banane gibt es die Möhren. Die mögen sie auch, aber nicht ganz so gern. Zum Schluss füttere ich sie mit Paprikastückchen, was okay ist, aber nicht unbedingt ihr Lieblingsfutter.

Ich hätte unheimlich gern eine Ente, aber ich bin mir ziemlich sicher, dass meine Eltern nicht dafür zu haben wären. Ich kann mir nicht vorstellen, dass sie den Garten umgraben und einen Teich mit Entenhaus anlegen würden, obwohl meine Mum alle Sachen, die man dafür bräuchte, mit Mitarbeiterrabatt in der Firma kaufen könnte.

Allerdings müssten wir mehr als eine Ente anschaffen, weil eine einzelne sehr einsam wäre. Die Enten werden offensichtlich richtig gern in einer Gruppe herumgeschubst.

Diese Enten haben Namen, aber chinesische Namen, die aus meinem Kopf herausschwirren, sobald ich sie von Mrs. Chang gehört habe. Natürlich tragen sie keine Halsbänder mit Namensschildern, obwohl das sicher niedlich aussehen würde.

Als die Enten kapiert haben, dass die Fütterung vorbei ist, watscheln sie zum Teich und paddeln dann ziemlich hektisch im Wasser rum.

Ich bilde mir das ja vielleicht ein, aber sie scheinen zu wissen, dass wir sie beobachten.

Und sie sehen so glücklich aus.

Zweiundzwanzig

Ich habe ab jetzt täglich zwei Proben, und das bedeutet, wir müssen unsere »Logistik« ändern, wie Mum immer sagt. Sie hat nur eine Pause in der Arbeit, und in der hat sie uns bisher abgeholt.

Randy schlägt vor, während der zweiten Probe einfach im Theater zu bleiben, damit Mum und Dad nur einmal fahren müssen, aber ich widerspreche ein bisschen sehr laut: »Nein. Shawn Barr sagt, er braucht geschlossene Proben, und du bist nur ein Munchkin!«

Gleich darauf bekomme ich ein schlechtes Gewissen, besonders als ich sehe, wie Randy den Boden vor seinen Füßen studiert, als ob er da etwas ganz Wichtiges entdeckt hätte.

Ich habe ihm wehgetan.

Ich denke nur an mich und nicht an Randy oder Mum und die Extrafahrten.

Trotzdem entschuldige ich mich nicht und biete auch nicht an zu fragen, ob Randy bleiben könnte. Ich will bei der zweiten Probe das einzige Kind unter Erwachsenen sein, und dafür bin ich eben notfalls egoistisch.

Ich warte.

Meine Mutter schweigt.

Randy schweigt.

Dann sage ich, etwas friedlicher: »Mum, ich kann ja mal fragen, ob Olive mich heimfahren könnte. Dann müsstet ihr nicht zweimal zum Theater.«

Ich hoffe, das klingt versöhnlich. Dabei denke ich in Wahrheit noch mehr an mich, weil ich mir vorstelle, wie lustig es mit Olive zusammen im Auto sein könnte!

Ich lächle Mum an. Dabei bemühe ich mich, so zu strahlen, dass mir die Lippen fast an den Zähnen festkleben. Es gibt Fotos von mir, wo ich das mache. Es sieht nicht besonders gut aus. Ich muss noch üben, damit das lockerer wird und echter aussieht. Ich versuche, die Tricks anzuwenden, die Shawn Barr uns beibringt: wir sollen spüren, wie ein Gefühl von innen kommt.

Allerdings bin ich ziemlich sicher, dass bei mir gerade bloß Schuldgefühle von innen kommen.

»Also«, sagt Mum, »im Gartencenter haben wir zurzeit viel Arbeit, und ich kann es mir tatsächlich nicht leisten, so viele Pausen zu machen.«

Ich antworte: »Natürlich nicht. Ich schau mal, was ich tun kann.«

Mum blickt mich an; mir ist das ziemlich unangenehm. Sie schafft es immer, mich zu durchschauen, und mein falsches Lächeln kann ich auch nicht länger aufrechterhalten.

Dann kommt mir eine neue Idee. »Mrs. Chang macht vielleicht bei der Aufführung mit. Bestimmt könnte ich mit ihr nach Hause fahren.«

Diese Idee gefällt meiner Mutter auf Anhieb, das kann ich ihr ansehen.

»Mrs. Chang spielt mit?«

Randy blickt vom Boden auf. Wenn er gekränkt war, zeigt er es jetzt nicht mehr. »Sie ist zu groß für einen Munchkin«, sagt er.

Ich erkläre das mit der Spielprobe für den Geflügelten Affen und auch, dass Mrs. Chang (hoffentlich) noch mehr Kostüme anfertigt, dass sie eine gute Autofahrerin ist und schließlich auch in unserer Straße wohnt.

Meine Mum hält es für die perfekte Lösung. »Möglicherweise muss sie schon früher hin – zum Beispiel wegen der Kostüme. Dann könnte sie euch beide vielleicht schon zur Probe fahren. Und euer Vater könnte auf dem Heimweg von der Arbeit einen Schlenker machen und Randy mitnehmen. Ich müsste dann gar nicht mehr hin!«

Das ist mal wieder typisch. »Reich ihnen den kleinen Finger, und sie nehmen die ganze Hand.« Aber eigentlich ist das auch wieder so ein blöder Spruch. Wer gibt schon jemandem seinen kleinen Finger? Und wer würde ihn überhaupt haben wollen? Und dann erst die ganze Hand! Also, darüber mag ich gar nicht nachdenken!

Egal. Ich werde Mrs. Chang bestimmt nicht darum bitten, uns hinzufahren, auch wenn ich jetzt nicke, als ob ich mir das vorgenommen hätte.

Ich gehe aus der Küche in mein Zimmer, um weiter an meinem Album zu basteln. Von Mrs. Chang habe ich weiße Entenfedern bekommen, die ich jetzt auf eine Extraseite klebe.

Einige Zeit später bin ich wieder in der Küche und esse acht Aprikosen. Wahrscheinlich kriege ich Bauchschmerzen davon, aber ich kann mich nicht beherrschen. Wenn Aprikosen in der Nähe sind, vergesse ich mich. Gott sei Dank gibt's die bei uns zu Hause nur im Sommer. Ich habe ein schlechtes Gewissen den anderen gegenüber, weil ich die ganze Schüssel leer gemacht habe.

Das Sandwich, das Mum für mich geschmiert hat, lasse ich liegen, aber zum Glück hat Randy seins aufgegessen und nimmt gern auch noch meins. Dann kriege ich wenigstens nicht geschimpft, weil ich Essen verschwende. In Mums Augen gibt es nichts Schlimmeres.

Mord wäre wahrscheinlich schlimmer, doch sie hält die Verschwendung von Essen bestimmt für den ersten Schritt zu einer Karriere als Gewaltverbrecher.

Nach zwei Stunden kommt Mum aus der Arbeit, um uns zur Probe zu bringen. Sie bemerkt zwar die fehlenden Aprikosen, glaubt aber, Randy und ich hätten jeder vier Stück gegessen. Ich sage nichts dazu.

Im Theater vergesse ich mehr oder weniger, wegen meiner Heimfahrt und auch wegen Randy zu fragen. Olive ist schon da und schaut ständig in alle Richtungen.

Ich glaube, sie hält Ausschau nach Gianni.

Er ist aber nicht im Theater. Zumindest nicht auf der Bühne.

Wenn Shawn Barr die Proben leitet, geht die Zeit wie im Flug vorbei, weil er uns ständig auf Trab hält, und auch, weil er immer wieder zeigt, wie wir uns verbessern können.

Ich habe den Eindruck, wenn er da ist, hören alle ganz aufmerksam zu. Wir sind wie die Enten, wenn Mrs. Chang in die Hände klatscht. Wir wissen, wer der Boss ist.

Heute ist der Tag, an dem Mrs. Chang kommen und das Fluggeschirr ausprobieren soll. Ich bin schon wahnsinnig aufgeregt.

Randy hat inzwischen selbst eine Mitfahrgelegenheit organisiert, mit einem Jungen namens Gene, sodass ich mir darum keine Sorgen machen muss (was ich sowieso nicht getan habe). Hoffentlich kommt Randy nicht auf die Idee, ich hätte ihn nicht lieb. Das stimmt nämlich nicht. Es ist einfach so, dass ich keine bin, die viele Dinge gleichzeitig im Kopf behalten kann, wie zum Beispiel den Hol-und-Bring-Plan für uns alle während der Proben.

Vielleicht bedeutet das, dass ich mal eine lausige Mutter werde. Denn zu guten Eltern gehört, dass sie an viele Sachen gleichzeitig denken. Jedenfalls hat Mum so etwas mal zu Dad gesagt, als er vergessen hatte, Tim vom Sportverein abzuholen.

Olive und ich sitzen am Bühnenrand und lassen die Beine baumeln. Wir sind gleich groß, aber meine Beine sind länger.

Vielleicht denkt Olive gerade darüber nach, dass sie nicht großgewachsen ist, denn sie sagt: »Vergiss nicht: Charlotte Brontë war nur eins fünfundfünfzig groß.«

»Nein, mach ich nicht«, sage ich.

Aber die Frage »Wer ist Charlotte Brontë?«, die stelle ich nicht.

In unserer Schule gibt es eine Menge Mädchen, die Charlotte

heißen, aber ich weiß von keiner mit dem Nachnamen Brontë. Was mich allerdings nicht davon abhält, feierlich zu verkünden: »Charlotte Brontë hat sich nie etwas gefallen lassen.«

Glücklicherweise denkt Olive schon nicht mehr an diese Brontë-Person.

Sie sagt: »Queen Victoria kam auch nur ganz knapp über einen Meter fünfzig.«

Ich nicke. Von Queen Victoria habe ich schon mal gehört, aber ich weiß nichts über sie.

Dann sagt Olive auf einmal mit starkem britischen Akzent: »We are not amused.«

Ich wiederhole: »No, we are not amused!«

Olive fängt an zu kichern.

Darauf sage ich den Satz noch einmal und versuche, Olives Akzent ganz genau nachzumachen: We are not amused. Ich bin selbst verblüfft, wie gut es mir gelingt.

»Du kannst ganz ausgezeichnet imitieren. Das ist eine echte Begabung. Die solltest du pflegen.«

Bisher habe ich das eher nicht als eine besondere Leistung betrachtet. Ich kann Grandma Däumling zum Lachen bringen, indem ich die Stimmen meiner Brüder nachmache. Ich bin sehr glücklich, dass Olive das so toll findet, denn bis jetzt habe ich meine echte Begabung noch nicht entdeckt.

Während ich mit den Füßen baumle, geht die hintere Tür des Theaters auf, und Mrs. Chang kommt herein. Sie trägt ihr selbst gemachtes Affenkostüm, aber jetzt hat sie auch ein Affengesicht. Es ist so echt, dass ich im ersten Moment unsicher bin, ob sie es wirklich ist.

Sie hat eine Art Maske aufgetragen, und die Augen, die man sieht, sind schon ihre, aber Nase und Mund und die ganze Gesichtsform sehen exakt wie bei einem Affen aus.

Ich starre sie mit großen Augen an.

Olive ebenso.

Dann ist ihre Stimme zu hören: »Hallo, Julia. Hi, Olive.«

Es ist geradezu unheimlich: Je näher sie kommt, desto realistischer wirkt sie!

Ich rufe: »Mrs. Chang! Sie machen mir Angst!«

Und sie ruft zurück: »So ist es gedacht.«

Ich frage: »Woher haben Sie das Affengesicht?«

»Mein Freund Stan. Es besteht aus Mastix. Er hat früher in Kalifornien bei Knott's gearbeitet, für die Halloweenfeste.«

Keine Ahnung, wovon sie spricht, aber ich nicke und sage: »Stan ist unser Mann.«

Mrs. Chang ergänzt: »Er wird noch besser, wenn er neues Material hat. Diesmal hat er nur genommen, was in seiner Garage herumlag.«

Ich frage mich, wo dieser Stan lebt und wie es in seiner Garage aussieht. Außerdem überlege ich, ob Stan so ein Make-up auch für mich machen könnte; ich bin ja auch Affe.

Alles ist so aufregend!

Mrs. Chang setzt sich neben mich auf einen Klappstuhl, und dann taucht Gianni auf. Er hat Fluggurte dabei. Hinter ihm folgt einer der Bühnenarbeiter, Peanut heißt er, glaube ich.

Auf der Schulter balanciert er so eine Art zusammengerollter Matratze, die er auf dem Bühnenboden ausbreitet. Das sieht jetzt aus wie ein gemütliches Plätzchen für ein Nickerchen.

Olive springt auf.

Ich tue, was sie tut, weil sie mein Vorbild ist.

»Hey, Gianni«, sagt sie mit einem ziemlich kessen Lächeln.

»Hey, Gianni«, sage ich mit einer Stimme, die fast genauso klingt wie sie.

Gianni muss lachen, und Mrs. Chang lächelt. Olive dreht sich zu mir um und sieht mich nicht gerade freundlich an. Sie flüstert: »Äff mich nicht nach!«

Eben hatte ich noch eine große Begabung, und jetzt ist es offenbar etwas Schlechtes.

Natürlich will ich Olive nicht wütend machen. Ich gehe zu Mrs. Chang und frage, mit meiner eigenen Stimme: »Sind Sie bereit für ein bisschen Arbeit am Seil?«

Das erinnert alle daran, warum wir hier sind, und keiner denkt mehr über meine Fähigkeiten als Stimmen-Imitator nach.

Olive hat mir verziehen, das sehe ich. Oder sie ist einfach glücklich, dass Gianni jetzt neben ihr steht.

Er wendet sich Mrs. Chang zu und sagt: »Ihre Gesichtsmaske ist erste Klasse.«

Mrs. Chang nickt: »Sie ist von Stan. Der ist Profi.«

»Das ist nicht zu übersehen«, erwidert Gianni.

Und dann kommt Shawn Barr mit kleinen Schritten auf die Bühne und ruft: »Wie ich sehe, haben wir heute eine erfahrene Darstellerin unter uns.«

Damit meint er Mrs. Chang.

Er weiß zwar nicht, ob sie schauspielern kann, aber vermutlich kann er einiges aus ihrem Kostüm und dem Make-up schließen. Er watschelt wie ein Pinguin.

»Ich hatte einen Bühnenunfall und bin noch ein Rehabilitationsfall. Normalerweise bewege ich mich anders. Ich heiße Shawn Barr. Es freut mich, Ihre Bekanntschaft zu machen.«

Mrs. Chang streckt die Hand aus, die in einer Art grauem Handschuh steckt, der bis zum Oberarm reicht. Der Arm ist mit einem Fellimitat bedeckt. Shawn Barr schüttelt ihr nicht die Hand, sondern beugt sich herunter und gibt dem Handschuh einen angedeuteten Handkuss.

Das ist nicht Shawn Barr, wie ich ihn kenne.

Sie sagt: »Yan Chang. Sehr erfreut.«

Und er: »Das Vergnügen ist ganz meinerseits.«

Man kann nicht sehen, wie alt Mrs. Chang ist, wenn sie in dem Kostüm des Geflügelten Affen steckt. Vielleicht ist das ihre Art, mit dem Problem von Alter und Diskriminierung umzugehen.

Mein Eindruck ist, Mrs. Chang und Shawn Barr werden gut miteinander auskommen.

Als Nächstes hilft Gianni Mrs. Chang ins Fluggeschirr. Die beiden anderen Techniker für die Seilzüge sind inzwischen auch da, und nun wird Mrs. Chang hochgezogen, direkt über der »Fallschutzmatte« – inzwischen weiß ich, dass das der Fachausdruck ist.

Sie wollen wohl kein Risiko eingehen.

Grandma Däumling sagt, Ehrgeiz ist gut, wenn man Tischtennis spielt oder Eishockey, aber weniger gut in anderen Lebensbereichen. Sie hat mir erklärt, Erwachsene mit übergroßem Ehrgeiz wären Idioten. Sie meint, dass auch Kinder zu ehrgeizig (und idiotisch) sein können.

Es ist schwer zu unterscheiden zwischen dem, was man sich selbst wünscht und was man anderen Menschen wünscht. Ich beobachte Mrs. Chang und hoffe, dass sie es hinkriegt. Aber sobald sie in der Luft ist, habe ich ein seltsames Gefühl im Bauch.

Auf jeden Fall ist sie gut genug für einen Geflügelten Affen, das steht fest.

Ich würde nicht behaupten, dass sie viel besser ist als ich oder Olive.

Nicht, dass ich mit Mrs. Chang konkurrieren wollte; ich will gar nicht werten. Ich muss allerdings zugeben, dass man ihr nicht beibringen muss, wie man landet und den Landepunkt auch trifft, während ich daran noch arbeite.

Shawn Barr freut sich sehr, als Mrs. Chang zusagt, die Kostüme für die Geflügelten Affen zu machen und in der Show aufzutreten. Die übrigen Affen aus Cleveland haben ihre Maße bereits geschickt, und auch deren Kostüme will sie anfertigen.

Nicht lange danach sind wir beide zusammen auf der Heimfahrt. Ich hatte erwartet, Mrs. Chang würde einen ganz besonderen Wagen haben, weil bei ihr alles anders ist, doch sie hat ein völlig normales silberfarbenes Auto mit grauen Sitzen.

Es ist aber ein Riesenspaß, mit jemandem im Auto zu sitzen, der als Geflügelter Affe verkleidet ist. An den Ampeln hupen die Leute oder winken uns zu. Ich fühle mich, als ob ich auf einer Parade mit dem Rodeo-Gewinner zusammen unterwegs wäre oder mit dieser Sportlerin aus unserer Stadt, die es als Langstreckenläuferin bis zu den Olympischen Spielen geschafft hat. Ich kriege das Lächeln mit ab, das eigentlich jemand anderem gilt, und das ist ein gutes Gefühl.

Zu Hause habe ich dann ein ungutes Gefühl, weil ich diese Erfahrung nicht mit Randy geteilt habe; er hätte es toll gefunden. Andererseits ist er ganz begeistert von seinem neuen Freund Gene. Sie wussten wohl nicht, wie viel sie gemeinsam hatten, bis Genes Mutter Randy nach Hause brachte. Auf der Fahrt haben sie sich köstlich amüsiert und sind sogar bei Bertie's Farm ausgestiegen, um Erdbeer-Milchshakes zu holen.

Alles hängt irgendwie zusammen. Es war nicht meine Absicht, Randy zu einem neuen Freund zu verhelfen. Ich war egoistisch, aber trotzdem ist etwas Gutes dabei rausgekommen.

In Zukunft wird Mrs. Chang mich immer nach den Proben mitnehmen und Randy immer mit Gene fahren.

Ich will daraus nicht den Schluss ziehen, dass es gut ist, nur an sich selbst zu denken, doch heute war es so.

Mum kommt heim und fühlt sich prima, weil sie an diesem Tag nicht extra fahren musste und in der Arbeit alles erledigen konnte. Dad hält eine Überraschung für uns bereit: Er hat Pizza beim Italiener besorgt. So etwas essen wir nicht besonders oft, weil wir versuchen, uns gesund zu ernähren – leider!

Wenn's nach mir ginge, würde es jeden Tag Pizza geben.

Ramon aß gern den knusprigen Rand, für ihn hätte es auch jeden Tag Pizza geben können.

Nach allem, was heute war, bin ich so müde, dass ich ganz früh ins Bett gehe. Nicht mal die Zähne putze ich mir. Schlechte Mundhygiene!

Heute sind so viele gute Sachen passiert – Mrs. Chang nimmt an der Aufführung teil, Randy hat einen neuen Freund gefunden, und Dad hat Pizza Bolognese mitgebracht –, und trotzdem vermisse ich Ramon, als ich unter die Bettdecke schlüpfe. Er schlief immer so gut. Nach sieben Uhr abends war er weggepennt.

Ich lege den geschnitzten Ramon und sein Halsband auf meine Bettdecke.

Mein Dad hat mal gesagt, es hätte nichts mit Großzügigkeit zu tun, etwas herzugeben, was man gar nicht haben möchte, sondern nur, wenn man es am liebsten selbst behalten würde. Wenn man also sein Thunfisch-Sandwich in der Pause gar nicht essen möchte und man es stattdessen einem anderen Kind anbietet, dann ist man nicht großzügig.

Vielleicht gehört man sogar zu den Menschen, die den Geruch von Thunfisch nicht ausstehen können.

Wenn man dagegen seinem Freund die Schokolade überlässt, weil man weiß, dass er sich darüber freut, dann war man wirklich großzügig.

Zu den wertvollsten Dingen, die man verschenken kann, sagt Dad, gehört Zeit. Er hat sehr viel zu tun; vielleicht sagt er es deshalb. Ich habe aber auch Olive gefragt, und sie hat mir erklärt, das würde noch eher zutreffen, je älter man ist. Ich nehme mal an, weil einem die Zeit ausgeht und sie dadurch immer wichtiger wird.

Anscheinend mögen alle Leute Geld; es ist also großzügig, Geld zu verschenken, außer man hat so viel, dass man gar nicht bemerkt, dass einem was fehlt. Dann wäre ein Geldgeschenk vielleicht bloße Angeberei.

Jetzt überlege ich mir, was für ein großzügiger Mensch ich wäre, wenn ich den geschnitzten Ramon verschenken würde. Oder sein Halsband.

Die Augen fallen mir zu. Beim Einschlafen spüre ich den Holz-Ramon neben mir, aber irgendwie verwandelt er sich in meinen echten Hund, der jetzt im Fluggeschirr sitzt.

Wir steigen beide in die Luft und werden an Drahtseilen aus dem Fenster gezogen. Als wir nach oben schauen, erkennen wir, dass die Seile um die Sterne geschlungen sind. Es zieht uns immer höher in die dunkelblaue Nacht. Bald gleiten wir am Himmel über die ganze Stadt hinweg. Wir blicken auf Straßen und Baumkronen hinab und sehen die Lichter der Ampeln und Wohnungen.

Wir fliegen vorbei am *Motel zur Bucht* aus den 50er-Jahren, und der smaragdgrüne Pool leuchtet zu uns herauf.

Wir steigen immer höher und schweben mühelos dahin auf unsichtbaren Schwingen.

Genauso fühlt es sich an, wenn man jemanden lieb hat.

Und dann, als ich die Augen öffne, kommt das Morgenlicht durchs Fenster. Mein Kissen ist warm.

Der Holz-Ramon und sein Halsband liegen wieder an ihrem gewohnten Platz auf dem Nachttisch.

Mum und Dad sind gestern bestimmt noch mal ins Zimmer gekommen, haben mir einen Gutenachtkuss gegeben und ein bisschen aufgeräumt.

Dreiundzwanzig

Als ich heute zu Beginn der zweiten Probe Shawn Barr und Mrs. Chang erzähle, was ich über Frank L. Baum herausgefunden habe, lächeln beide ganz glücklich.

»Er lebte vor ganz, ganz langer Zeit«, erkläre ich, »aber er hatte eine enorme Vorstellungskraft. Er hat Geschichten mit Erfindungen geschrieben, die heute so was wären wie Mobiltelefone oder Fernsehgeräte.«

Ich habe diesen Satz direkt aus Wikipedia auswendig gelernt.

Shawn Barr sagt: »Stimmt das? Wirklich?«

Ich nicke. Ein Glück, dass er nichts Genaueres herausfinden will, weil ich nicht weiß, in welchen der Geschichten solche Erfindungen stecken. Ich muss jetzt von den echten Fakten über L. Frank Baum ablenken und schiebe deswegen noch einen Satz hinterher: »Ich lerne mehr, wenn ich die Sachen selbst nachschaue.«

Das gefällt Mrs. Chang: »Wir lernen alle mehr, wenn wir uns für die Sachen interessieren.«

»Was zählt«, sagt Shawn Barr, »ist das, was man lernt, nachdem man glaubt, alles zu wissen.«

Mir fällt kein weiterer kluger Spruch zum Thema »Lernen« ein. Also sage ich: »Es ist auch wichtig zu lernen, wann man am besten nichts sagt.«

Diese Regel gefällt Shawn Barr und Mrs. Chang am besten.

Ach, übrigens: Was ich in diesem Sommer bisher vor allem gelernt habe, ist nicht das Singen oder das Tanzen oder die Markierungen auf dem Bühnenboden zu beachten. Es ist nicht, wie ich den ganzen Körper anspannen und die Arme gestreckt halten kann, wenn ich im Fluggeschirr bin. Es ist nicht, wie ich bei der Musik auf den richtigen Einsatz achten oder den genauen Zeitpunkt für den Auftritt bei der ersten Musiknummer abpassen kann.

Nein. Was ich hauptsächlich gelernt habe, ist, wie man mit Studenten abhängt.

Studenten sind wirklich lustig.

Sie machen nicht nur im Stück mit. Sie erledigen alle möglichen Jobs hier, und es gibt viel zu tun. Es gibt eine Theaterkasse, an der einer die Karten verkauft. Es gibt die Beleuchter, die Bühnenarbeiter und die, die auf dem Schnürboden helfen. Es gibt Extrateams für Frisuren, Make-up und fürs Bühnenbild. Aber alle reden einfach von »unseren Truppen«.

Wir alle sind Theaterleute!

Die Kunststudenten tragen Overalls, und ihre Schuhe sind übersät mit Farbklecksen. Ich selbst mag keine Tattoos, aber Kunststudenten lieben sie. Sie mögen auch goldene Ohrringe, Schals und Hüte.

Und noch etwas weiß ich jetzt: Chips mit Salsa kann man zu jeder Tages- und Nachtzeit essen. Studenten essen Chips mit scharfer Salsasoße sogar zum Frühstück. Außerdem lieben sie Donuts und Kaffee und Frühlingsrollen und Pfefferminztabletten.

Ich glaube, diese Leute fühlen sich frei, weil die Eltern ihnen nicht ständig sagen, was sie zu tun haben, aber wie richtige Erwachsene sind sie auch nicht, denn sie haben keine Chefs, falls man die Professoren nicht dafür hält.

Und ein Lehrer ist eben kein Chef. Ein Lehrer ist ein Helfer, der in meinem Leben eine Bedeutung hat, der mich aber nicht zwingen kann, mein Bett zu machen oder Fischstäbchen zu essen, auch wenn ich sie nicht mag.

Inzwischen gehe ich seit zwei Wochen zu beiden Proben, und ich habe zu viel zu tun, um noch an irgendetwas anderes zu denken, wie zum Beispiel mein Album oder einen Brief an Piper. Ich denke auch weniger an Ramon und habe deswegen ein bisschen ein schlechtes Gewissen. Aber wenn ich jetzt zu Hause auf seinen leeren Lieblingsplatz vor dem Kühlschrank gucke, erwarte ich nicht mehr automatisch, ihn dort zu sehen.

Vielleicht komme ich mit den leeren Plätzen besser zurecht, weil ich mich langsam daran gewöhne. Oder dieser Raum wird von den vielen neuen Dingen in meinem Leben ausgefüllt.

Eine Sache ist allerdings gar nicht gut: Olive ist nicht mehr so glücklich, wie sie war, bevor Gillian und Coco dazukamen.

Ich finde ja, Olive und Gillian könnten gute Freundinnen sein; doch sie haben ein großes Problem, und das ist Gianni.

Sie mögen ihn beide.

Ich bin natürlich nur ein Kind, das noch keinen Freund gehabt hat. Also habe ich auch keine eigene Erfahrung damit, wie man solche Probleme löst. In der Schule gibt es andere Mädchen außer mir, und vielleicht waren wir in denselben Jungen aus unserer Klasse verliebt, aber woher soll ich das wissen?

Stephen Boyd wusste ja auch nicht, dass ich an ihn dachte, wenn ich mich im Unterricht langweilte.

Wenn man älter wird, ist es anders.

Nach dem, was ich so mitkriege, bringen diese starken Gefühle die Leute dazu, sich verrückt aufzuführen. Die Erwachsenen meinen immer, Kinder brauchen Regeln. Wir sollen uns melden, uns in einer Reihe aufstellen und warten, bis wir aufgerufen werden. Wenn ich aber jetzt beobachte, wie Erwachsene völlig außer Kontrolle geraten können, dann wäre es nicht so schlecht, sie hätten auch für sich ein paar Regeln.

Ich habe schon gemerkt, dass es in fast jedem Song, den man hört, um diese Gefühlsprobleme geht – dieses »sich verlieben«.

Die Leute sagen wirklich immer: »Ich habe mich verliebt«, nicht

»Ich liebe …«. Oder sie sagen »Ich habe mich verguckt« oder sogar – wenn es ganz plötzlich kommt – »Ich habe mich verknallt«. Das klingt so, wie wenn man sagt: »Ich habe mich verirrt« oder »Ich habe mich verfahren« oder »Ich habe mich vertan«. Bei diesen »ver«-Wörtern geht immer irgendwas daneben.

Und mit den dreien ist auch was danebengegangen. Was ich weiß, ist Folgendes: Bevor Gillian kam, sind Gianni und Olive zum Essen ausgegangen. Sie waren zusammen im Kino. Und sie sind zusammen Kanu gefahren.

Ich glaube, die gemeinsame Kanufahrt war das Beste, weil ein Junge und ein Mädchen nur dann zusammen in ein Kanu steigen, wenn sie sich mögen.

Ich wusste das nicht, bis Olive es mir erzählt hat.

Keine Ahnung, ob das auch bei einem Ruderboot oder einem Motorboot so gewesen wäre. Ich hätte sie das gefragt, nur dass ich zu dem Zeitpunkt noch gar nicht an solche Fragen gedacht habe.

»Wir haben ein Kanu gemietet«, hat Olive erzählt, »und sind den Fluss runtergepaddelt, und die Sonne ging unter, und es war so romantisch.«

Ich konnte mir das alles ausmalen, bis auf das mit dem »romantisch«. Das verstehe ich immer noch nicht. Für mich waren das einfach zwei Leute in einem gemieteten Kanu. Was mir in diesem Zusammenhang einfällt, hat mit Schwimmwesten zu tun und damit, dass man nass wird, ob man will oder nicht. Ich habe auch schon gemerkt, dass Paddeln nur beim Zuschauen toll ist, nicht, wenn man es selbst machen muss. Dann ist es so was wie Laub zusammenharken – viel Arbeit und hinterher Schmerzen in Nacken und Oberarmen.

Vermutlich bin ich nicht die geborene Kanufahrerin.

Um auf Olive und Gianni zurückzukommen: Nach der Probe, am Tag, als Gianni und Gillian sich begrüßten, hat Olive sie beobachtet.

Gianni hätte sofort sein Haargummi aus dem Dutt genommen, und dann hätten die beiden sich umarmt. Dabei sahen sie sich zum ersten Mal. Die kannten sich überhaupt nicht.

Hier im Theater habe ich erfahren, dass wir unsere Gefühle zeigen können. Alles ist größer als im normalen Leben. Deswegen umarmt man sich so viel und lacht wohl manchmal zu laut.

Olive gefiel diese erste Umarmung zwischen Gillian und Gianni nicht. Sie hat etwas geahnt. Gianni und Gillian redeten viel miteinander. Ich nehme an, sie kennen Leute aus verschiedenen Produktionen, die woanders stattfinden.

Shawn Barr hat natürlich auch überall Theaterfreunde. Aber wir hier nicht.

Kann sein, dass Gianni und Gillian sich deswegen besonders verbunden fühlen.

Als Olive und ich uns am Tag von Gillians Ankunft am Snackwagen was zu trinken holten, sagte Olive: »Eifersucht ist ein Gift, das man täglich trinkt.«

Ich schaute daraufhin tief in meinen geeisten Kaffee – koffeinfrei –, weil ich dachte, sie redete über den Getränkeverkäufer. Er hört nämlich nie genau zu und bringt ständig unsere Bestellungen durcheinander.

Von wegen. Olive redete über ihre Gefühle wegen dem, was zwischen Gillian und Gianni ablief.

Und wirklich! Sie hatte recht, denn nur drei Tage später erzählte Gillian, dass sie mit Gianni Kanufahren war!

Dieser Probentag war schrecklich.

Wenn ich ein besserer Mensch wäre, wäre ich lieber nicht an diesem ganzen Drama beteiligt.

Das ist jetzt die erste Redensart, die bei mir auch im wirklichen Leben funktioniert, weil ich im Fachbereich Dramatisches Gestalten an der Universität in einem musikalischen Drama für das Sommertheater-Festival mitspiele und wir jetzt unser eigenes Drama haben.

Natürlich bin ich daher heftig an diesem ganzen Drama beteiligt.

Ich habe ein schlechtes Gewissen dabei, aber ich sehe echt gern Erwachsene in Aktion.

Olive sagt, wir müssen uns auf unser Spiel konzentrieren und dass nichts anderes zählt. Doch ich weiß, innerlich ist sie ganz traurig.

Wenn unser Teil der Show mit den Geflügelten Affen vorbei ist, dürfen wir heim. Olive geht dann immer. Aber Mrs. Chang bleibt und sitzt eine Weile mit Shawn Barr zusammen, also mache ich das auch.

Ich bemühe mich stillzuhalten und ihnen einfach zuzuhören.

Ihre Unterhaltung dreht sich fast immer um die Show. Mrs. Chang weiß viel. Sie sagt mir, ich soll auf die kleinen Dinge achten, um daraus zu lernen. Die auffälligen Sachen bekommt jeder mit, zum Beispiel, wenn ein Darsteller eine Textzeile vergisst oder auf der Bühne in die falsche Richtung geht.

Ich übe, mir im Kopf ein Bild vom Bühnengeschehen zu machen, und lasse mich dabei möglichst nicht ablenken. Das ist schwer, wenn man etwas so oft gesehen hat. Man weiß schon im Voraus, was passiert, und ist nie überrascht.

So langsam lerne ich aber, alles jedes Mal neu wahrzunehmen. Ich konzentriere mich wirklich. Als Erstes fällt mir auf, dass die Lichter auf der rechten Bühnenseite nicht so hell leuchten wie am Vortag, was daran liegt, dass eine Birne durchgebrannt ist.

Eines Tages bemerke ich, dass bei dem Song in der Smaragdstadt alle zu dicht beieinanderstehen und sich lockerer anordnen müssten, damit die Bühne ganz ausgefüllt wird.

Ein andermal kann ich hören, dass jemand zu laut singt, sodass sich die Stimme nicht richtig in den Chor einfügt.

Anfangs sage ich nichts dazu, aber Shawn Barr erklärt: »Baby, ich möchte, dass du uns mitteilst, was du siehst. Du bist ein zusätzliches

Augenpaar. Und deine Augen nehmen mehr Einzelheiten wahr als meine. Ich bin ein alternder Jünger der Thespis mit beginnender Makuladegeneration.«

Ich weiß nicht, was das bedeutet, vergesse aber, Mrs. Chang danach zu fragen.

Wahrscheinlich meint er damit, dass ältere Leute ihre Brille öfter tragen sollten. Oder er will mir nur deutlich machen, dass er aus einer anderen Generation kommt, was ich natürlich längst weiß.

Inzwischen dreht sich Shawn Barr immer mal wieder zu Mrs. Chang und mir um und fragt: »Und wie habt ihr das gesehen?« Und wenn ich etwas gesehen habe, sage ich es ihm.

Das Tolle ist, dass Shawn Barr immer neue Wege findet, um die Aufführung zu verbessern. Er weiß Sachen, mit denen er Gillian und Joe, der Vogelscheuche, und Ryan, dem Löwen, und Ahmet, dem Blechmann, bei ihrem Spiel helfen kann.

Ich glaube, die Hexen mag er besonders gern. Besonders Kitty. Er geht oft zu ihr hin und flüstert ihr etwas ins Ohr. Ich weiß nicht, was er ihr dann sagt, aber sie ist sehr, sehr, sehr gruselig, und das holt bestimmt er aus ihr raus.

Ich wünschte, ich hätte einen Regisseur in der Schule.

In der Geschichtsstunde bei Mrs. Vancil mussten wir vor der Klasse stehen und einzelne Aspekte des Bürgerkriegs erklären. Es wäre besser gewesen, wenn Shawn Barr dabei gewesen wäre, weil er dann zu mir gesagt hätte: »Langsam, Baby! Du bist viel zu schnell.« Und dann hätte er wahrscheinlich noch hinzugefügt: »Sprich lauter, man muss dich auch in der letzten Reihe hören. Aber nicht brüllen, sondern die Stimme vom Atemstrom tragen lassen!«

Wahrscheinlich würde er mich auch ermahnen, nicht immer mit meinen Haaren rumzuspielen. Das tue ich nämlich, wenn ich nervös bin. Mit Shawn Barrs Unterstützung hätten meine Mitschüler sicher mehr über Mary Todd Lincoln gelernt.

Vierundzwanzig

Die Premiere rückt näher, weswegen wir jetzt mit langen Proben beginnen, also ohne Neuanfänge und Wiederholungen. Man nennt das einen Durchlauf.

Die zweite große Neuigkeit: Heute ist zum ersten Mal das Orchester dabei. Ich bin es so gewöhnt, nur das Klavier zu hören, während ich singe, dass mich das ziemlich ablenkt.

Allerdings muss ich auch sagen, dass diese Leute wirklich beeindruckend sind. Auf dem Papier finden sie ihre gemeinsame Sprache, nämlich die Noten. Ich werde nie verstehen, wie sie schwarze Punkte auf einem Blatt anstarren und daraus alle denselben Song ablesen können. Bei Mrs. Sookram habe ich versucht, das zu lernen, aber es hat nicht funktioniert. Musiker sind echte Talente, wir anderen machen im Vergleich nur halbe Sachen; außer Shawn Barr, denn er kann ein Instrument spielen, tanzen und vor allem die Leute zum Lachen bringen.

Die Premiere ist am Freitag.

Am Montag beenden wir die Probe früher, weil Shawn Barr mit uns die nächsten Schritte und den »Ablauf«, wie er es nennt, besprechen muss.

Manchmal ist er wie ein Trainer, allerdings nicht wie Mr. Sarkisian, der letztes Jahr mein Fußballtrainer war. Mr. Sarkisian hat viel herumgebrüllt, aber eigentlich hat er mir nur eins gesagt, und das immer wieder: »Julia, behalt den Ball im Auge!«

Ich konnte den Ball sehr gut sehen. Ich hatte nur eher den Instinkt wegzurennen.

Das ist ganz was anderes, als ihn nicht zu sehen.

Ramon hatte auch nicht den Instinkt, einem Ball nachzujagen – in dieser Hinsicht waren wir uns ähnlich. Ich konnte alle möglichen Dinge für ihn in die Gegend werfen, es interessierte ihn nicht. Wenn ich das mit einem Schweinekotelett gemacht hätte, wäre das etwas anderes gewesen. Habe ich aber nicht.

Ganz selten einmal rannte er einem Stock hinterher. Die meiste Zeit jedoch sah er mich dann nur so an, als wollte er sagen: Was soll das jetzt? Mir war das ganz recht, weil ich auch nicht wusste, was daran so toll sein sollte. Außerdem bin ich keine große Werferin.

»An diesem Freitag fügt sich alles zusammen«, sagt Shawn Barr gerade. »Morgen machen wir unsere erste Durchlaufprobe in Kostümen und zu der Uhrzeit der echten Aufführung. Idealerweise würdet ihr Munchkins nach eurer Szene bis zum Ende der Vorstellung hinter der Bühne bleiben, damit ihr dann für den Schlussapplaus als Gruppe vor den Vorhang treten könnt. Olive, Larry und Quincy sind Erwachsene, aber ihr seid Kinder – ich verlange nicht von euch, dass ihr hier das Ende der Show abwartet, außer eure Eltern sind dann im Publikum. Ihr könnt in die Garderobe gehen, das Kostüm ausziehen und direkt nach dem Song ›Follow the Yellow Brick Road‹ heimgehen. Wer dableiben will, ist selbstverständlich herzlich willkommen.«

Natürlich bleibe ich da.

Ich schaue mich um und stelle fest: Alle Kinder wollen bleiben.

Ihre Eltern sollen ihnen das bitte, bitte nicht erlauben!

In diesem letzten Monat habe ich irgendwie angefangen, mich als Studentin zu fühlen. Wenigstens als Studienanfängerin.

Die anderen Munchkins sind Kinder.

Sie sollen bloß alle nach Hause schlafen gehen!

Ich male mir aus, wie es wohl wäre, wenn nur ich mit Olive und Larry und Quincy zum Applaus vor den Vorhang treten dürfte, und diese Vorstellung gefällt mir außerordentlich. Vielleicht sollte ich nicht so egoistisch sein: Mein Bruder Randy könnte auch dabei sein. Und sein Freund Gene, wenn es unbedingt sein muss. Und ich muss zugeben, die Ballett-Munchkins, Desiree, Sally und Nina, mag ich besonders gern. Außerdem gibt es ein Munchkin-Mädchen namens Robin Tindall, die vielleicht die netteste Person ist, die ich je kennengelernt habe. Wenn ich mehr Zeit hätte, würde ich sie fragen, ob sie Lust hat, mit mir bowlen zu gehen. Ich muss herausfinden, wo sie zur Schule geht. Ich glaube, Piper und Kaylee würden sie auch sehr gern mögen.

Jetzt kann ich darüber nicht länger nachdenken, weil der Schlussapplaus das Wichtigste ist und ich mich darauf konzentrieren muss. Ich freue mich schon so auf den Beifall. Nur – Moment mal! – ich habe dann ja mein Kostüm für den Geflügelten Affen an.

Ist das besser für den Applaus als das Munchkinkostüm?

Ich werde wohl kaum schnell genug vom Affenkostüm samt Schminke in das Munchkin-Kostüm umsteigen können. Also ist es egal, wie viele von den Kindern bis zum Schluss bleiben. Ich werde nicht in ihrer Gruppe sein, sondern zusammen mit Olive und Mrs. Chang und den drei Leuten aus Cleveland. Sie sind gestern gekommen. Sie sind nett zu uns, aber man hat das Gefühl, sie spielen in einer anderen Liga. Olive meint, wir sollten höflich sein, uns aber sonst keine großen Gedanken ihretwegen machen. Es ist so eine Erleichterung, eine Mentorin zu haben, auch wenn sie jetzt mehr Zeit mit Quincy und Larry verbringt.

Ich bin oft mit ihnen zusammen, aber ich habe den Eindruck, Olive hat vergessen, wie lustig es vorher war.

Letzte Woche hat sie nach dem Probenende den Kopf an Quincys Schulter gelegt. Wir sind alle müde. Aber sie wirkt eher traurig als erschöpft. Sie hatte Tränen in den Augen, als Gianni hinter der Bühne verschwand. Er kam nicht mal auf ein paar Worte zu uns herüber. Seitdem hat Quincy angefangen, Olive Geschenke mitzubringen. Er hat ihr einen Gedichtband geschenkt, eine Dose Limo und auch einen Brownie mit Buttercreme. Sie hat sich immer bedankt, sah aber nicht so wahnsinnig begeistert aus.

Ich wüsste gern, ob sie die Gedichte gelesen hat. Für Gedichte muss man irgendwie ganz schön hart arbeiten, ohne viel dafür zu kriegen. Die, die ich gelesen habe, waren rätselhaft, und man muss erst rauskriegen, was der Autor sagen will. Ich finde es besser, wenn jemand, der etwas aussagen möchte, es gleich direkt erklärt.

Ich denke, wenn Gianni Olive eine Papierserviette vom Kiosk mitgebracht hätte, hätte sie mehr gelächelt. Übrigens hat sie mir den Brownie geschenkt, als Quincy es nicht sehen konnte. Deswegen weiß ich das auch mit der Buttercreme.

Während der Heimfahrt nach den Proben geht Mrs. Chang noch einmal so ziemlich alles durch, was ich nicht verstehen kann. Als wir in unserem Viertel ankommen, sagt sie: »Kurz vor der Premiere sind alle immer sehr emotional. Jeder ist müde. Aber auch aufgeregt. Du kannst dich auf einige Dramen gefasst machen.«

Wir stehen gerade an einer Ampel, sodass sie zu mir herschauen kann. Sie muss auch erschöpft und müde sein. Sogar ich fühle mich älter als am Anfang, und ich bin jung.

Mrs. Chang hat fast alle Munchkin-Kostüme angefertigt – und die für die Geflügelten Affen noch dazu.

Es soll zwar keiner erfahren, aber sie hat auch das Outfit von Ryan, dem Ängstlichen Löwen, mit nach Hause genommen und verbessert. Eine Studentin namens Josephine hat es als Teil ihrer Abschlussarbeit gemacht. Keine Ahnung, was das ist, aber Mrs. Chang hat mir erklärt, es wäre so etwas wie ein großes Referat; nur musste Josephine in diesem Fall den Löwen entwerfen und nähen. Shawn Barr war der Meinung, Mrs. Chang könnte das besser, aber sie wollten Josephine nicht wehtun.

Wenn sie auf die Bühne guckt, müsste Josephine eigentlich sehen, dass der Löwe jetzt anders ist, aber bisher hat sie noch nichts gesagt. Sie sieht einfach nur glücklich aus.

Wenn etwas funktioniert, werden die Leute wahrscheinlich blind dafür, wer das Lob eigentlich verdient.

Die Ampel wird grün, aber Mrs. Chang schaut mich immer noch an. Deswegen frage ich sie: »Mrs. Chang, wird Ihre Tochter kommen und sich die Aufführung anschauen?«

Sie hat ja erzählt, dass sie wegen ihrer Tochter in unsere Stadt gezogen ist. Das war vor langer Zeit – na ja, genauer gesagt: vor einem Monat.

Mrs. Chang schaut wieder nach vorn auf die Straße und sagt: »Nein, sie kommt nicht.«

Ich könnte es jetzt dabei belassen und nicht weiter fragen, und das würde wohl jemand tun, der das Privatleben anderer Menschen respektiert. Aber dazu bin ich zu neugierig.

»Wieso nicht? Wir bekommen doch vier verbilligte Eintrittskarten.«

Mrs. Chang sagt: »Sie ist von uns gegangen, Julia.«

Das wusste ich nicht.

Ich starre durch die Windschutzscheibe, und mir wird klar, dass ich mich auf all unseren gemeinsamen Autofahrten nach Mrs. Changs Familie hätte erkundigen können. Doch ich war bloß an unserem Stück interessiert und wollte über Shawn Barr und Olive und Gianni, über das Fluggeschirr und die Kostüme und wohl auch über mich selbst reden.

Ich schließe die Augen.

»Von uns gegangen« ist noch so eine Redewendung, die nicht stimmt.

Ramon ist tot.

Er ist nicht »gegangen«. Er ist im Wohnzimmer geblieben. Er ist nicht mal vom Sessel runtergegangen, als ich gesagt habe »Runter da!«.

Aber für manche Menschen ist das Wort »tot« zu hart. Vielleicht tut es ihnen innendrin weniger weh, wenn sie es nicht aussprechen.

Jedenfalls klingt »von uns gegangen« so, als ob der Tote irgendwohin gegangen wäre. Vielleicht stimmt das ja sogar, aber es wäre doch irgendwie besser zu sagen, dass das Leben dieses Menschen vorbei ist, weil wir nicht wissen, was danach kommt.

Ich mache die Augen wieder auf und sage: »Es tut mir leid, dass ihr Leben zu Ende gegangen ist.«

Mrs. Chang wird ganz weich und antwortet: »Ja, mir tut es auch leid.«

Ich würde gern mehr Einzelheiten erfahren, wie es dazu kam, oder auch, wie alt ihre Tochter war.

Ich warte ab.

Wir fahren weiter, und Mrs. Chang lässt das Radio ausgeschaltet. Sie will es vielleicht anstellen, denn sie fasst mit der Hand zum Radio, legt sie dann aber wieder zurück auf das Lenkrad.

Dann erklärt sie: »Sie hatte Krebs. Sie war neunundvierzig Jahre alt.«

Ich sage: »Wir wissen nicht, wie alt Ramon war. Er kam aus dem Tierheim.«

Kaum habe ich das ausgesprochen, bereue ich meine Worte, weil es vielleicht nicht richtig ist, ihre Tochter mit Ramon zu vergleichen, der ja kein Mensch war.

Aber ich kann meine Worte nicht zurücknehmen.

Das ist das Problem, wenn man etwas sagt, ohne vorher darüber nachzudenken.

Mrs. Chang fährt den Wagen an den Straßenrand, wo viele Parkplätze frei sind, sodass sie nicht vor- und zurücksetzen muss. Einparken ist nicht so ihr Ding.

Wieso macht sie das jetzt?

Sie stellt den Motor ab und sieht mich an. Ihr Gesicht hat sich verändert: Es ist länger als sonst, und die Wangen sind nicht so straff.

Ich fange an zu weinen, als ich sie so sehe.

Ich glaube, sie weint auch. Ganz sicher weiß ich es nicht, weil sie den Gurt aufmacht, näher an mich rückt und mir den Arm um die Schultern legt. Es tut gut, die Tränen laufen zu lassen, über mein Gesicht und bis zum Kinn, von wo sie auf meine Trachtenbluse tropfen.

Das Einzige, was Mrs. Chang sagt, ist: »Die Enten gehörten Lee. Es waren ihre Haustiere.«

Ich kann nur noch an die Enten denken und an den Ausdruck »von uns gegangen«.

Alle gehen von uns – auch wir von uns. Das alte Wir ist jeden Tag ein neues Wir, und wir müssen akzeptieren, dass wir einen Anfang haben, eine Mitte und ein Ende.

Vielleicht weine ich jetzt deswegen.

Ich weiß nicht, wie lange wir da am Straßenrand gestanden haben, aber irgendwann löst Mrs. Chang sich aus unserer Umarmung und lässt den Motor wieder an.

Wir fahren, ohne zu reden, und als sie mich absetzt, sagt sie nur: »Ich sehe dich dann morgen zur Kostümprobe.«

Ich habe gründlich überlegt, was ich ihr sagen soll, und jetzt ist es so weit.

Ich sage mit leiser Stimme: »Das Leben ist ein Cabaret.«

Was es bedeutet, weiß ich nicht einmal, aber vor ein paar Tagen hat Shawn Barr diesen Satz zu Mrs. Chang gesagt, und beide haben gelacht.

Es funktioniert. Sie lächelt nämlich.

Wahrscheinlich ist Cabaret eine Art Wein.

Hoffentlich ist ihr Weinglas ganz voll.

Fünfundzwanzig

Während ich auf meinem Bett liege und noch einmal über alles nachdenke, kommt Mum ins Zimmer, um mir zu sagen, dass Frau Dr. Brinkman angerufen hat. Dad und Mum wollen mit mir reden, und ich soll zu ihnen runterkommen.

Mum sieht nicht wütend aus.

Und sie sieht nicht traurig aus.

Sie sieht aus, als ob sie ein Geheimnis hätte.

Merkwürdig. Ich versuche mir vorzustellen, was es so Wichtiges geben könnte, das meine Eltern mir gemeinsam von Dr. Brinkman berichten wollen. Sie war diejenige, die mir gesagt hatte, ich könnte mit meiner Zahnspange noch ein bisschen warten. Der Vorschlag kam zwar von mir, aber sie hat zugestimmt.

Ich setze mich an den Esstisch, weil Dad da auch sitzt. Ramon ist beim Essen immer unter meinen Stuhl gekrochen. Er hat sich nicht versteckt, vermutlich fühlte er sich auf dem Teppich zu meinen Füßen einfach gut aufgehoben.

Außerdem war es so viel leichter, ihm heimlich Essen zuzustecken.

Dad sagt lächelnd: »Du hast gehört, dass Frau Dr. Brinkman angerufen hat?«

»Ich hab mir die Zähne geputzt, genau wie sie es gesagt hat«, antworte ich. »Du kannst nachsehen. Meine Zahnbürste ist morgens und abends nass.«

Mum sagt: »Prima, Julia. Doch deswegen hat sie nicht angerufen.«

Dad schlägt die Hände zusammen und lässt sie so. Er ist richtig aufgeregt. »Sie hat eine Wachstumskurve angelegt. Die beruht auf den Röntgenaufnahmen der Zähne und deiner Hand.«

Ich reagiere nur mit einem »Okay …«.

Mum hört sich jetzt an, als ob sie gleich platzen würde: »Julia, du hast ein verzögertes Knochenwachstum!«

»Werde ich sterben?«, frage ich.

Beide fangen an zu lachen.

Das finde ich jetzt gemein. Sie erschrecken mich zu Tode, und dann albern sie herum.

Mum erklärt: »Nein! Natürlich nicht! Wir wollten dir nur sagen, deine Knochen wachsen langsamer, als es deinem Lebensalter entspricht. Das kommt vor!«

Dad verkündet dann die wirklich wichtige Nachricht. »Die Kieferorthopädin schätzt, dass du am Ende ein Meter zweiundsechzig groß sein wirst.«

Ich schaue sie an. Sie strahlen vor Glück.

Ich spüre, wie etwas, was ich nicht sehen kann, von unten hochsteigt und mir einen Schlag versetzt. Es wirft mich um und zieht mich dann in ein unsichtbares Meer. Ich breche in Tränen aus.

Durch die Tränen hindurch erkenne ich, dass meine Eltern völlig konsterniert sind. Mum sagt: »Liebling, was ist denn?« Sie springt auf und nimmt mich in die Arme, doch ich kann nicht aufhören zu weinen.

Ich bringe gerade noch heraus: »Ich will aber klein sein.«

Und dann winde ich mich aus der Umarmung und renne aus dem Zimmer.

Sie verstehen mich nicht.

Ich bin klein, aber im Innern fühle ich mich groß.

Ich bin Baby.

Ich kann mich zu einem Ball zusammenrollen und passe auf den Zusatzsitz im Auto.

Ich komme durch die Hundetür ins Haus.

Auf den Schulbildern stehe ich immer in der ersten Reihe.

Ich bin ein Munchkin und der kleinste Geflügelte Affe.

In Guatemala ist eine durchschnittliche Erwachsene ein Meter siebenundvierzig groß. Ich hatte schon mal daran gedacht, dahin zu fahren; da würde ich nicht auffallen. Wer in den USA ein Meter siebenundvierzig oder kleiner ist, kann einen Behindertenausweis beantragen. Damit kann man überall gratis parken.

Meine beste Freundin ist Olive. Sie ist dreißig Jahre alt und kleinwüchsig.

Charlotte Brontë war kleingewachsen und Queen Victoria ebenfalls.

Mutter Teresa war an ihrem größten Tag ein Meter zweiundfünfzig groß.

Ich will sein wie sie.

Aber jetzt geht das nicht mehr. Ich werde ein Meter zweiundsechzig groß. Die Durchschnittsfrau in den USA ist ein Meter zweiundsechzig.

Und jetzt sagen sie, ich werde nicht klein bleiben. Ich werde Durchschnitt sein.

Ich nehme Mum und Dad das Versprechen ab, es niemandem zu verraten.

Man darf Geheimnisse haben, besonders dann, wenn sie das eigene Leben betreffen.

Dann fällt mir plötzlich ein, dass ich mich bewegt habe, als die Frau die Röntgenaufnahme machte!

Ich habe nicht gerade gezappelt, aber mein Arm hat sich verschoben. Es war mehr ein Zucken.

Damals hatte ich nichts gesagt, weil ihr griechischer Salat für die Mittagspause gerade kam.

Die anderen glauben, dass ich wachsen werde. Ich glaube das nicht.

Meine Eltern verstehen nicht, was mich so aufregt, aber wenigstens versprechen sie mir, nichts zu sagen.

Sie mussten mir auch versprechen, Grandma Däumling nichts zu verraten.

Ich überlege kurz, ob ich Mrs. Chang erzählen soll, dass ich den Arm verschoben habe, lasse es dann aber doch bleiben.

Olive oder Larry und Quincy sage ich auch nichts.

Auch Ryan dem Löwen nicht.

Und ganz bestimmt wird es Shawn Barr nicht erfahren.

Ich hatte aufgehört, mir Gedanken wegen meiner Körpergröße zu machen. Vorher war es immer ein Thema für mich, aber dann wurde ich ein Munchkin, und alles war anders. Im Munchkin-Land haben die Kleinen das Sagen.

Als ein normal großes Kind wäre ich dort gar nicht willkommen.

Sechsundzwanzig

Heute ist Premiere.

Meine Mum steckt den Kopf zur Tür rein und sieht, dass ich im Bett liege und die Decke anstarre.

»Wie geht's?«, fragt sie.

»Okay«, antworte ich.

Sie sagt: »Heute hast du deinen großen Tag.«

»Was macht Randy?«

»Er ist mit dem Fahrrad zu Gene rübergefahren.«

Ich nicke, als ob mir das normal vorkommt. Am Tag der Premiere würde ich allerdings nirgendwohin fahren. Ich muss mir die Liedtexte und die Tanzschritte ins Gedächtnis rufen. Ich muss (im Kopf) üben, wie ich die Beine halte, wenn wir als Geflügelte Affen durch die Luft fliegen und dann landen. Ich muss mich sammeln, mich konzentrieren und mir überhaupt ganz viele Gedanken über alles machen.

Mum fragt: »Wirklich alles in Ordnung?«

»Ich fühl mich ein bisschen komisch. Deswegen habe ich mich hingelegt.«

»Ich bringe dir ein Ginger Ale«, sagt Mum.

Wir haben nie Limonade im Haus. Wo kommt auf einmal das Ginger Ale her? Hat Mum gewusst, dass mir nicht gut sein würde? Sie hat so viele geheime Kräfte. Vielleicht war es auch Grandma Däumlings Idee. Sie trinkt immer noch Limo und ist letzte Woche von ihrem Angelausflug zurückgekommen.

Jetzt sagt Mum: »Es ist ganz normal, wenn du jetzt Schmetterlinge im Bauch hast.«

Sie geht zurück auf den Flur und verschwindet in der Küche, und ich denke darüber nach, was sie gesagt hat. Ich habe diesen Ausdruck mal gehört, als jemand verliebt war. Aber es stimmt, genauso ein Gefühl habe ich gerade. Sie meint nicht damit, dass ich Schmetterlinge gegessen hätte, die jetzt ganz normal verdaut werden.

Woher kommt dann diese Redensart? Ist so etwas mal wirklich passiert?

Vielleicht hat mal jemand eine Handvoll ganz kleiner lebender Schmetterlinge verschluckt. Die Person hat sie nicht gekaut, und als die Schmetterlinge im Bauch angekommen sind, fingen sie an zu flattern. Im Geiste sehe ich so eine mit einer schwärzlichen Flüssigkeit angefüllte Vertiefung, in der zerkaute Cornflakes und Bananenstückchen (mein Frühstück heute Morgen) herumtreiben wie Teile von einem Schiffswrack.

Die Schmetterlinge wollen da raus.

Vielleicht tun sie sich zusammen, um gemeinsam in eine Richtung zu fliegen.

Vielleicht auch nicht.

Vielleicht flattern sie alle durcheinander.

Es sind keine Mäuse oder Vögel - es sind Schmetterlinge. Man spürt sie in sich, aber nicht wie kleine Tritte, weil sie ja keine Kraft haben.

Irgendwann sind sie so erschöpft, dass sie nicht mehr fliegen können und dann in die schwarze, klumpige Brühe fallen. Vor mir sehe ich eine tiefe Pfütze im Dunkeln, die sich nach einem heftigen Regenguss vor einem Gulli gebildet hat. Da schwimmt eine Menge Zeug drin rum.

Ich denke, für meine Gefühle heute gibt es einen noch passenderen Ausdruck: Ich habe Motten im Bauch.

Die meisten Motten sind kleiner als Schmetterlinge, sodass man sie eher unzerkaut runterschlucken könnte. Außerdem sind ihre Flügel haariger (jedenfalls bei den Motten, wie ich sie kenne). Trotzdem: Wer verschluckt schon Falter?

Ein Glück, dass meine Mum mit einem Glas Ginger Ale zurückkommt und ich nicht länger über eingesperrte Insekten nachdenken muss, sondern mich auf die Limo konzentrieren kann. Ginger Ale kribbelt mich manchmal in der Nase. Das ist vermutlich das Sprudelige.

Ich will testen, wie weit Mums Hilfsmodus geht, und sage: »Ich würde mich bestimmt besser fühlen, wenn ich einen Becher Eis mit Schokoladensoße bekäme. Mit heißer Schokoladensoße.«

»Vielleicht, nachdem du etwas Ordentliches zu Mittag gegessen hast«, antwortet sie.

Sie hat ihre Grenzen.

Ein paar Stunden später kommt Randy nach Hause, und ich habe nicht den Eindruck, dass irgendwelche Schmetterlinge oder Motten ihm überhaupt nahe gekommen sind. Ich weiß, dass dieser Sommer richtig schön für ihn war und dass er jetzt einen neuen besten Freund hat. Randy ist großartig als Bürgermeister von Munchkin City. Er hat so viel Schmelz in der Stimme und er ist der geborene Schauspieler. Ich habe nämlich gehört, wie die Leute über ihn reden.

Ich spreche ihn an: »Willst du eigentlich mal Schauspieler werden, wenn du groß bist?«

Er schüttelt den Kopf.

Ich sage: »Aber du bist so toll in unserem Stück.«

»Ich will Chiropraktiker werden. Genes Vater ist einer. Und wenn das nicht geht, vielleicht Astrologe.«

Dann zieht er ab ins Wohnzimmer und schaut sich eine blöde Sendung im Fernsehen an. Er hat eine Menge Begabungen, und eine davon ist, sich nicht aus der Ruhe bringen zu lassen. Wer hätte geahnt, dass er sich für Astrologie interessiert? Ich habe noch nie gesehen, dass er sich sein Tageshoroskop angeschaut hätte.

Ich gehe duschen und föhne mir sorgfältig die Haare.

Dann mache ich mir zwei Zöpfe, lege sie mir über Kreuz auf den Kopf und befestige sie mit Haarklammern. Diese Frisur verschwindet unter meinem Blumentopfhut, aber sie ist praktisch, wenn ich als Geflügelter Affe die rote Mütze trage. Wahrscheinlich könnte ich sie auch ungewaschen lassen, aber das wäre unprofessionell.

Und dann ist es fünf Uhr. Jetzt müssen wir zum Theater aufbrechen. Mrs. Chang fährt allein. Ihr Freund Stan kommt zur Aufführung, um ihr die Maske zu machen. Die Schmetterlinge rühren sich wieder, nachdem sie ein Schläfchen gehalten haben, und als wir dann im Auto sitzen, bemühen sie sich heftig, aus meinem Bauch zu flattern.

Mum hält vor dem Theater. Ich merke, dass sie richtig aufgeregt ist. Vielleicht konnte sie als Kind nie ins Theater gehen. Randy und ich stehen schon auf dem Gehsteig, als sie uns zuruft: »Hals- und Beinbruch, ihr beiden!«

Ich weiß, dass manche das zu Schauspielern vor ihrem Auftritt sagen. Keine Ahnung, warum. Aber ist es die feine Art, einem Menschen »Hals- und Beinbruch« zu wünschen, den man anschließend in ein Fluggeschirr schnallt, sechs Meter über den Boden hebt und über dem harten Holzboden einer Bühne durch die Luft schwenkt?

Ich finde nicht.

Inzwischen ist mir ein bisschen schummrig wegen der Schmetterlinge. Ich beuge mich zum Fenster der Beifahrertür hinunter und lächle Mum an. Ich sage etwas, das ich ihr schon den ganzen Sommer sagen wollte.

»Danke, Mum. Danke, dass du mich dazu gebracht hast, es mit dem Theaterspielen zu versuchen.«

Ich glaube, in diesem Moment gibt es für sie nichts Besseres, als Mutter zu sein.

Hoffentlich gelingt es mir, ihren Gesichtsausdruck nie zu vergessen. Wie schade, dass ich kein Smartphone habe, mit dem ich ein

Foto machen könnte, das so toll für mein Album wäre. Mum hat Tränen in den Augen und lächelt. Es sieht wunderschön aus.

Ich muss mir merken, wie stark ein Dankeschön wirken kann.

Vor allem bei Menschen, mit denen man zusammenlebt.

Sie erwarten es wahrscheinlich am wenigsten.

Drinnen im Theater wünschen jetzt alle Randy und mir Hals- und Beinbruch. Randy sagt das auch zu den anderen. Ich bleibe still. Und weil ich nicht unhöflich erscheinen will, antworte ich mit einem Lächeln. Aber erinnern sie sich eigentlich daran, dass wir alle mit angesehen haben, wie Shawn Barr von der Leiter fiel und von den Sanitätern rausgetragen werden musste?

Ich kämpfe noch immer mit meinen Schmetterlingen.

Randy und ich gehen in die Garderobe, wo die Hölle los ist. Eine ganze Gruppe von Freunden der Theaterstudenten ist dazugekommen, um beim Schminken der Munchkins zu helfen.

Wir wurden schon zweimal für die Kostümproben geschminkt. Nur waren wir so viele, dass die Zeit nicht gereicht hat, um es bei allen wirklich zu Ende zu bringen. Jetzt ist es ernst, und jeder von uns muss versorgt werden. Ich setze mich auf einen Hocker, und ein Mädchen fordert mich auf, finster zu schauen. Das tue ich. Dann sagt sie, ich soll den Ausdruck so lassen, und zieht mit einem weichen braunen Stift die Falten nach.

Ich blicke mich im Spiegel an.

Ich finde nicht, dass ich alt aussehe.

Ich sehe aus wie ein Kind, dem jemand im Gesicht herumgekritzelt hat.

Ich beschwere mich aber nicht. Ich will kein Spielverderber sein, jetzt, wo es gleich losgeht. Es ist ja auch kein Spiel im Stadion, sondern ein Stück im Theater. Und ich war noch nie mit Spielern »in der Kabine«, obwohl es da ähnlich zugehen könnte wie in der Garderobe eines Sommertheaters vor der Premiere.

Nachdem wir alle finstere Falten im Gesicht haben, bringen sie uns zu den Kostümräumen. Da ist es ein bisschen unangenehm, weil sie uns Mädchen zwar von den Jungen trennen, aber bloß durch einen Vorhang, und ich bemerke, dass Nicky Oldhauser ständig durch die weißen Tücher lugt.

Ich würde ihn ja verpetzen, aber keiner hätte Zeit, ihn zurechtzuweisen.

Aus irgendeinem Grund haben die Mädchen keine Probleme beim Anziehen der Kostüme, aber ziemlich viele von den Jungen brauchen Hilfe.

Ich kann sehen, dass man Gillian hinter der Bühne Blumen bringt, was ich nett finde. Sie ist der Star unserer Aufführung und sollte auch am stärksten beachtet werden. Allerdings würde ich auch gern Blumen überreicht bekommen.

Dann bemerke ich etwas ganz Verrücktes. Kevin, der Banker (er ist der Zauberer), kommt rein und gibt Gillian einen Kuss!

Das ist kein flüchtiger Kuss, sondern ein echter, bei dem es so aussieht, als ob sie wie mit Magneten an den Lippen zusammenkleben.

Was geht hier vor?

Ich schaue zu Olive hinüber; sie hat es auch beobachtet.

Ich sollte mich in meine Rolle versetzen und Stimmübungen machen, so wie sie es uns beigebracht haben. Zumindest sollte ich mich raushalten und nichts sagen. Stattdessen gehe ich zu Olive und frage sie: »Hast du das gesehen?«

Olive zuckt nur mit den Schultern.

Ich flüstere ihr zu: »Was ist denn da los, Olive?«

»Gillian sagt, das mit Gianni war nur eine kurze Affäre«, erklärt sie mir. »Mit Kevin ist sie seit letztem Wochenende zusammen. Wahrscheinlich hat er ihr zu einem Autokredit verholfen.«

Jetzt bin ich schockiert.

Nicht wegen des Autokredits, er arbeitet ja bei der Bank; aber ich hatte geglaubt, Gillian hätte sich in Gianni verliebt. Außerdem bin ich ziemlich überrascht, dass Olive nicht glücklich ist. Sie sieht aus, als ob ihr das alles egal wäre.

Dann kommt Gianni herein.

Er hat einen riesigen Strauß Rosen im Arm. So große Blumen habe ich überhaupt noch nicht gesehen. Diese Rosen haben ellenlange Stiele, die mir fast bis zur Hüfte reichen würden. Dafür müssen sie einen ganzen Rosenstrauch abgeschnitten haben – eigentlich eine Verschwendung!

Hoffentlich gibt es jetzt nicht Krach zwischen Gianni und Kevin.

Gianni geht aber an Kevin und Gillian vorbei, als wären sie Luft, und reicht Olive den großen Strauß. Ich stehe direkt neben ihr.

So etwas Aufregendes habe ich noch nie erlebt.

Olive fragt: »Für mich?«

»Natürlich für dich«, sagt Gianni.

Ich platze fast vor Glück, als hätte ich die Rosen bekommen. Ein tolles Gefühl!

Olive nimmt den Strauß. »Danke, Gianni«, sagt sie so nebenbei, als hätte er ihr gerade die Tür aufgehalten, weil sie sie mit einer großen Mülltüte in der Hand nicht selbst öffnen konnte.

Ich muss ungefähr hundertmal so aufgeregt aussehen wie sie.

Nun sagt Gianni: »Ich checke jetzt mal die Seilzüge und gehe die Einsätze durch.«

Olive nickt.

Gianni geht.

Ich packe sie am Arm. »Bist du denn nicht glücklich? Das ist doch fantastisch! Jede Wette, dass Gianni wieder mit dir Kanufahren geht!«

Olive zuckt noch einmal mit den Schultern. »Ich bin nicht mehr so daran interessiert wie vorher.« Sie trägt die Rosen zu dem großen Waschbecken, das die Leute von der Maske benutzen. Es gibt keine Vase, aber auf der Ablage darüber steht eine leere Kaffeekanne. Sie stopft die Rosen da rein und lässt sie direkt neben dem Ablauf im Becken stehen. Die Rosen sind so lang, dass Olive daneben noch kleiner wirkt. Vielleicht mag sie sie deshalb nicht.

Ich finde, Gianni hätte ihr kleine Teerosen schenken sollen, an denen auch Knospen sind und die süß duften. Ich würde orangefarbene Rosen haben wollen, weil das meine Lieblingsfarbe ist und Rosen für mich aus einem Garten kommen müssten, so wie Mrs. Chang einen hat. Die sehen schöner aus als diese Blumen, die zu perfekt sind und zu lang und deren Stiele mit Draht verstärkt sind, damit sie nicht umfallen.

Ich will ja nichts sagen, aber selbst wenn die langen Rosen eine schlechte Wahl sind, verhält sich Olive meiner Meinung nach nicht richtig. Sie hat schließlich ein Geschenk bekommen.

Dann allerdings schießt mir die Frage durch den Kopf, ob die Blumen tatsächlich ein Geschenk für sie waren oder ob Gianni sie bloß benutzt, um Gillian und Kevin etwas damit zu sagen.

Ich würde gern wissen, was Mrs. Chang dazu meint, aber sie hilft gerade Ryan, dem Löwen, irgendwo hinten, und ich kann sie nicht suchen gehen. Die Munchkins haben die Anweisung, immer beieinanderzubleiben.

Ich schaue mich nach Desiree, Nina und Sally um. Mit einem Mal wünsche ich mir, ich hätte den dreien Blumen mitgebracht. Ich könnte ihnen ja erzählen, dass ich es wollte, oder sie morgen damit überraschen.

Ich will später, wenn ich mehr Ruhe habe, einen Plan zum Geschenke-Verteilen machen; und ich möchte versuchen, noch mehr darüber herauszufinden, was in der erwachsenen Welt der gebrochenen Herzen so los ist.

Shawn Barr sagt, in jeder beliebigen Situation gehen immer zwei Dinge vor sich: was wir sehen und was wir nicht sehen.

Was wir nicht sehen, können wir spüren – falls wir darauf achten.

Siebenundzwanzig

Eben noch hatte ich das Gefühl, wir müssten ewig warten, bis es losgeht, und jetzt höre ich, wie sie im Orchester die Instrumente stimmen und die Zuschauer geräuschvoll ihre Plätze einnehmen.

Das ist aufregend und macht mir gleichzeitig ein bisschen Angst. Wir hatten nur wenige Proben mit dem Orchester. Der Klang ist lauter und voller, als ich es gewohnt bin. Es klingt wunderschön, doch gleichzeitig hätte ich jetzt gern ein Ginger Ale, um meinen Magen zu beruhigen.

Wir sind so viele Munchkins, dass wir nicht in den Aufgängen auf den Auftritt warten können. Wir müssen uns im Flur hinter der Bühne in Reihen aufstellen. Ein paar Munchkins setzen sich auf den Boden, aber nicht alle haben ein Kostüm, mit dem das möglich ist.

Ich setze mich nicht hin, weil ich mein Outfit nicht dreckig machen will. Der Boden sieht nicht besonders sauber aus.

Mir kommt es vor wie eine Ewigkeit, bis wir die letzte Anweisung bekommen: »Alle auf ihre Plätze!«

Die Musik setzt ein, das Publikum wird still, und die Vorstellung beginnt.

Shawn Barr beobachtet uns vom Zuschauerraum aus. Ich dachte, er würde hier bei uns bleiben, um uns zu unterstützen, aber heute ist Charisse das, was man Inspizientin nennt; sie leitet die Vorstellung. Unser Regisseur sitzt in der letzten Reihe, damit er die Aufführung so miterlebt wie ein gewöhnlicher Zuschauer. Auf diese Weise kann er hinterher noch Verbesserungsvorschläge machen.

Der Vorhang geht auf, Gillian betritt die Bühne, und bald darauf hören wir sie mit dem Regenbogen-Song.

An dem lauten Beifall, den sie danach bekommt, erkenne ich, wie gut sie beim Publikum ankommt. Jetzt will ich auch unbedingt auf die Bühne.

Warum soll sie das ganze Vergnügen haben?

Wir warten und warten, und jede Minute vergeht so langsam, als wären es zehn. Endlich ist Gillian nicht mehr in Kansas.

Wir horchen auf unseren Einsatz: Sobald nämlich das Bühnenbild gewechselt hat, müssen wir im Dunkeln unsere jeweiligen Plätze einnehmen. Die Männer und Frauen, die die Kulissen schieben, sind alle schwarz gekleidet und arbeiten sehr schnell. Es sind die Bühnenarbeiter, aber nicht nur die von den Proben. Es sind neue dabei. Wir dürfen ihnen nicht im Weg sein, weil sie große Kulissenteile bewegen müssen, und sie sind alle ganz leise. Die einzige Ausnahme ist ein Mann, der mit seinem Fuß unter irgendein schweres Teil gerät und laut flucht. Wir können das hören, das Publikum hoffentlich nicht.

Endlich gibt Charisse uns das Zeichen, dass es losgeht.

Die meisten Munchkins sollen sich unter diesen bunten Blumen mit ihren glänzenden Riesenblättern verstecken. Das Munchkin-Land sieht ja nicht so aus wie eine Farm in der Prärie. Eher so, als wäre man in einem Ausmalbuch für kleine Kinder gelandet.

In den vergangenen vierundzwanzig Stunden haben die Kunststudenten noch alle möglichen Blüten und Blätter für die Bühnenbereiche angefertigt, wo sich die Blumen befinden.

Sie haben die letzten vier Wochen unaufhörlich daran gearbeitet, aber es wirkt so, als hätten sie seit gestern Abend zehnmal so viele Blumen ergänzt. Überall gibt es riesige Gänseblümchen, die ich vorher noch nie gesehen habe, und wenn man den grünen Stängel von den neuen Blumen anfasst, behält man grüne Farbe an den Fingern.

Die ganze neue Ausstattung sieht großartig aus, nur werden wir dadurch viel enger zusammengedrängt als in den Proben.

Ich suche mir meinen Platz neben Olive, und wir kauern uns nieder. Sehr bequem ist es nicht. Mich sticht ein Blatt ins Ohr. Es besteht aus Draht, mit Pappmaché umwickelt, das noch klebrig ist.

Man merkt, dass einige Kinder ihre Markierungen nicht finden und drängeln, sodass die Blumen in Bewegung geraten.

Das darf eigentlich nicht passieren.

Ich würde ihnen am liebsten sagen, dass sie aufhören sollen, aber das geht natürlich nicht. Wir sollen ja ganz überraschend aus den Blumen heraus auftauchen, und ich weiß nicht, wie wir das hinkriegen wollen, wenn diese Kinder nicht stillhalten.

Randy braucht sich nicht zu verstecken, weil er hinter einer grellorangenen Tür wartet, die sich in der Wand auf der Bühnenrückseite öffnet. Das soll das Rathaus oder sonst ein offizielles Gebäude darstellen. Die Tür ist gerade so groß, dass er durchgehen kann. Randy ist mit dem Coroner zusammen, der von Quincy gespielt wird. Auch Gene ist dabei. Er hat keine eigene Rolle, trägt aber wie Randy einen aufgeplusterten Anzug. Beide wirken so, als hätte man sie mit Luft gefüllt. Sie sind rund wie ein Ballon. Es sieht fantastisch aus.

Randy hat nicht nur einen fetten Bauch, sondern sie haben ihm auch noch eine Glatzen-Mütze über den Kopf gezogen, unter der seine eigenen Haare verschwinden. Dadurch bekommt er meiner Meinung nach einen zu großen Schädel.

Wahrscheinlich wirkt das auf mich so, weil ich ihn kenne.

Quincy hat eine lustige Brille auf der Nase und einen Talar an, wie ihn Geistliche tragen. Wer hätte gewusst, dass Gerichtsmediziner sich so kleiden? Gene trägt bauschige Shorts und dazu gestreifte Socken.

Je länger wir am Boden hockend warten müssen, desto eher scheint mir bei den Munchkins »der Fokus verloren zu gehen«, wie Shawn das nennt. Unter unseren Kostümen und den Hüten wird es ziemlich heiß. Ein paar von den Jungen haben knallbunte Zylinder auf, und eine ganze Gruppe sieht aus wie Holzsoldaten in einer Uniform, deren Stoff an den Bezug von Billardtischen erinnert.

Im Schatten der Pflanzen kann ich erkennen, dass die Soldaten schwitzen und dass die Falten, die man ihnen ins Gesicht gemalt hat, verschmiert sind.

Diese Jungen hören einfach nicht zu, denn wir wurden mehrmals davor gewarnt, mit den Fingern am Make-up zu reiben.

Sobald Gillian (mit Coco im Arm) aus der Ecke des Hauses (das gerade im Munchkin-Land gelandet ist) herauskommt, tritt die Gute Hexe auf, und dann dauert es nicht mehr lange, bis sie uns hervorruft.

Ich werde gerade unruhig, als unser erstes Stichwort kommt. Jetzt müssen wir kichern.

Das machen wir.

Nun beginnt die Gute Hexe zu singen: »Come out, come out ...«

Wir sollen uns jetzt alle vor allem langsam bewegen.

Doch unter den Kunstblumen ist eine solche Hitze, dass fast alle auf die Bühne stürzen oder stolpern. Im Anfang müssen wir die gelbe Backsteinstraße möglichst freihalten, aber anscheinend denken die meisten Kinder nicht daran.

Ich will keine Panik aufkommen lassen.

Sie kommt aber auf.

Ich sehe mich unauffällig auf der Bühne um und stelle fest, dass wir uns nicht an unseren vorgesehenen Plätzen befinden.

Wir sollen uns in Form einer Mondsichel aufstellen. Wir stehen stattdessen da wie Leute, die sich an einem heißen Tag vor dem Eingang zum Freibad drängeln.

Es wird geschoben und von manchen sogar geschubst.

Die erste Zeile, die wir singen, lautet: »Kansas she says is the name of the star.«

Wir singen, als ob wir wütend wären. Und zu schnell sind wir auch.

Shawn Barr hat uns erklärt, wir müssten unsere Rollen spielen, als ob wir Angst vor Gillian hätten. Wir sollen uns ihr »vorsichtig nähern«.

So läuft es aber überhaupt nicht.

Munchkins rempeln andere Munchkins an.

Nur Olive und ich sind an unserem richtigen Standort. Sogar Larry hat sich auf der Bühne zu weit nach links verirrt und wirkt leicht überdreht. Alle schwitzen, und wir drängeln uns eng zusammen, statt, wie Shawn Barr uns ermahnt hat, »den ganzen Bühnenraum zu nutzen«.

Irgendwie bringen wir diesen ersten Teil hinter uns, und dann sammeln wir uns da, wo wir den Tod der Hexe feiern. Wir wirbeln durcheinander, haken uns bei unseren Partnern ein und drehen uns im Kreis. Allerdings sind wir zu dicht beieinander, sodass mehrere Munchkins zusammenprallen.

Unser Song leitet Randys Auftritt ein. Er soll jetzt aus der kleinen Tür kommen. Die Trompeten setzen ein, und das ist sein Signal zum Auftritt.

Doch dann geht wieder etwas daneben.

Die Trompeter blasen, aber die Tür bleibt geschlossen.

Sie blasen noch einmal – immer noch kein Randy.

Mir wird klar, dass die Tür klemmt.

Das erkenne ich daran, dass die ganze Rückwand wackelt, die ja bloß aus einer Leinwand besteht, die sie auf einen Holzrahmen gespannt haben. Randy und Gene und Quincy versuchen offenbar gemeinsam, die Tür aufzudrücken.

Was kann ich bloß tun?

Die Fanfare setzt ein drittes Mal ein, und dann fliegt eine Holzleiste unten an der Tür raus. Durch das Loch ist ein Teil von Gianni zu sehen, der mit einer Hand von innen durch die Öffnung greift und den Türknopf dreht.

Randy nimmt das Ganze ziemlich locker, das muss ich ihm lassen.

Er verneigt sich zum Publikum, als gehörte dieser missglückte Auftritt zu seiner Rolle.

Quincy dagegen ist so aufgeregt, dass er über die Schwelle stolpert und stürzt. Olive hält es nicht an ihrem Platz, sie huscht zu ihm rüber und hilft ihm auf. Er hat sich nichts getan.

Randy singt unbeirrt weiter und schaut Gillian dabei an, als würde ihm diese Dorothy alles bedeuten.

Danach kann ich mich an kaum noch etwas erinnern. Ich fühle mich, als wäre ich überhaupt nicht auf der Bühne. Ich beobachte alles wie aus der Ferne, als gehörte mein Körper gar nicht zu mir.

Als wir schließlich unseren großen Song, »Follow the Yellow Brick Road«, beendet haben, gehen wir tanzend von der Bühne ab.

Wir bekommen lauten Beifall. Einen wirklich donnernden Applaus.

Ob sie wohl klatschen, weil sie froh sind, dass unsere Nummer vorbei ist?

Wir sind alle wahnsinnig aufgeregt wegen der vielen Pannen, die es gab, und für die Helfer ist es nicht einfach, vierzig überdrehte Munchkins zurück in die Garderobe zu lotsen. Ich weiß nicht, warum, aber die meisten Munchkins können sich nicht halten vor Lachen.

Ich finde das wirklich unpassend.

Allerdings liegt es vielleicht an den Nerven. Manchmal ist Lachen gar nicht so anders als Weinen.

Das war heute für die Munchkins der letzte Auftritt, nur nicht für Olive und mich. Wir gehen gleich zurück in den Schminkraum und lassen uns in Geflügelte Affen verwandeln. Nikko und seine zwei Kollegen waren bereits umgezogen, als die Aufführung losging. Sie spielen Karten auf den Stufen hinter dem Theater. Sie sind solche Profis, dass sie sich unprofessionell verhalten können.

Mrs. Chang hilft uns hinter der Bühne. Stan hat sie mit ihrer Maske schon vollständig hergerichtet, und sie übertrifft mit ihrer Erscheinung alles andere in unserer Show. Sie steht in ihrem Kostüm da und sieht umwerfend aus. »Ein Premierenabend kann nervenaufreibend sein«, sagt sie. »Ihr habt es überstanden.«

Vermutlich will sie uns aufmuntern, aber Olive wirkt angespannt. Sie sagt keinen Ton, und ich bin auch still. Wir dürfen sowieso nur flüstern, weil man uns hören könnte, doch ich glaube, wir reden nicht, weil wir geschockt sind. Quincy hat sein Kostüm schon abgegeben und ist als Erster gegangen. Es macht ihm viel aus, dass er gestolpert ist.

Die Zeit vergeht rasend schnell, und bald sitzen wir schon in unseren Gurten und werden hochgezogen. Mrs. Chang ist die beste von den Geflügelten Affen, und nach dem, was im Munchkin-Land passiert ist, beruhigt es mich ungemein, dass ich neben mir Leute habe, die sich wirklich auskennen. Nikko wirbelt in der Luft herum und macht ein paar Flugmanöver, die ich bei den Kostümproben noch nie gesehen habe. Wahrscheinlich hat er sich seine Künste für das Publikum aufgespart.

Olive ist natürlich großartig, und als ich, während wir oben schweben, zu Gianni auf der Hinterbühne schaue, lächelt er uns zu.

Er kann sehr schön lächeln.

Ich bin erleichtert, weil er ja wirklich schlechte Laune haben könnte, nachdem er die Tür aufbrechen musste. Aber das Mädchen beim Schminken hat gesagt: »The show must go on.« Diese Redensart ist wirklich zutreffend.

Obwohl meine Gurte wirklich nicht besonders bequem sind, fühle ich mich da oben richtig glücklich. Die Zuschauer klatschen, und es gibt sogar einige Bravorufe – dabei sind wir doch die Bösen im Stück!

Und dann ist unser Auftritt auch vorbei.

Fast alle Munchkins sind bis zum Schluss geblieben, und sie gehen als Erste zum Schlussapplaus auf die Bühne. Die Leute klatschen und jubeln. Vielleicht haben sie vergessen, was uns alles danebengegangen ist. Oder es sind sehr viele Eltern im Publikum.

Jetzt gehen Nikko und seine Kollegen nach vorn und Olive, Mrs. Chang und ich folgen ihnen.

Offenbar liebt das Publikum die Geflügelten Affen, weil alle von ihren Plätzen aufstehen. Das sind Standing Ovations!

Ich schaue in die Menge der Zuschauer und sehe meine Mum, meinen Dad und Tim und Grandma Däumling. Sie klatschen begeistert. Fast sieht es so aus, als ob meine Mum weint. Jedenfalls wischt sie sich ziemlich oft die Augen. Mein Vater hat den Fotoapparat in der Hand und macht Bilder. Die kommen ins Familienalbum, aber ich werde ihn um Abzüge für mein Album bitten.

Grandma Däumling steht neben Dad; sie trägt ein schickes Kleid und hat ihre Perlenkette um. Das macht sie nur »zur Feier des Tages«, wie sie dann immer sagt. Selbst Tim hat ein Shirt mit Kragen an. Ich habe nicht den Eindruck, dass er ganz so aus dem Häuschen ist wie der Rest der Familie. Aber er ist da.

Direkt neben meiner Familie sitzen Piper und Kaylee. Kaylees Mum ist bei ihnen. Sie klatschen heftig. Ich bin so froh, dass sie zu unserer Aufführung gekommen sind. Piper ist erst gestern aus dem Sommerlager zurückgekehrt. Das war fabelhaftes Timing!

Auf der anderen Seite im Saal entdecke ich Dr. Brinkman. Frau Dr. Brinkman, nicht ihren Bruder.

Am liebsten würde ich ihr zurufen: »Ich weiß jetzt über L. Frank Baum Bescheid!«

Was ich natürlich nicht tue.

Ich starre weiter in den Zuschauerraum. Was für ein Glück, dass meine Familie und meine Freunde und meine Kieferorthopädin hier sind!

Als danach die übrigen Schauspieler auf die Bühne kommen,

suche ich die hinteren Reihen nach bekannten Gesichtern ab und erkenne Mr. Sarkisian, meinen Fußballtrainer. Das überrascht mich einigermaßen, denn ich halte ihn nicht für einen Theaterfreund. Er klatscht sehr diszipliniert Beifall.

Zwei Reihen weiter entdecke ich Mrs. Sookram, meine alte Klavierlehrerin. Ob sie schockiert war, dass ich bei dem Musical dabei war, wo ich doch so unmusikalisch bin? Ich tröste mich damit, dass sie mich als Munchkin und Geflügelten Affen wahrscheinlich gar nicht wiedererkannt hat und es also noch nicht weiß!

Und dann fällt mir ganz vorn jemand ins Auge, der begeistert klatscht. Es ist Mrs. Vancil.

Ich kenne sie nur aus dem Klassenzimmer. Hier sieht sie anders aus. Sie ist entspannter und hat einen Mann mit Bart dabei. Ich wusste schon, dass sie einen Mann hat, hätte aber nicht geglaubt, dass er einen Bart trägt.

Gott sei Dank habe ich keinen von ihnen vor dem Schlussapplaus gesehen!

Das hätte mich wahnsinnig nervös gemacht.

Jetzt stehen alle auf der Bühne außer Gillian. Sie und Coco kommen als Letzte. Sie ist der Star der Aufführung, aber ich vermute, viele Zuschauer klatschen auch für ihren Hund. Zum ersten Mal sieht Coco aus, als ob sie Angst hätte. Sie müsste schon schlafen, und Hunde lieben ihren Schlaf.

Als wir alle gemeinsam auf der Bühne stehen, deutet Gillian auf die Musiker, die an einer Stelle sitzen, die man als Orchestergraben bezeichnet.

Es ist kein echter Graben, sondern einfach der Platz vor der Bühne.

Alle Musiker erheben sich, und jetzt klatschen wir mit. Das hat man uns eingeschärft. Vorher wusste ich das nicht.

Zuallerletzt drehen Gillian und alle anderen erwachsenen Schauspieler, sogar die Hexen, sich um und schauen zum ersten Aufgang.

Dort kann ich Shawn Barr sehen. Er muss ganz schnell von seinem Platz hinten im Zuschauerraum gekommen sein. Er rührt sich nicht vom Fleck. Doch dann geht Gillian zu ihm hin und holt ihn in die Mitte. Er macht nur wenige Schritte, dann applaudieren wir ihm alle.

Er macht eine tiefe Verbeugung. Ich bin nicht sicher, ob es der stürmische Beifall ist oder mein Herz, das so laut schlägt: Jedenfalls habe ich das Gefühl, in mir explodiert etwas.

Ihm ist es zu verdanken, dass wir heute Abend hier stehen.

Achtundzwanzig

Ich schlafe bis nach Mittag.

So lange wie gestern Abend bin ich noch nie aufgeblieben (außer bei Übernachtungspartys, aber das gilt nicht, weil wir da immer früher eingeschlafen sind, als wir hinterher behaupten).

Mum und Dad und Grandma Däumling sind mit Randy heimgefahren; er kommt ja leicht aus seinem Kostüm.

Ich muss mit meinem Kostüm als Geflügelter Affe mehr aufpassen, und es ist schon schwierig, sich richtig aus den Gurten auszuklinken. Gott sei Dank konnte Mrs. Chang mich mit nach Hause nehmen, und dadurch durfte ich mit allen Schauspielern und Technikern zusammen feiern (ohne die Kinder, die alle schon gegangen waren).

Ich habe sogar einen Schluck Sekt probiert. Das schmeckte wie Limonade, aber nicht süß, und da denke ich mir dann, warum überhaupt? Ich hoffe allerdings, dass ich als Erwachsene noch auf den Geschmack komme, damit ich bei Feiern mit anstoßen kann.

Nach einer Aufführung haben alle Leute Hunger. Deswegen gab es außer Sekt auch noch Pizza, mein Lieblingsessen, und danach einen großen Kuchen.

Wenn so viele Menschen beisammen sind, hat immer irgendwer Geburtstag. Gestern war das einer, der Skipper hieß. Er ist Beleuchter. Ich kannte ihn zwar nicht, aber wir haben alle »Happy Birthday, dear Skipper« gesungen, als wäre er unser allerbester Freund.

Das Orchester war bei unserer Feier auch dabei, alle in schwarzen Kleidern oder dunklen Anzügen und Krawatte. Ich mag diese Leute, weil bei ihnen alles nach Plan geht. Bei denen kommt es nicht vor, dass sie sich einen falschen Platz suchen oder einander anrempeln.

Im Theaterhof gab es Klappstühle und runde Tische, aber die meisten blieben stehen. Ryan der Löwe nahm mich auf die Schultern, sodass ich die größte Person von allen war. Das hatte ich noch nie erlebt, ich konnte alle Leute richtig gut sehen. Das wirklich Tolle daran war: Jeder konnte mich sehen, und ich wurde von vielen abgeklatscht. Ich blieb da oben sitzen und aß meine Pizza und musste dabei gut aufpassen, damit keine Krümel auf dem Kopf von Ryan dem Löwen landeten.

Ich konnte beobachten, wie Gianni versuchte, mit Olive zu reden, und unheimlich viele Leute nahmen Gillian in den Arm.

Alle Leute lieben Stars, und alle wollen sie eng befreundet mit ihnen sein.

Ich nehme ja an, Gillians bester Freund ist jetzt Kevin, aber Olive flüsterte mir zu: »Mal sehen, wie lang das hält.«

Mrs. Chang setzte sich auf einen Stuhl etwas abseits, und ich weiß nicht, ob das hieß, sie wollte allein sein. Wenn ja, dann funktionierte es nicht. Alle aus dem Kostüm- und Schminkteam und alle, die am Bühnenbild mitgearbeitet hatten, waren am Ende um sie versammelt.

Ich saß hoch genug, um sie reden zu sehen, und bekam mit, dass die Studenten oft lachten. Vielleicht erzählte sie Witze. Ich habe noch nie einen von ihr gehört. Möglicherweise sind es Erwachsenenwitze.

Shawn Barr blieb nicht lange auf der Sekt-Pizza-Party. Er hielt eine kleine Rede und dankte allen für ihr enormes Engagement. Das wäre letztlich die Hauptsache. Er verlor keinen Ton über die drängelnden Munchkins, die nicht zu den vorgesehenen Markierungen gegangen waren, und erwähnte weder Randys klemmende Tür noch Quincys Sturz.

Mit den erwachsenen Darstellern zusammen bin ich ja eigentlich in meiner Rolle als Geflügelter Affe, und deswegen wäre es von mir aus ganz okay gewesen, falls er etwas kritisiert hätte.

Ich glaube aber, er wollte nur Positives sagen.

Ich nahm mir ein Programm, den Theaterzettel, wie sie sagen. Da stehen alle unsere Namen drin. Es gibt auch Fotos von Shawn Barr und Gillian, mit Begleittexten zu den verschiedenen Stationen ihres Lebens. Auch zu den Hexen Dana und Kitty steht extra was drin. Von den Orten und den Stücken, die darin erwähnt werden, habe ich noch nie gehört. Die Texte sind keine normale Angeberei, weil sie Teil ihres Lebenslaufs sind, und in Lebensläufen ist es wie eine offiziell genehmigte Angeberei, die einen ins richtige Licht rückt.

Ich habe mir eine Papierserviette von dem Pizzadienst bei unserer Feier aufgehoben. Die Firma hieß Spumoni's. Außerdem noch eine Kerze vom Geburtstagskuchen für Skipper. Das war ein Schokokuchen mit Schlagsahne statt Zuckerguss und mit butterweichen Kirschen, die man in etwas eingeweicht hatte, das nach Feuerzeugbenzin roch, aber sehr lecker schmeckte.

Es ist nicht so schlimm, wenn ich mich später nicht mehr an Skipper erinnere, aber den Kuchen will ich möglichst nicht vergessen.

Diese Andenken kommen alle in mein Album.

Nach dem Aufwachen denke ich noch ein bisschen über den gestrigen Abend und all die aufregenden Momente nach. Dann stehe ich auf und putze mir die Zähne. Als ich schließlich in die Küche komme, ist es 12:37 auf der Uhr am Herd.

Auf dem Küchentisch liegt eine Nachricht, dass Mum und Dad in der Arbeit sind, und Randy ist bei Gene. Mit anderen Worten, ich bin allein im Haus. Anscheinend bin ich in diesem Sommer wirklich größer geworden, weil sie mich bisher noch nie allein zu Hause gelassen haben. Tim ist irgendwo, aber wo, wissen wir nicht immer, weil er Teenager ist und ein Handy dabeihat. Es ist Sommer, also egal, was er macht, solange er das Haus nicht vollmüllt.

Ich setze mich hin und überlege, ob ich Piper oder Kaylee anrufe oder zu Mrs. Chang gehe oder vielleicht die neuen Sachen einklebe.

Doch dann fällt mir die Kritik in der Zeitung ein.

Die Zeitung ist bestimmt heute Morgen gekommen.

Der Theaterkritiker in unserer Stadt heißt Brock Reiss. Wenn er eine Veranstaltung schlecht findet, macht er immer so einen Witz mit seinem Namen und schreibt dann: »Reiss verreißt's.«

Bis zu diesem Sommer wusste ich das noch nicht.

Meine Eltern lesen die Zeitung, aber ich habe zu viel anderes zu tun. Ich habe die Leute im Theater über Brock Reiss reden hören. Wie es aussieht, spielt die Zeitungskritik eine große Rolle, wenn man etwas auf die Bühne bringt. Letztes Jahr hat er zum Beispiel sein »Reiss verreißt's« zu einem Musical geschrieben, das *Schwere Jungs und süße Puppen* oder so ähnlich hieß. Ich habe zwei Jungs als Geschwister, und beide haben nie mit Puppen gespielt, also war das Problem vielleicht, dass viele Leute das unrealistisch fanden. Beim *Zauberer von Oz* weiß man aber von vornherein, dass es eine fantastische Geschichte ist.

Ich gehe mir also die Zeitung holen. Gewöhnlich liegt sie auf dem Küchenbord, und wenn sie da nicht ist, ist sie beim Altpapier. An beiden Stellen suche ich umsonst, bis mir aufgeht, dass meine Eltern sie wahrscheinlich beiseitegelegt haben, damit Dad die Kritik ins Familienalbum kleben kann.

Ich muss mir eine zweite Ausgabe besorgen.

Bestimmt würde mir Mrs. Chang ihre überlassen. Und wenn nicht, kann ich in die Papiertonne von Mrs. Murray schauen und sie dort rausholen.

Erst gehe ich mal zu Dads Schreibtisch, weil ich glaube, dass er sie dort abgelegt hat. Aber nichts! Ich suche das ganze Haus ab, bis ich es leid bin und mir einfällt, dass ich die Kritik genauso gut online lesen kann.

Vorher esse ich allerdings noch eine Banane, weil ich Hunger habe. Ich wünschte, ich hätte mir ein Stück vom Geburtstagskuchen für den Beleuchter mitgenommen. Die Schlagsahne wäre zwar sicher zusammengefallen, aber diese aromatisierten Kirschen wären bestimmt noch genauso lecker.

Ich setze mich hin, stelle den Computer an und finde den Link zu unserer Lokalzeitung. Ich suche den Kulturteil, weil Theater zur Kultur gehört.

Als ich die Seite anklicke, leuchtet mir eine dicke Überschrift entgegen:

RIESENERFOLG FÜR ZAUBERER VON OZ

Und dann kleiner darunter:

Der einzige Schwachpunkt: Die Munchkins

Ich starre auf die zweite Zeile.
Ich schließe die Augen.
Ich schaue noch mal hin.
Und dann lese ich weiter.

Von Brock Reiss.

In diesem Sommer bringt das Universitätstheater den zeitlosen Klassiker *Der Zauberer von Oz* auf die Bühne. Die Verantwortlichen haben dafür zwei richtige Entscheidungen getroffen: Man hat sich den erfahrenen Regisseur Shawn Barr und Gillian Moffat für die Rolle der Dorothy als Gäste ins örtliche Ensemble geholt.
So ist die Aufführung ihren Preis wert.
Moffats Stimmumfang und ihre schauspielerischen Qualitäten sind einfach bezaubernd, und wie Barr das Stück auf die Bühne

bringt, zeigt, dass er sein Handwerk versteht. Es ist allerdings bedauerlich, dass einige der beliebtesten Musiknummern im Vergleich zur übrigen Produktion deutlich abfallen. Die Auswahl war wohl naturgemäß beschränkt, aber die für die Rolle der Munchkins ausgesuchten Kinder aus unserer Stadt ließen doch viel zu wünschen übrig.

Am Premierenabend sah man die Kleinen in ihren wundervollen Kostümen in ängstlichen Haufen ziellos über die Bühne irren; sie schienen nicht zu wissen, wo sie hingehörten. Doch wenn wir diesen winzigen (das Wortspiel sei uns verziehen) Einwand beiseitelassen, dann findet die Inszenierung des *Zauberers von Oz* ab dem Augenblick zu sich selbst, als Gillian Moffat der Yellow Brick Road folgt und die Nicht-Profis hinter sich lässt.

Die herausragenden Leistungen von Ryan Metzler als Ängstlicher Löwe und Ahmet Bulgu als Vogelscheuche erwecken die Welt hinter dem Regenbogen zum Leben. Das erstklassige Design der Show soll hier besonders hervorgehoben werden – die Ausstattung dieses Oz ist hinreißend.

Kitty Plant in der Rolle der Bösen Hexe versetzte den Verfasser in Angst und Schrecken, und Dana Bechtel verleiht der Guten Hexe besonderen Charme.

Und schließlich verdient die Truppe der Fliegenden Affen unsere Anerkennung. Unter denen, die sich in diesem allzu kurzen Spektakel in die Lüfte schwingen, seien Alexander Ocko als Anführer Nikko und die ehemalige Ballerina Yan Chang besonders erwähnt, ebenso wie die hervorragende Seiltechnik und die erstklassigen Kostüme der kultigen Affen.

Der *Zauberer von Oz* steht für die nächsten drei Wochen auf dem Spielplan, mit Matineen an den Sonntagen. Informationen und Eintrittskarten an der Theaterkasse der Universität.

Ich fahre den Computer runter.

Ich gehe zurück in mein Zimmer.

Ich lege mich aufs Bett.

Brock Reiss fand die Munchkins zum Verreißen.

Ich bin wie betäubt.

Heute Abend ist die nächste Vorstellung. Wie sollen wir den anderen Darstellern unter die Augen treten? Wie können wir Shawn Barr noch in die Augen schauen? Wir haben sie alle im Stich gelassen. Wir sind Nicht-Profis.

Das ist das schlimmste Schimpfwort, das ich je über mich gehört oder gelesen habe.

Nur an einer Sache kann ich mich festhalten: Ich bin froh, dass ich zwei Rollen in der Show hatte. Es ist zwar schrecklich egoistisch von mir, aber wenigstens fand Brock Reiss die Geflügelten Affen gut, auch wenn er sie Fliegende Affen nennt, was nicht korrekt ist und vielleicht beweist, dass er kein Fachmann ist.

Ich rolle mich auf die Seite und ziehe die Knie hoch bis zum Kinn. Ich bin eine undurchdringliche Kugel. Am liebsten würde ich ganz verschwinden.

Dann kann ich plötzlich nur noch an meinen kleinen Bruder denken.

Ich habe eine gute Kritik als Geflügelter Affe gekriegt. Er hat nicht einmal das. Was, wenn Randy nach diesem Verriss so deprimiert ist, dass er sich von einer Brücke stürzen will? Was, wenn er und Gene jetzt irgendwo sitzen und sich die Augen aus dem Kopf weinen?

Das ist so unglaublich ungerecht!

Die Munchkins konnten nicht mehr proben, als die Bühne mit dem ganzen neuen Zeugs ausgestattet war. Wir waren auf die Riesengänseblümchen und all die glänzenden Blätter nicht vorbereitet. Mein kleiner Bruder konnte auch nichts dafür, dass jemand seine Tür beim Anstreichen verklebt hatte. Wir hatten nur wenig mit dem Orchester geprobt, und außerdem hatten wir Angst.

Wir sind doch bloß Kinder!

Ich möchte mit Mrs. Chang und Olive und meiner Mum und Grandma Däumling und Mrs. Vancil reden. Sie haben alle gesagt, wir wären toll gewesen. Piper und Kaylee sind hinter die Bühne gekommen und haben behauptet, sie wären begeistert.

Haben sie uns alle angelogen?

Machen die Leute so was?

Ich weiß, dass es Pannen gab, aber das Publikum hat geklatscht, und niemand kann abstreiten, dass die Munchkins einen richtig guten Schlussapplaus bekommen haben.

Ich muss mit Randy sprechen.

Ich muss ihm klarmachen, dass er jetzt nicht traurig sein darf.

Ich gehe zum Kleiderschrank und ziehe mir die Hotpants und meine Sneakers an. Ich hole mein schweres Fahrrad aus der Garage, weil ich den Berg so schneller runterkomme als zu Fuß. Ich ziehe den Helm auf und fahre los.

Ich lege mich in die Kurven, und als ich unten bin, spüre ich Randys Traurigkeit auf meiner Haut, als wäre ich in Brennnesseln gefallen, wie sie auf dem verwilderten Grundstück hinter dem Haus der Kleinsassers wachsen.

Ich radle durch die Seventh Street und dann quer über den großen Parkplatz beim Reifengroßhandel. Anschließend nehme ich die Abkürzung durch den Old-Pioneer-Friedhof, was ich sonst nie tue, weil es mich da gruselt. Und auch, weil das Gras fürs Fahrrad zu holprig ist.

Ich bin völlig verschwitzt und außer Atem, als ich bei Genes Haus ankomme. Ich springe die Stufen rauf und klopfe an die Haustür.

Keine Antwort.

Ich drücke auf den Klingelknopf und höre es drinnen klingeln.

Es dauert eine Ewigkeit, aber schließlich geht die Tür auf. Gene und Randy empfangen mich. In der Hand haben sie Plastikschwerter.

Randy sagt: »Hey, Julia!«

»Wir spielen Star Wars«, erklärt Gene. »Wir könnten jemand gebrauchen als Prinzessin Leia.«

Offenbar wissen sie es noch nicht.

Das wird jetzt hart. Ich habe extra den ganzen Weg hierhergemacht. Ich muss es ihnen sagen.

»Gene«, sage ich. »Hast du heute Morgen die Zeitung gesehen?«

Randy antwortet an seiner Stelle. »Der Zeitungsfuzzi hat unser Stück einen Riesenerfolg genannt!«

Ich kann sie bloß anstarren.

Gene ergänzt: »Meine Mum hat das ausgeschnitten und will es meiner Tante in New Jersey schicken.«

Ich frage mich, ob ich richtig gehört habe. »Habt ihr denn gelesen, was Reiss über die Munchkins geschrieben hat?«

Wahrscheinlich bin ich ein bisschen zu laut geworden. Randy sagt: »Julia, magst du nicht reinkommen? Hier gibt's eine super Limo.«

Ich brülle jetzt: »Der Kerl hat uns runtergemacht! Er sagt, wir waren nicht so gut wie alle anderen!«

Randy zuckt nur mit den Schultern. Dann sagt er: »Wir werden besser.«

Ich kann nicht glauben, was er da von sich gibt. Ich stehe da wie erstarrt.

Randy sagt noch etwas: »Was kümmert uns seine Meinung überhaupt?«

Ich drehe mich um.

Ich gehe die Stufen runter zu meinem Fahrrad.

Gene ruft mir nach: »Julia, wir schauen uns gleich einen Film an. Du kannst dableiben und mitgucken.«

Ich antworte nicht.

Ich kann nicht antworten.

Ich steige auf mein Fahrrad und fahre davon.

Die kapieren das nicht.

Als ich unten am Berg ankomme, bin ich völlig außer Atem. Ich steige ab und gebe meinem Fahrrad einen heftigen Stoß in Richtung der Brombeeren, die da bei dem großen Abflussrohr wachsen. Es verschwindet im Gestrüpp; nur ein kleiner Teil des gelben Schutzblechs ist jetzt noch zu sehen. Das Fahrrad war sowieso zu schwer, die Größe hat noch nie gestimmt, und es ist mir egal, ob ich es jemals wiedersehe.

Ich bin total fertig.

Ich mache mich auf den langen Weg den Berg hinauf nach Hause, und ich schaue nicht zurück.

Neunundzwanzig

Ich hab erst die Hälfte des Berges geschafft, und die Sonne ist heißer, als ich es je erlebt habe.

Ob das jetzt an der Erderwärmung liegt oder ob ich Fieber habe, weiß ich nicht.

Vielleicht beides.

Hätte ich doch das Glas Limo bei Gene angenommen! Mein Flüssigkeitshaushalt stimmt nicht mehr, und vermutlich habe ich deshalb das Gefühl, in meinen Ohrmuscheln brenne ein Feuer.

Ich glaube, gleich falle ich in Ohnmacht.

Das ist mir noch nie passiert, aber Onkel Gary ist mal ohnmächtig geworden, nachdem er an Weihnachten zu viel gegessen hatte. Er ist vom Stuhl auf den Holzboden geplumpst wie ein Sack Mehl. Ich habe zwar noch niemand mit einem Sack Mehl auf dem Buckel gesehen, aber man muss kein Überflieger sein, um diese Redensart zu verstehen.

Mich wird keiner fallen sehen, wenn ich jetzt bewusstlos werde, weil ich so kleingewachsen bin. Außerdem werde ich mir beim Sturz eine Gehirnerschütterung holen und nicht mehr zu mir kommen. Sobald die Sonne untergeht, findet mich ein Rudel Kojoten blutend im Gras. Dann zerren sie mich in ein Versteck im Wald und reißen mich in Stücke. Ich kriege nicht mal ein anständiges Begräbnis, weil bis dahin schon zu viel von mir in den Mägen der Bestien verschwunden sein wird.

Nur ein Umstand verhindert, dass es dazu kommt, und das ist das Hupen eines Autos.

Als ich mich umdrehe, sehe ich Mrs. Chang am Steuer ihres silberfarbenen Wagens. Sie bremst.

Ich renne zur Beifahrertür, reiße sie auf und steige ein.

»Sie sind gerade zur rechten Zeit gekommen. Sonst hätten mich die Kojoten erwischt.« Mir ist schon klar, dass sich das verrückt anhört, aber glücklicherweise fragt sie nicht weiter nach.

Dann bricht es aus mir heraus: »Brock Reiss hat uns verrissen! Ich wollte zu meinem Bruder. Aber dem hat das gar nichts ausgemacht, was vielleicht noch schlimmer ist, als wenn man einen Verriss kriegt.«

»Ich habe mich schon gefragt, ob du gelesen hast, was dieser dumme Kerl geschrieben hat.«

Es tut mir gut, dass sie ihn einen dummen Kerl nennt.

Und es tut mir auch gut, dass sie so gelassen ist.

»Mir ist ganz schrecklich zumute«, sage ich. »Ich werde Shawn Barr nie wieder in die Augen schauen können. Und ich habe furchtbaren Durst.«

Mrs. Chang bremst ab, und zwar nicht nur, weil sie um die Kurve fährt. Sie biegt in eine Einfahrt ein und wendet. Nun fahren wir den Berg wieder runter – weg von unserem Haus.

Sie sagt: »Wir fahren jetzt zu Shawn.«

»Nein!«, schreie ich.

»Wenn du mit ihm geredet hast«, sagt sie, »wirst du dich besser fühlen.«

»Ich glaube, ich würde mich besser fühlen, wenn ich jetzt ein Eis essen und etwas Limo trinken könnte. Könnten wir nicht lieber das machen?«

Mrs. Chang gibt keine Antwort, sondern fährt weiter.

Ich sage: »Ich habe ein bisschen Geld gespart. Ich übernehme die Rechnung und gebe es Ihnen zurück, wenn wir zu Hause sind.«

Mrs. Chang schaut konzentriert auf die Straße und schaltet das Radio ein, den Sender für klassische Musik.

Das ist die einzige Musik, die sie im Auto hört.

Als wir die ersten Male zusammen gefahren sind, konnte ich es kaum aushalten. Es gibt keinen Takt, zu dem man im Rhythmus klatschen könnte.

Sie hat mir erklärt, dass man mit klassischer Musik die Musik einer ganz bestimmten Epoche meint, die ungefähr hundert Jahre dauerte. Und zwar vor langer Zeit.

Sie hat mir auch gesagt, wann, aber ich wusste, dass ich nie einen Test darüber schreiben müsste, und hab deswegen nicht gut zugehört. Ich glaube, es war das 18. Jahrhundert. In Amerika waren die Leute, die damals neu ins Land kamen, damit beschäftigt, die Ureinwohner mit Krankheiten wie zum Beispiel der Pest anzustecken; aber in Europa suchten sie alle wie besessen nach »Prinzipien der Vollkommenheit«.

Das war noch vor den Computern und Smartphones und sogar noch vor den elektrischen Dosenöffnern.

Mrs. Chang behauptet, sie versuchten dieses Vollkommenheitsprinzip auf die Musik anzuwenden. Sie wollten jedem Instrument seine Stimme geben. Oder vielleicht auch nicht. Ich habe es vergessen. Ich glaube, sie hat gesagt, nach Ansicht dieser Leute wäre die Musik so eine Art Puzzle.

Ich finde, im Leben ist alles so eine Art Puzzle.

Jetzt, während wir hier die Straßen entlangfahren, muss ich zugeben, dass die Musik mir guttut. Es ist nicht die Musik, die ich mir selbst anhören würde, aber die Violinen lenken mich (ein bisschen) ab von Brock Reiss.

Ich mache die Augen zu und bin glücklich, dass es mal kein Lied darüber ist, wie sich jemand verliebt oder wieder trennt.

Es ist eine Musik ohne Worte, sozusagen über ziemlich viel Nichts.

Sie beruhigt mich.

Mrs. Chang parkt vor dem *Motel zur Bucht*. Sie öffnet die Fahrertür, ich habe also kaum eine andere Wahl und mache auch meine Tür auf.

Am Empfang, der wie beim letzten Mal nicht besetzt ist, gehen wir einfach vorbei. Im Hof entdecken wir Shawn Barr in einem Liegestuhl am Swimmingpool. Er hat eine weiße Badehose an, die Sonnenbrille auf und schläft.

Ich sage ganz leise zu Mrs. Chang: »Er ruht sich aus. Wir sollten ihn nicht stören. Alte Menschen brauchen ihr Schläfchen.«

»Ich schlafe nicht.«

Ich habe vergessen, was für ein feines Gehör er hat.

Mrs. Chang erklärt: »Ich lasse Sie mit Julia ein paar Minuten allein. Wir haben uns gerade über Brock Reiss unterhalten. Ich warte im Auto.«

Ich schaue sie an und mache mein Was-soll-das-denn-jetzt?-Gesicht.

Das kann sie aber nicht sehen, weil sie sich schon umgedreht hat und weggeht. Ich wende mich wieder Shawn Barr zu.

Er schiebt die Sonnenbrille hoch, sodass ich seine Augen erkennen kann. Dunkelbraun. Nicht traurig. Nicht wütend. »Julia«, sagt er. »Komm, setz dich zu mir!«

Er ist der Regisseur, und ich bin darauf geeicht, ihm zuzuhören. Ich setze mich also auf einen Metallstuhl neben ihn.

Shawn Barr sagt: »Du hast die Kritik gelesen?«

Ich flüstere: »Wir haben Sie im Stich gelassen.«

»Glaubst du das wirklich?«

Ich antworte: »Wir sind ziellos über die Bühne geirrt und haben nicht gewusst, wo wir hingehören.«

Shawn Barr lacht. Er kann wunderbar lachen. Allein das zu hören gibt mir schon ein besseres Gefühl.

»Euer Ziel war es, die Zuschauer zu unterhalten. Ich glaube, das habt ihr getan.«

»Oh.«

Er sagt: »Junge Menschen brauchen Vorbilder, nicht Kritiker.«

Ich lächle.

Und Shawn Barr ergänzt: »Das hat ein Basketballtrainer gesagt. Ich weiß nicht mehr, wie er hieß.«

»Ich bin bei Zitaten auch immer ziemlich schlecht«, sage ich.

Er schiebt seine Brille wieder runter. Wahrscheinlich blendet ihn das grelle Licht.

»Die Munchkins werden das überleben und sich noch einmal beweisen können. Deswegen eröffnet man Inszenierungen in der Provinz.«

Keine Ahnung, was er meint. Aber ich sage: »Wir können viel besser sein.«

Shawn Barr lächelt. »Das Stück ist bis zum Ende der Vorstellungen ausverkauft. Die Sache läuft. Jetzt sollte man seine Freude daran haben.«

Ich bin ganz dafür, meine Freude zu haben. Als Shawn Barr das so formuliert, merke ich erst: Das war es, was das Stück für mich in diesem Sommer bedeutet hat.

Ich sage das nicht laut. Aber ich lächle schon wieder. Ob er es sehen kann, weiß ich nicht – er hat ja die Sonnenbrille auf.

»Okay. Dann gehe ich mal wieder. Ich hab einen Mordsdurst.«

Er nickt. »Du hast um fünf einen Termin. Sei pünktlich, Baby!«

Ich stehe auf und sage: »Charlotte Brontë hat sich nie etwas gefallen lassen.«

Jetzt lächelt er wieder.

Vor dem Empfang drehe ich mich noch einmal um. Shawn Barr hat den Arm oben und winkt mir mit einer Handbewegung zu, als ob er eine beschlagene Scheibe abwischen würde. Ich winke genauso zurück.

Während ich auf Mrs. Changs Auto zugehe, verschwindet Brock Reiss aus meinem Kopf wie ein Niesen. Mit einem Mal ist er draußen.

Ich glaube nicht, dass er zurückkommt.

Auch wenn es egal ist, was irgendjemand von der Zeitung über uns schreibt, ist der Aufruf für die Munchkins geändert worden, und wir müssen jetzt dreißig Minuten früher kommen als vorher.

Wir machen das, um unsere Songs mit Klavierbegleitung alle noch einmal durchzusingen. Danach gehen wir zu unseren jeweiligen Standorten auf der Bühne und spielen die Nummern noch einmal vor dem leeren Zuschauersaal durch.

Gillian, Kitty und Dana kommen nicht früher. Nur wir Munchkins.

Wir sind Kinder, deswegen brauchen wir diese zusätzliche Übung.

Am Ende der ersten Vorstellungswoche machen wir keine Fehler mehr, und mir ist bloß noch manchmal ein bisschen schwindlig, bevor wir aus den Blumen hervorspringen. Sobald wir angefangen haben zu singen und zu tanzen, fühle ich mich auf der Bühne wie befreit. Die Tür, aus der Randy heraustreten muss, klemmt nie mehr, und Quincy stürzt auch nicht mehr über die Schwelle.

Ich wünschte, Brock Reiss käme jetzt noch einmal in eine Vorstellung, aber so läuft das eben nicht. Er sieht es einmal an und schreibt dann seine Kritik.

Mrs. Chang sagt, dass man im Leben oft beurteilt wird, ehe man so weit ist.

Ich bin nicht sicher, ob ich die Zeitungskritik in mein Album kleben soll oder nicht. Im Moment habe ich sie in meinem Kleiderschrank liegen. Ich bewahre sie auf, weil unser Stück in dem Artikel als Riesenerfolg bezeichnet wird. Vielleicht macht es mir später nichts mehr aus, ihn einzukleben.

Immerhin ist inzwischen ein Teil der blauen Jacke in meinem Album, als Andenken daran, wie ich Johnny Larson damit geschlagen habe. Das ist allerdings schon lange her.

Aber es kann ja auch sein, dass ich anders über Brock Reiss denke, wenn ich mal an der Uni bin.

Dreißig

Die letzten drei Wochen sind so schnell vergangen.

Mit einem Mal ist heute die letzte Vorstellung.

Ich kann das gar nicht glauben, als wir unter unseren glitzernden Gänseblümchen hervorkommen, weil der Song »Come out, come out, wherever you are ...« uns dazu aufgefordert hat.

Mir läuft ein Schauer über den Rücken, nicht weil ich Angst vorm Singen oder Tanzen hätte, sondern weil ich so aufgewühlt bin, dass jetzt alles vorbei sein soll.

Mrs. Chang und Olive und ich fassen uns an der Hand, bevor man uns in die Gurte hebt, und Olive flüstert: »Die Fliegenden Affen, auf immer und ewig!« (Ich korrigiere sie nicht mit »Geflügelten Affen«, weil wir ja wissen, wer wir sind.)

Mrs. Chang und ich nicken.

Ich flüstere: »Auf immer und ewig!«

Nikko und seine Leute haben uns jetzt schon fast als gleichwertig akzeptiert, und als wir am Ende der Szene herabgelassen werden, werden wir mehrfach umarmt. Mrs. Chang muss lachen.

Und nur wenig später stehen wir alle auf der Bühne für den Schlussapplaus.

Ich blicke ins Publikum und sehe Mum und Dad. Grandma Däumling ist im Yosemite Nationalpark mit ihrer Freundin Arlene. Mein Bruder Tim fand, er müsste das Stück nicht zweimal sehen. Meine Eltern klatschen wie verrückt, vor allen Dingen mein Vater. Ich wusste gar nicht, dass er ein so großer Theaterfan ist. Vielleicht ist er auch nur ein großer Fan von mir. Und Randy natürlich.

Und dann bemerke ich eine Person, von der ich nie gedacht hätte, dass sie hier sein könnte.

Ich sehe Stephen Boyd.

Er sitzt bei seinen Eltern und seiner großen Schwester, und er hat sich in diesem Sommer auch verändert: Er hat eine Brille!

Hatte er schon immer Probleme mit den Augen? Er guckt jedenfalls nicht so oft aus dem Fenster wie ich. Vielleicht deshalb.

Zuerst bin ich nicht sicher, ob er es wirklich ist, aber dann erkenne ich sein Shirt: Es ist grün mit weißen Streifen. Also ist er es ganz sicher. Er scheint dieses Shirt wirklich sehr zu mögen, weil er es ständig trägt.

Stephens Applaus ist echt. Ich glaube, er weiß nicht, dass ich der kleinste Geflügelte Affe in der ersten Reihe bin.

Ich kann mich nicht zurückhalten. Ich winke.

Die Munchkins sind große Nachahmer, ich hätte also wissen sollen, dass sie jetzt auch alle ins Publikum winken. Es ist der letzte Abend, also wird es schon in Ordnung sein. Wir verabschieden uns von der Bühne. Coco beginnt auf Gillians Arm zu bellen. Hunde verstehen mehr, als die Menschen denken. Sie kann nicht winken, aber sie will auch mitmischen.

Und dann fällt der Vorhang, und es ist vorbei.

Es sollte einen Ausdruck geben für so einen Moment, in dem man aufgeregt ist, aber auch traurig und gleichzeitig weiß, dass etwas Wichtiges geschieht. Vielleicht gibt es ja ein solches Wort, aber ich kenne es nicht.

Weil das unsere letzte Vorstellung ist, müssen wir uns nicht an die üblichen Regeln halten. Wir ziehen nicht sofort die Kostüme aus oder schminken uns ab.

Wir dürfen direkt zu unseren Familien und Freunden gehen, die heute Abend gekommen sind. Ich will gerade zu meinen Eltern, als ich hinten an der Seite Stephen Boyd warten sehe.

Er kommt auf mich zu.

»Hey, Julia«, sagt er. »Du hast toll gespielt.«

Es überrascht mich, dass er mich erkannt hat.

»Danke, Stephen«, antworte ich. »Und danke auch, dass du dir die Aufführung angeschaut hast.«

Er sagt: »Bitte, bitte. Meine Eltern haben ein Abo, und sie sorgen dafür, dass ich mir alles anschaue.«

Mir ist ganz flau im Magen wegen der letzten Vorstellung und weil ich nicht erwartet habe, Stephen Boyd hier zu treffen.

»Wir sehen uns dann in ein paar Wochen in der Schule«, sage ich.

»Klar. Und, Julia, wir haben seit diesem Sommer einen neuen Hund. Vielleicht kommst du ja mal vorbei und schaust sie dir an. Sie kommt aus dem Tierheim und heißt Phyllis.«

»Phyllis?«, frage ich.

»Sie haben uns gesagt, wir sollten ihren Namen nicht ändern.«

»Phyllis gefällt mir«, sage ich.

Und er: »Ich weiß, dass du ganz traurig warst, als Ramon gestorben ist.«

Ich kann gar nicht glauben, dass er sich an Ramons Namen erinnert. Und auch, dass er gesagt hat »gestorben« und nicht »von uns gegangen«.

Ohne zu überlegen, frage ich ihn: »Stephen, willst du vielleicht mal Kanu fahren? Wir könnten am Bootshaus eins mieten.«

»Ich kann nicht besonders gut schwimmen«, antwortet er. »Aber wenn wir nicht kentern oder so was?«

»Ich bin ziemlich sicher, dass wir Schwimmwesten tragen müssen«, erkläre ich.

Er nickt. »Okay. Das kriegen wir schon hin.« Dann dreht er sich um und geht zurück zu seinen Eltern. Er sieht seiner Mutter ähnlich. Ich kann mich erinnern, wie er Jordan Azoff erzählt hat, dass seine Mutter gute Makkaroni mit Käse macht. Ihr Trick dabei ist gehackter Schinkenspeck. Phyllis würde ich gern kennenlernen. Der Name klingt, als hätte sie ein langes Fell.

Jetzt gehe ich zu Mum und Dad, und sie nehmen mich ganz fest in die Arme. Randy ist schon bei ihnen, und dann kommen Gene und seine Eltern dazu, und alle reden gleichzeitig. Dad macht dauernd Fotos. Mum sucht sich mehrere Programmhefte zusammen.

Ich hatte gedacht, es würde eine coole Abschlussparty geben, so ähnlich wie nach der Premiere. Ich hatte schon von der Pizza geträumt und dem Sekt und dem langen Aufbleiben, aber es kommt nichts mehr. Es hat eine Party gegeben, und die war nur für die Erwachsenen und gestern Abend.

Jetzt gehen alle auseinander.

Shawn Barr fliegt gleich morgen früh ab. Gillian und Coco fahren noch heute Nacht mit Kevin Richtung Süden. Die wollen offenbar unbedingt weg aus der Stadt, sonst würden sie sich nicht noch so spät auf den Weg machen. Ich habe gehört, Kevin hätte seine Stelle bei der Bank gekündigt, ich weiß aber nicht, ob das stimmt. Ich brauche keinen Kredit für ein Auto, also ist das egal.

Gianni hat ein »Engagement« in Seattle. »Engagement« klingt gut. Ich hoffe, Regen macht ihm nichts aus. Er ist eigentlich mehr so der sonnige Typ.

Quincy und Larry haben gemeinsam eine Art App entwickelt, und die wollen sie übermorgen zum ersten Mal ausprobieren. Deswegen bleiben sie nicht länger. Quincy hat wohl gerade Programmieren gelernt. Wofür ihre App ist, weiß ich nicht genau, aber das hätte ich sie vorher fragen müssen. Jetzt ist es zu spät.

Die Universität hat ein Team beauftragt, das Bühnenbild abzubauen, weil sie den gesamten Bereich für eine Konferenz am Montagmorgen brauchen. Ich kann schon Leute sehen, die mit Stemmeisen und Hämmern herumgehen und alles besprechen. Man sieht auf den ersten Blick, dass es keine Theaterleute sind.

Mum sagt: »Julia, sollen wir warten, bis du dein Kostüm abgelegt hast?«

Hinter mir taucht Mrs. Chang auf. »Ich kann sie mit nach Hause nehmen. Wir kommen nicht allzu spät.«

Meine Eltern sind einverstanden, und Mrs. Chang und ich gehen wieder hinter die Bühne.

Ich bin allmählich so niedergedrückt, als ob ich einen Rucksack voller Steine tragen müsste.

Ich schminke mich ab und ziehe meine Trachtenbluse, die Shorts und die Ledersandalen an. Dann will ich meine Sachen bei den Kostümleuten abgeben, aber sie erzählen mir, dass sie Mrs. Chang gehören, weil sie das ganze Material gekauft und natürlich alles angefertigt hat. Sie möchte, dass ich meins behalte, sagen sie.

Vermutlich werde ich im Oktober das beste Halloweenkostüm der Stadt haben.

Josephine erklärt, sie hat eine große Tüte für alles, aber in ihrem Auto. Ich verspreche ihr, dass ich noch mal zurückkommen werde, und ziehe meine Affen-Felljacke an. Ich habe mich von allen schon mindestens dreimal verabschiedet, und Olive sage ich nicht Tschüss, weil sie hier wohnt und wir schon ausgemacht haben, dass wir nächsten Sonntag auf dem Flohmarkt am Messegelände nach Bowling-Schuhen schauen wollen. Wir haben nicht vor, bowlen zu gehen – wir stellen uns nur vor, dass es lustig wäre, die Schuhe auch auf der Straße zu tragen.

Es gibt nur noch einen, von dem ich mich nicht verabschiedet habe.

Ich finde ihn im Green Room. Das ist der Bereich für die wichtigen Darsteller vor ihrem Auftritt. Er ist nicht grün. Das ist nur so ein Name. Er hat eine Tasse Kaffee in der Hand und redet mit Lorenzo, der so eine Art Hausmeister für das Gebäude ist.

Er sagt: »Einen Moment, bitte, Lorenzo.«

Ich bin froh, dass er Lorenzo rausschickt, weil ich jetzt niemand anderen dabeihaben will.

»Ich muss nach Hause«, erkläre ich. »Aber ich möchte Ihnen noch etwas geben.«

Aus meiner Jackentasche hole ich ein Geschenk. Ich habe es in ein Papier mit lauter Eulen drauf eingewickelt, weil das weise Vögel sind, und außerdem gab es dieses Geschenkpapier herabgesetzt im Buchladen. Ich hatte noch ein bisschen Geld übrig von meinem Weihnachtsgutschein.

Während Shawn Barr das Geschenk sorgfältig aus dem Eulenpapier wickelt, sage ich: »Das hat mein Onkel für mich gemacht. Er ist ein erstklassiger Holzschnitzer. Eigentlich nicht von Hunden, sondern von Vögeln. Das hier ist Ramon. Der war mein Hund.«

Shawn Barr nimmt den holzgeschnitzten Ramon ganz liebevoll in die Hand, indem er sie ganz flach macht und die Schnitzerei aufmerksam betrachtet.

»Bist du sicher, dass du mir das schenken willst? Es ist schon etwas ganz Besonderes.«

Ich nicke und sage: »Ramon war ganz besonders.«

Den nächsten Satz kriege ich kaum noch raus. Ich flüstere: »Und Sie sind auch ganz besonders.«

Shawn Barr schaut von Ramon zu mir. Er lächelt, und sein Blick wird ganz weich. Er greift in seine Schultertasche.

»Baby, ich hätte das einpacken müssen. Es tut mir leid, aber ich bin einfach nicht dazu gekommen.«

Und dann übergibt er mir seine Regiemappe. Auf dem abgewetzten Ledereinband steht in verblasstem Golddruck: SHAWN BARR. Innen drin ist das Exemplar von seinem Skript für den *Zauberer von Oz*. Auf jeder einzelnen Seite sieht man kleine Pfeile mit seinen Regieideen.

Es ist die wunderbarste Sache auf der ganzen Welt.

Und es ist zu groß für mein Album von diesem Sommer.

Dann geht mir auf: Das hier ist mein Album von diesem Sommer.

Was ich sonst noch gesammelt habe, ist toll, aber das hier ist etwas ganz anderes.

»Meinen Sie nicht, Sie sollten das lieber behalten? Da sind doch all Ihre Geheimnisse drin.«

Er zeigt auf seinen Kopf. »Im Moment ist alles hier oben drin.«

»Gut, aber wenn Sie etwas vergessen haben, können Sie mich anrufen. Und wenn Sie mir dann die Szene sagen, kann ich heraussuchen, was Sie brauchen. Meine Nummer ist auf der Darstellerliste.«

Er nickt.

Ich gebe mir Mühe, nicht zu weinen, weil mein Spitzname zwar Baby ist, aber ich kein Baby bin. Kaum hörbar sage ich: »Ich will nicht, dass es zu Ende ist. Warum muss es zu Ende gehen?«

Ich merke, wie mir die Tränen das Gesicht runterlaufen, und weiß, dass mir das nicht steht.

Er sagt: »Alles muss einmal zu Ende gehen.«

»Warum?«

»Das ist eine Zeile aus *Im Reich des Zauberers Oz* – von L. Frank Baum.«

»Ach so. So viel habe ich nicht von ihm gelesen.«

Shawn Barr weiß nicht, dass ich nicht besonders gut in der Schule bin und manchmal nicht so gut zuhöre und gelegentlich auch eine Tagträumerin bin.

Er weiß nicht, dass meine Klavierlehrerin mich gefeuert hat.

Er weiß nicht, dass ich meinen Hund so sehr vermisse, dass man sich deswegen Sorgen um mich macht.

Er sieht eine andere Person in mir als die Übrigen.

»Shawn Barr«, sage ich, »Ihretwegen könnte ich vielleicht versuchen, Regisseurin zu werden, wenn ich groß bin.«

»Du könntest Autorin und Regisseurin werden.«

Ich antworte: »Ich weiß nicht, ob ich zwei Berufe haben will. Ich will auch genug Freizeit haben.«

Es kann sein, dass er müde ist, weil er ziemlich oft blinzelt. »Julia, ich hatte kein Kind, aber wenn ich eins gehabt hätte, dann hätte ich mir gewünscht, es wäre wie du.«

Dann beugt er sich über mich und gibt mir einen Kuss auf den Kopf.

Den holzgeschnitzten Ramon steckt er in seine Schultertasche.

Ich rühre mich nicht.

Ich kann mich nicht rühren.

Shawn Barr dreht sich um und geht.

Er leidet immer noch unter seinem Steißbeinbruch und geht deswegen komisch. Oder er weiß, dass ich ihm nachschaue, und will mich zum Lachen bringen.

Vielleicht arbeitet er auch noch an einem typischen Gang.

Ich beobachte ihn, bis er im hinteren Bühnenaufgang verschwindet.

Als ich mich umdrehe, sehe ich Mrs. Chang. Sie steht gerade unter einem großen bläulichen Scheinwerfer. Ihr Kostüm hat sie abgelegt, aber die Federflügel anbehalten. Sie lässt sie in der Luft schwingen – das ist eine Bewegung, die zu unserer Seilarbeit gehört.

Ich halte meine Regiemappe mit einer Hand fest und breite die Arme aus wie Mrs. Chang.

Wir haben zusammen das Fliegen gelernt. Und Olive war auch dabei. Mrs. Chang konnte schon fliegen, aber sie hat diesen Sommer noch einmal eine neue Gelegenheit dazu gehabt.

Ich bin so glücklich, dass sie und ich in derselben Stadt wohnen.

In derselben Straße.

Und ich bin froh, dass sie Enten hat. Ich werde mich bemühen, ihre Namen zu lernen. Als Erstes werde ich sie mir aufschreiben.

Ich drücke die Ledermappe an die Brust. Ich weiß, dass ich mir die

Geheimnisse auf den einzelnen Seiten genau anschauen will und dass sie mein Leben verändern werden.

In diesem Sommer bin ich größer geworden.

Nicht äußerlich, sondern innerlich.

Und nur da ist das Größerwerden wirklich wichtig.

Dank

Dieses Buch würde es nicht geben, wenn mich Mike Winchell nicht gefragt hätte, ob ich eine Geschichte für eine Anthologie schreiben könnte, die er für Grosset & Dunlop herausgegeben hat. Also geht mein erster Dank an Mike.

Ich habe das Glück, dass meine wunderbare Lektorin auch meine ebenso wunderbare Verlegerin ist. Es könnte sein, dass ich nur deshalb Bücher schreibe, damit ich Lauri Horniks Zustimmung bekomme. Danke, Lauri, für alles.

Alle Mitarbeiter bei Dial und Penguin Random House Books for Young Readers waren großartig - ein spezieller Dank geht an Don Weisberg (der nicht mehr in diesem Verlagshaus arbeitet, den ich aber niemals vergessen werde), an Jen Haller Loja, Jocelyn Schmidt, Felicia Frazier, Jackie Engel, Mary McGrath, Cristi Navarro, Todd Jones, Ev Taylor, Mary Raymond, Allan Winebarger, Colleen Conway, Nicole White, Jill Bailey, Sheila Hennessey, John Dennany, Biff Donovan, Doni Kay, Dawn Zahorik, Nicole Davies, Jill Nadeau, Steve Kent, Judy Samuels, Tina Deniker, Elyse Marshall Pfeiffer, Shanta Newlin, Emily Romero, Erin Berger, Carmela Iaria, Rachel Cone-Gorham, Christina Colangelo, Alexis Watts, Erin Toller, Eileen Kreit, Mina Chung, Theresa Evangelista, und Dan Chidiac. Und ein besonderer Zuruf an Regina Castillo.

Ich habe die beste Agentin der Welt: Amy Berkower. Und ich habe den besten ehemaligen Agenten der Welt, der nun Verleger bei Viking ist, Ken Wright.

Ich profitiere von vielen wunderbaren Schriftsteller-Freunden, die mich mit ihren beeindruckenden Werken inspirieren. Danke an John Corey Whaley, Margaret Stohl, Rafi Simon, Melissa de la Cruz, Mike Johnston, Aaron Hartzler, Alexander London, Meg Wolitzer, Adam Silvera, Maria Semple, David Thomson, Lisa Yee, Tahereh Mafi, Ransom Riggs, Noah Woods, Lucy Gray, Gayle Forman, Evgenia Citkowitz, Charisse Harper, Lauri Keller, Maile Meloy, Laura McNeal und Julie Berry.

Ebenfalls Dank an Brant und Lauren Hawk, sie haben mich an ihren persönlichen Geschichten teilhaben lassen.

Mein Leben änderte sich in dem Sommer, in dem ich ein Munchkin war, in einer Produktion, bei der Don Fiebiger Regie machte und in der die Schauspieler Joe Medalis, Lucille Medalis, Jeremy Hart, Norman DeLue und LeeAnn Bonham mitwirkten. Ich danke euch, dass ihr so motivierend zu uns Kindern wart.

Und schließlich dreht sich meine Welt, weil es meine beiden Söhne gibt, Max und Calvin Sloan, und meinen Mann Gary Rosen. Es ist nirgends schöner als zu Hause.

HOLLY GOLDBERG SLOAN ist Regisseurin, Filmproduzentin und Drehbuchautorin. Als sie mit 24 Jahren ihr erstes Drehbuch verkaufte, war sie schon viel herumgekommen und hatte in den Niederlanden, in Istanbul, New York City, Washington D. C. und Oregon gelebt. Heute ist sie sesshaft geworden und lebt mit ihrem Mann und den beiden Söhnen in Santa Monica, Kalifornien. Bei Hanser erschien bereits ihr erstes Buch für junge Leser *Glück ist eine Gleichung mit 7* (2015).

KATHARINA VON SAVIGNY, 1972 geboren, studierte Anglistik, Germanistik, Romanistik in Tübingen und Toronto. Sie lebt und arbeitet als Lehrerin, freie Dozentin und Übersetzerin mit ihrer Familie in Greifswald.